SIDO

suivi de

LES VRILLES DE LA VIGNE

Dossier thématique en lien avec le parcours :
La célébration du monde

Paru au Livre de Poche :

Hervé Bazin, VIPÈRE AU POING
Dossier thématique : une haine fondatrice

Philippe Claudel, LE RAPPORT DE BRODECK
Dossier thématique : l'autre

Collectif, FEMMES ENGAGÉES
Dossier thématique : argumenter, persuader

F. Scott Fitzgerald, GATSBY LE MAGNIFIQUE
Dossier thématique : un héros des Années folles

Jean Giono, UN DE BAUMUGNES
Dossier thématique : l'homme et la nature

Philippe Grimbert, UN SECRET
Dossier thématique : la mémoire

Victor Hugo, LE DERNIER JOUR D'UN CONDAMNÉ
Dossier thématique : l'homme face à la société

Marivaux, LA DISPUTE
Dossier thématique : à l'épreuve de l'amour

François Mauriac, THÉRÈSE DESQUEYROUX
Dossier thématique : une héroïne en rupture

Irène Némirovsky, M. ROSE ET AUTRES NOUVELLES
Dossier thématique : l'individu à l'épreuve de l'Histoire

Arthur Rimbaud, CAHIERS DE DOUAI
Dossier thématique : l'adolescence

Edmond Rostand, CYRANO DE BERGERAC
Dossier thématique : l'héroïsme

Shakespeare, ROMÉO ET JULIETTE
Dossier thématique : passions tragiques

Boris Vian, L'HERBE ROUGE
Dossier thématique : un roman de la fantaisie

Boris Vian, L'ÉCUME DES JOURS
Dossier thématique : l'humour

Delphine de Vigan, NO ET MOI
Dossier thématique : la rencontre

COLETTE

SIDO

suivi de

LES VRILLES DE LA VIGNE

DOSSIER THÉMATIQUE
EN LIEN AVEC LE PARCOURS :

LA CÉLÉBRATION DU MONDE

PRÉSENTATION, DOSSIER ET NOTES
D'ALICE DUROUX-GAUCHET

LE LIVRE DE POCHE

LES CLASSIQUES
pédago

Alice Duroux-Gauchet est agrégée de lettres modernes. Elle enseigne actuellement au lycée Maurice-Ravel, à Paris.

Couverture : Studio LGF. © Ernest Godfrinon,
Élégante dans le champ de coquelicots, 1922.
Bridgeman Images. © Mangata / iStock.

1re éd. de *Sido* : 1930 ; édition de référence :
Œuvres complètes, t. VII, 1949.
1re éd. de *Les Vrilles de la vigne* : 1908 ; édition de référence : 1908.

ISBN : 978-2-253-10440-7 – 1re publication LGF

SOMMAIRE

UNE AUTRICE, UN CONTEXTE, UNE ŒUVRE

I. COLETTE

Colette (28 janvier 1873 – 3 août 1954), autrice prolixe de plus d'une trentaine d'œuvres, est une des grandes figures de la littérature du XXe siècle. Sa notoriété tient autant à son œuvre qu'à sa personnalité et à sa vie : libre et multiple.

1. Une enfance choyée et champêtre

Sidonie Gabrielle Colette, appelée simplement Gabrielle, naît le 28 janvier 1873 à Saint-Sauveur-en-Puisaye, dans l'Yonne, de l'union de Sidonie Landoy, surnommée « Sido », âgée de trente-cinq ans, et du capitaine Jules-Joseph Colette, son second époux. Gabrielle a pour mère une femme cultivée, qui lui apprend à être curieuse de tout, de la nature comme des livres. Elle grandit joyeusement, entourée des enfants du premier lit de sa mère, Juliette et Achille, et de son frère aîné Léopold. Si elle est bonne élève, elle aime tout autant parcourir les champs et les bois.

Le capitaine Colette est mauvais gestionnaire et, à partir de 1881, se voit contraint de vendre progressivement biens, meubles et livres. À ces déboires financiers s'ajoutent des conflits entre Sido et ses deux premiers enfants autour de l'héritage de leur père, qui accroissent leurs difficultés.

En 1891, alors que la famille a quitté Saint-Sauveur pour Châtillon-sur-Loing, Gabrielle, âgée de dix-huit ans, fréquente Henri Gauthier-Villars, surnommé Willy, de quatorze ans son aîné, sans doute rencontré à l'occasion d'un séjour à Paris deux ans plus tôt. En 1893, elle quitte sa famille pour Paris, désormais épouse de Willy, qui l'appelle Colette.

2. Les apprentissages

Willy est une figure de la vie littéraire et mondaine parisienne. Colette rencontre ainsi de nombreux écrivains et artistes, comme Marcel Proust ou Claude Debussy. Elle noue une amitié indéfectible avec Marguerite Moreno, grande actrice de l'époque. Le couple vit cependant modestement. Colette souffre des infidélités de Willy et tombe gravement malade. Son énergie vitale la conduit néanmoins à reprendre sa vie en main : elle considérera dès lors Willy comme un partenaire mondain.

C'est en mars 1900 que paraît le premier récit d'inspiration autobiographique de Colette, *Claudine à l'école*, publié sous le nom de Willy. Quelques années auparavant, ce dernier l'avait encouragée à écrire ses souvenirs d'enfance, avant de proposer le manuscrit de Colette à un éditeur, sous son seul nom. Le succès est immédiat et durable. Willy contraint Colette à poursuivre : paraissent successivement *Claudine à Paris* (1901), *Claudine en ménage* (1902) et *Claudine s'en va* (1903).

En 1902, un spectacle est monté à Paris dans lequel Claudine est incarnée par Polaire, une jeune artiste que ce rôle rendra célèbre. Pour la pièce, elle a choisi de couper court ses cheveux, et sera bientôt imitée par Colette – quelques années avant que ne s'impose la figure de la « garçonne ».

3. La conquête de la liberté

Colette a pris goût à l'écriture et souhaite s'affranchir de l'emprise de Willy. Pour la première fois, elle publie un ouvrage sous son seul nom, Colette Willy, en 1904 : *Dialogues de bêtes*. Elle le délaisse aussi pour des amours féminines, fréquentant les cercles lesbiens alors en vogue à Paris, où se côtoient des femmes riches et influentes. Elle s'y lie avec Mathilde de Morny, dite Missy, dont elle sera l'amante jusqu'en 1911. Plusieurs des textes des *Vrilles de la vigne* (1908) témoignent de cette émancipation, comme femme et comme autrice.

Étant privée des droits d'auteur de ses livres, qui reviennent à Willy, elle s'engage en 1906 dans une carrière de comédienne. Elle fait rapidement scandale – gage de succès –, jouant sans maillot sous son costume, ou partageant la scène avec Missy, dans un spectacle intitulé *Rêve d'Égypte* (1907), interdit à Paris à l'issue de la première représentation. En 1910, définitivement séparée de Willy, Colette évoque dans *La Vagabonde* ces années où elle a conquis son indépendance sur les planches et les routes.

4. Une vie intense

Collaborant au journal *Le Matin* depuis 1910, Colette y rencontre son rédacteur en chef, Henry de Jouvenel. Elle finit par quitter Missy et, enceinte de celui qu'elle surnomme Sidi, l'épouse en 1912.

Cette même année meurt sa mère. Colette, qui ne veut la voir que vivante, ne se rend pas à son enterrement. Il lui faudra dix ans pour évoquer cette figure maternelle dans son œuvre, avant de lui rendre hommage dans *Sido* (1929). En 1913 naît sa fille Colette de Jouvenel, dite Bel-Gazou.

La Première Guerre mondiale envoie Henry au front. Colette reste seule à Paris, rédigeant des reportages, notamment sur la vie menée par les femmes pendant cette période.

5. Le temps de la reconnaissance

Tout en poursuivant son travail de journaliste, comme directrice littéraire au *Matin,* et de critique dramatique, Colette écrit beaucoup. Elle publie deux romans qui contribuent à l'imposer dans le paysage littéraire : *Chéri* (1920) et *Le Blé en herbe* (1923), premier roman pour lequel elle adopte le seul nom de Colette.

Entre ces deux textes, qui ont chacun pour sujet la relation d'une femme mûre avec un tout jeune homme, Colette entame une relation avec le jeune Bertrand de Jouvenel, fils né du premier mariage d'Henry. En 1925, alors qu'elle est définitivement séparée d'Henry depuis 1924, elle rencontre son troisième mari, Maurice Goudeket, qu'elle n'épousera qu'en 1935.

Au fil des années, Colette a acquis une notoriété certaine, pour ses écrits comme pour son travail de comédienne. Elle incarne notamment le personnage de Léa dans l'adaptation théâtrale de *Chéri* en 1924. La Légion d'honneur attribuée en 1922 et l'apposition d'une plaque à son nom sur sa maison de naissance à Saint-Sauveur en 1924 sont autant de signes de la reconnaissance acquise par l'artiste.

6. Une femme honorée

Colette ne cesse d'écrire : des romans – *Julie de Carneilhan* (1942), *Gigi* (1943) –, des textes plus intimes – *Mes apprentissages* (1935), *Ces plaisirs* (1932) devenu *Le Pur et l'Impur* (1941). Elle contribue à l'adaptation cinématographique de plusieurs de ses œuvres (*Gigi* en 1949, *Chéri* en 1950), et s'investit avec ardeur dans son rôle de jury de l'académie Goncourt, dont elle est élue présidente en 1949. Atteinte d'arthrite, elle est peu à peu contrainte à l'immobilité. Dans les dernières années de sa vie, elle habite au Palais-Royal, à Paris – la place où elle a vécu porte aujourd'hui son nom. Elle décède le 3 août 1954. Elle est la deuxième femme à être honorée par des obsèques nationales, le 7 août. Mais l'église Saint-Roch lui refuse toute cérémonie religieuse, pour « conduite inconvenante »…

Colette en quelques dates

28 janvier 1873 : Naissance de Sidonie Gabrielle Colette à Saint-Sauveur-en-Puisaye, dans le département de l'Yvonne, en Bourgogne-Franche-Comté.

1893 : Mariage avec Willy puis installation à Paris.

1900 : Parution de *Claudine à l'école*, sous le nom de Willy.
Succès et parution de trois autres *Claudine* de 1901 à 1903.

1904 : Parution de *Dialogues de bêtes* sous le nom de Colette Willy.

1905 : Rencontre avec Missy, son amante jusqu'en 1911.

1907 : Scandale provoqué par le spectacle *Rêve d'Égypte* dans lequel jouent Colette et Missy.

1908 : Première publication du recueil *Les Vrilles de la vigne*.

1910 : Publication de *La Vagabonde* évoquant à travers le personnage de Renée Néré la vie de comédienne qu'a menée Colette.

1912 : Mariage avec Henry de Jouvenel, rédacteur en chef du *Matin*, journal auquel collabore Colette en tant que journaliste.
Mort de Sido, la mère tant aimée de Colette.

1913 : Naissance de sa fille Colette de Jouvenel, dite Bel-Gazou.

1923 : Parution du *Blé en herbe*, pour la première fois sous le seul nom de Colette.

1925 : Rencontre avec Maurice Goudeket, que Colette épouse en 1935.

1929 : Première parution de *Sido* sous le titre *Sido ou les Points cardinaux.*

1945 : Colette est élue à l'académie Goncourt, dont elle devient présidente en **1949**.

3 août 1954 : Décès de Colette à Paris. Le **7 août** ont lieu des obsèques nationales en son honneur.

II. UN CONTEXTE

1. 1900-1914 : l'entrée dans le XXe siècle

Modernités techniques et industrielles

En 1900, entre les mois d'avril et de novembre, se tient à Paris l'Exposition universelle, présentant les avancées scientifiques et techniques du siècle qui s'achève, tout en marquant l'entrée dans un siècle nouveau. À cette occasion est créée la première ligne du métro parisien, que certains des cinquante millions de visiteurs auront l'occasion d'emprunter.

Grâce aux innovations techniques de la fin du XIXe siècle, comme le moteur à explosion, l'industrie française se développe dans de nouveaux domaines, tels que l'automobile ou l'aéronautique, complétant les industries sidérurgiques et textiles déjà existantes.

Modernités sociales et sociétales

Si la population française est encore majoritairement rurale, la « classe ouvrière » se développe et voit, doucement, ses conditions de travail s'améliorer. Un ministère du Travail est créé en 1906 et un premier droit à la retraite pour les ouvriers et les paysans est voté en 1910. Toutefois, les conditions de vie restent difficiles pour une grande majorité des Français.

La société est désormais dominée par des valeurs bourgeoises, celles de l'esprit d'entreprise, d'une réussite ouverte à tous, mais aussi d'une reconnaissance du savoir et de la culture. Les représentants de la bourgeoisie, allant du grand patron entrepreneur au « petit-bourgeois », se veulent modernes, à l'image du régime politique instauré en 1870, la IIIe République.

Cette République a résisté à de nombreux troubles, notamment ceux provoqués par l'affaire Dreyfus, du nom de l'officier de confession juive, accusé de trahison sans preuve. Les tensions entre les défenseurs de Dreyfus, composés essentiellement de républicains, et ses accusateurs, issus des forces réactionnaires, monarchistes et antisémites, ont été extrêmement vives, notamment au moment du second procès en 1899, première étape vers la grâce du capitaine Dreyfus. Un des enjeux de ce début de siècle est d'imposer son caractère laïque. C'est ainsi que le 9 décembre 1905 est votée la loi de séparation de l'Église et de l'État, affirmant que la République ne reconnaît ni ne finance aucun culte, tout en garantissant le libre exercice de tous.

Modernités artistiques

Au début du XXe siècle, dans tous les arts, la créativité est intense, riche en expérimentations. Paris devient le lieu de toutes les avant-gardes. Une grande émulation existe entre les artistes, qui se retrouvent dans les ateliers et les cafés de Montmartre et de Montparnasse.

La peinture

Fuyant bien souvent des situations politiques instables, de nombreux artistes étrangers viennent chercher à Paris davantage de liberté. Picasso, arrivé en 1904, est l'un des premiers. Suivent, parmi les plus célèbres, l'Italien Modigliani, le Russe Chagall, le Lituanien Soutine. Ces peintres explorent de nouvelles formes de représentation, comme le cubisme, dont le tableau *Les Demoiselles d'Avignon* (1907) de Picasso symbolise l'avènement.

Le cinéma

Un art tout neuf apparaît dans le paysage culturel : le cinéma. Le 28 décembre 1895, les frères Lumière, deux ingénieurs lyonnais, organisent la première projection publique de dix « films » d'à peine une minute chacun, à Paris. Rapidement, le cinéma devient un divertissement prisé et populaire, notamment grâce à la prodigieuse inventivité des premiers cinéastes, le célèbre Georges Méliès, mais aussi Alice Guy, première réalisatrice de l'histoire du cinéma.

La musique et la danse

Erik Satie, compositeur des célèbres *Gymnopédies* (1888), est considéré comme un précurseur de la musique moderne. Il travaillera avec Picasso sur le ballet *Parade* du chorégraphe des ballets russes Serge Diaghilev en 1917. Déjà, le 29 mai 1913, au théâtre des Champs-Élysées, le ballet *Le Sacre du printemps* du compositeur Igor Stravinsky et du chorégraphe Vaslav Nijinski avait ébloui et scandalisé, la musique comme la danse rompant avec les codes et l'harmonie classiques.

La littérature

- *Le roman*

Au début du XXe siècle, la production romanesque est intense et variée. Or ce genre connaît un profond renouvellement. À côté de récits classiques, dans la tradition réaliste du XIXe siècle, émergent des œuvres originales. Plusieurs romans se resserrent autour d'une aventure individuelle, privilégiant le regard et l'introspection d'un personnage. Deux auteurs, que Colette a côtoyés sans en être proche, contribuent particulièrement à cette évolution : André Gide, avec *Paludes* (1895) ou *L'Immoraliste* (1902) par exemple, et plus encore Marcel Proust, qui publie le premier tome de *À la recherche du temps perdu* : *Du côté de chez Swann*, en 1913.

- *La poésie*

Cette même année 1913 sont publiés *Alcools,* recueil de poésie de Guillaume Apollinaire, et *La Prose du*

Transsibérien, long poème de Blaise Cendrars accompagné des peintures de Sonia Delaunay, ouvrant de nouvelles voies à la modernité poétique.

2. 1914-1918 : la Première Guerre mondiale

L'entrée en guerre

Le 28 juin 1914, l'assassinat de l'archiduc François-Ferdinand à Sarajevo va être l'élément déclencheur de la Première Guerre mondiale, opposant la Triple Entente, composée du Royaume-Uni, de la France et de la Russie, à la Triple Alliance, formée par les Empires allemand et austro-hongrois, et l'Italie. La ferveur patriotique est très forte dans chacun des camps. En France, plusieurs artistes étrangers, dont Blaise Cendrars, signent le 1er août 1914 un appel à rejoindre l'armée en reconnaissance de l'accueil que le pays leur a offert.

Une guerre longue et meurtrière

La guerre, que l'on envisageait courte, va durer plus de quatre ans. Les conditions de vie des soldats dans les tranchées sont particulièrement difficiles. Presque dix millions de soldats mourront, plus de vingt millions reviendront blessés.

La mobilisation et la souffrance des civils

L'économie française est tout entière mobilisée pour l'effort de guerre. Pour remplacer les hommes partis au front, les femmes investissent des emplois auxquels elles n'avaient jusqu'alors pas accès. Aux pénuries nombreuses s'ajoutent les souffrances provoquées par les séparations et les deuils. Dans plusieurs régions de France, notamment dans le Nord, les populations subissent les exactions de l'armée ennemie et les bombardements.

La victoire des Alliés

L'année 1917 s'avère décisive, avec l'entrée en guerre des États-Unis aux côtés des Alliés en avril, et le retrait de la Russie, ébranlée par les deux révolutions de février et d'octobre. L'armistice est signé à Rethondes le 11 novembre 1918, consacrant la victoire des Alliés, qui imposeront leurs conditions à l'Allemagne dans le traité de Versailles du 28 juin 1919.

3. 1918-1929 : les Années folles

Se relever de la guerre

La France sort exsangue de la Première Guerre mondiale : plus d'un million de soldats sont morts au front, ceux qui sont revenus sont souvent blessés, voire défigurés – on les appelle les « gueules cassées » –, les terres agricoles ont été dévastées par les combats et les usines, détruites. Toutefois, dès 1920, l'économie repart, soutenue par des investissements étrangers, américains notamment.

En effet, la Première Guerre mondiale a modifié les équilibres internationaux, l'Europe en sortant affaiblie, les États-Unis renforcés. Plusieurs initiatives cherchent à instaurer une paix durable, notamment la création de la Société des Nations en 1920 (remplacée par l'ONU à l'issue de la Seconde Guerre mondiale, qu'elle n'a pu empêcher).

Paris est une fête

Dans la population, profondément marquée par la violence de la Première Guerre mondiale, explose un désir de vivre, de s'amuser. À Paris, les fêtes sont joyeuses et débridées, comme en témoigne Ernest Hemingway dans son récit *Paris est une fête.* Dans les bals, puis à la radio résonnent les nouveaux accords du jazz. Les lieux où se retrouver pour s'amuser ne manquent pas : les cafés, comme La Coupole ou Le Bœuf sur le toit, les cabarets et les théâtres, comme celui des Champs-Élysées où danse Joséphine Baker, le Casino de Paris où chantent Mistinguett et Maurice Chevalier…

Prémices de l'émancipation des femmes

Conséquence du rôle qu'elles ont joué pendant la guerre, l'émancipation des femmes prend davantage d'ampleur. Elles deviennent plus visibles dans la vie publique et de grandes figures féminines s'imposent dans différents domaines : artistique – Coco Chanel, Joséphine Baker –, scientifique – Marie Curie –, sportif – la joueuse de tennis Suzanne Lenglen. La mode témoigne de cette quête émancipatrice : le corset est délaissé, les jupes se raccourcissent, le pantalon se popularise.

Renouveaux littéraires

Le surréalisme

Le traumatisme de la Première Guerre mondiale a fait naître chez les jeunes artistes et écrivains la volonté d'une profonde remise en question du monde et de ses représentations. Ces jeunes gens nés dans les années 1895, prêts à tout renverser, parmi lesquels André Breton, Louis Aragon ou encore Robert Desnos, donnent naissance au mouvement surréaliste.

À la recherche du temps perdu

En 1919, *À l'ombre des jeunes filles en fleurs*, deuxième tome du cycle de Marcel Proust, est couronné du prix Goncourt, marquant définitivement le début d'une nouvelle ère dans l'écriture romanesque. Les sept volumes de cette œuvre, publiés entre 1913 et 1927, suivent le parcours intellectuel du narrateur, entre travail de la mémoire et regard aigu sur le temps présent – et plus spécifiquement sur la haute bourgeoisie à laquelle il appartient. Ce parcours prend, pour l'écrivain, la forme de la quête de sa propre vocation. L'influence de cette œuvre fut considérable, car elle renouvelle tout à la fois le regard porté sur le monde et l'écriture pour en rendre compte.

Le contexte en quelques dates

1900 : La première ligne du métro parisien, reliant la porte de Vincennes à la porte Maillot, est créée à l'occasion de l'Exposition universelle.

1902 : Réalisation du premier film de science-fiction, *Le Voyage dans la lune* de Georges Méliès.

9 décembre 1905 : La loi de séparation de l'Église et de l'État est votée.

25 octobre 1906 : Le premier ministère du Travail et de la Prévoyance sociale est créé par le gouvernement Clemenceau.

29 mai 1913 : Représentation du ballet *Le Sacre du printemps* de Nijinski au théâtre des Champs-Élysées, qui provoque un scandale.

1913 : Publication d'*Alcools* de Guillaume Apollinaire.

28 juin 1914 : Assassinat de l'archiduc François-Ferdinand à Sarajevo, élément déclencheur de la Première Guerre mondiale.

6 avril 1917 : Entrée en guerre des États-Unis aux côtés des Alliés.

28 juin 1919 : Signature du traité de Versailles consacrant la victoire des Alliés sur l'Allemagne.

10 décembre 1919 : Le prix Goncourt est attribué à Marcel Proust pour *À l'ombre des jeunes filles en fleurs*.

10 janvier 1920 : Instauration officielle de la Société des Nations.

1920 : La coupe au carré, dite « à la garçonne », est à la mode.

Marie Curie, qui a reçu le prix Nobel de physique avec son mari Pierre en 1911, dirige la Fondation Curie et forme des chercheurs venus du monde entier.

1921 : Artistes et écrivains américains séjournent à Paris, tels Ernest Hemingway ou Francis Scott Fitzgerald.

1922 : Développement de la radio, qui diffuse quotidiennement météo et musique.

1924 : Publication du *Manifeste du surréalisme* d'André Breton.

1926 : Coco Chanel crée la petite robe noire, couleur jusqu'alors réservée aux vêtements de deuil.

24 octobre 1929 : Krach boursier à Wall Street, provoquant une crise économique mondiale qui met fin aux Années folles.

III. UNE ŒUVRE

1. Création et réception

Les Vrilles de la vigne

Le recueil de textes courts que constitue *Les Vrilles de la vigne* paraît en novembre 1908, sous le nom de Colette Willy. Toutefois, Colette, pour la première fois, a conçu cet ouvrage sans aucun contrôle de Willy. Les dix-huit textes présents dans cette première édition ont été auparavant publiés dans des revues littéraires, *La Vie parisienne*, *Le Mercure musical* et *Le Mercure de France*, entre 1905 et 1907. Ils ont été écrits au moment où Colette voit sa vie bouleversée, où elle se métamorphose comme femme – ne plus être celle de Willy – et comme autrice – ne pas être seulement celle des *Claudine*. Le recueil reçoit un accueil favorable de la part de nombreux critiques, dont Louise Lalanne, pseudonyme de Guillaume Apollinaire, qui salue dans le journal *Les Marges* la nouveauté de « ce livre charmant » (mars 1909). En 1934, Colette ajoute cinq nouveaux textes au recueil, écrits donc à une autre époque de sa vie. Le recueil tel qu'il est publié aujourd'hui comporte les vingt-trois textes de cette dernière édition.

Sido

Au cours de l'été 1926, Colette relit les lettres de sa mère, disparue depuis quatorze ans. Alors que, jusqu'à *La Maison de Claudine* (1922), les figures maternelles étaient absentes de son œuvre, elle décide de lui rendre hommage. En mai 1929, elle publie en petit tirage *Sido ou les Points cardinaux*. Peu de temps après, elle adjoint à ce texte deux autres parties, « Le Capitaine » et « Les sauvages » ; paraît ainsi en novembre 1930 la version définitive de *Sido*. Dans ce retour aux origines et au pays natal domine la figure maternelle, à l'image de la place qu'elle a tenue dans l'enfance de celle qui se prénommait encore Gabrielle. Colette est alors une autrice reconnue, l'ouvrage est salué par de nombreux éloges. Il est encore aujourd'hui considéré comme emblématique de son style.

2. Principales caractéristiques des œuvres

Tout en étant au cœur de la vie artistique et littéraire de la première moitié du XXe siècle, Colette ne s'est jamais associée à un mouvement particulier ; elle a construit une œuvre singulière, fruit de son esprit d'indépendance et de sa farouche volonté de liberté.

Les Vrilles de la vigne et *Sido* sont deux œuvres distinctes, écrites à des périodes différentes de la vie de Colette. Elles ont cependant des caractéristiques communes, représentatives de l'imaginaire et de l'écriture de Colette.

Autobiographie

Si la dimension autobiographique fonde l'écriture de *Sido*, elle est également très présente dans *Les Vrilles de la vigne*. Il ne s'agit pas tant pour Colette de se raconter que de se chercher et de se construire, en observant les autres et elle-même. D'un texte à l'autre, elle joue de l'identité du « je » qui prend la parole, brouillant les pistes sans cacher que la « vraie » Colette est souvent derrière cette première personne. Dans *Sido*, Colette vagabonde sur le territoire de son enfance pour n'en retranscrire que le meilleur. Le récit autobiographique, dans les deux ouvrages, est plus affectif que narratif. Plutôt qu'une logique chronologique et analytique est à l'œuvre celle des sens et des sentiments, conduisant à des évocations fragmentaires, par éclats.

Polyphonie*[1]

Colette ajoute à sa voix, déjà multiple, d'autres que la sienne. Elle n'hésite pas à donner la parole aux personnages, bêtes et hommes, et surtout aux femmes. Les dialogues sont nombreux et prennent souvent une dimension théâtrale, comme dans « Dialogue de bêtes », « De quoi est-ce qu'on a l'air ? » (*Les Vrilles de la vigne*), ou entre ses deux frères dans « Les sauvages » (*Sido*).

1. Les mots suivis d'un astérisque sont définis dans les encadrés Repères et recensés dans le Glossaire en fin d'ouvrage.

Repère

Polyphonie : présence de plusieurs voix dans un texte.

Poésie de l'écriture

Riche en images, souvent très rythmée, la prose de Colette a indéniablement une dimension poétique. Tout particulièrement lorsqu'elle décrit la nature, les sensations et les sentiments qu'elle provoque en elle. Un lyrisme* intime est mis en œuvre pour transmettre le regard singulier que Colette porte sur le monde et sur elle-même.

Repère

Lyrisme : le lyrisme désigne l'expression poétique, et souvent musicale, des sentiments, de la subjectivité de l'auteur.

Portraits

Colette, dans le souci de rendre ses textes vivants, est particulièrement attentive à l'évocation des personnages, réels ou fictifs, qu'elle y convoque. Les portraits se font tantôt tendres, comme ceux de son père et d'Adrienne dans *Sido*, tantôt piquants, comme ceux des amies : Valentine, dans « De quoi est-ce qu'on a l'air ? », ou Marthe, dans « Partie de pêche ». Les figures évoquées sont multiples et diverses, parfois simplement « croquées » par la plume précise de Colette, comme dans « Music-halls ».

Descriptions

Nombreuses sont les descriptions des paysages – le jardin de Sido, celui du « Dernier feu », la forêt de Crécy dans « En marge d'une plage blanche », entre autres –, mêlant couleurs, sensations et poésie. Bien souvent, ces descriptions ouvrent sur des méditations, des introspections, car, pour Colette, le corps et les sens ne mentent pas, ils sont des alliés fiables pour chercher à se connaître.

3. Principaux thèmes

La Nature

Dans les deux œuvres, la nature s'impose comme une source inépuisable d'inspiration. Une attention particulière est accordée aux végétaux, ainsi qu'aux saisons. Ces évocations convoquent systématiquement les sens que la nature sollicite.

Les relations humaines

Colette est également attentive à ses semblables, observant la nature et la force des relations humaines tout autant que leurs failles. Dans *Les Vrilles de la vigne* – par exemple dans « La dame qui chante » et « Belles-de-jour » –, elle évoque, avec un regard lucide et critique, la société parisienne et mondaine, qu'elle connaît bien pour l'avoir fréquentée, notamment au bras de Willy.

Elle s'attache aussi à décrire et à décrypter les multiples liens affectifs, qu'ils soient familiaux, amicaux ou amoureux. Ainsi, dans *Sido*, elle évoque avec admiration l'amour du Capitaine pour sa mère et raconte la complicité de ses deux frères aînés, Achille et Léopold. Tous ces êtres, l'autrice y comprise, sont évoqués dans le sillage du personnage éponyme*, centre de la famille.

Repère

Personnage éponyme : lorsqu'un personnage donne son titre à l'œuvre, on parle de personnage éponyme, qui signifie « du même nom ».

L'exploration du passé et la quête de soi

L'exploration du passé et des souvenirs, proches ou lointains, est au cœur de ces deux œuvres. Cela conduit Colette à méditer sur le temps qui passe, par exemple dans « Le miroir » ou « Rêverie de nouvel an » (*Les Vrilles de la vigne*), à analyser les liens et les ruptures entre les différentes époques de sa vie. C'est toujours en éveil et en mouvement que Colette construit son rapport au monde, aux autres, à elle-même.

PROJET DE LECTURE

Au cours de votre lecture, vous serez attentif aux aspects suivants, en lien avec le parcours « La célébration du monde » :

- ☐ la manière dont la nature est décrite, ainsi que les relations que Sido et la narratrice entretiennent avec elle ;
- ☐ le regard que Colette porte sur le monde qui l'entoure, sur ses proches, mais aussi sur la société ;
- ☐ le regard que Colette, à travers les différentes voix qui l'incarnent, porte sur elle-même ;
- ☐ la dimension poétique de l'écriture de Colette.

SIDO

I

SIDO

— Et pourquoi cesserais-je d'être de mon village ? Il n'y faut pas compter. Te voilà bien fière, mon pauvre Minet-Chéri, parce que tu habites Paris depuis ton mariage. Je ne peux pas m'empêcher de rire en constatant combien tous les Parisiens sont fiers d'habiter Paris, les vrais parce qu'ils assimilent cela à un titre nobiliaire[1], les faux parce qu'ils s'imaginent avoir monté en grade. À ce compte-là, je pourrais me vanter que ma mère est née boulevard Bonne-Nouvelle ! Toi, te voilà comme le pou sur ses pieds de derrière parce que tu as épousé un Parisien. Et quand je dis un Parisien… Les vrais Parisiens d'origine ont moins de caractère dans la physionomie. On dirait que Paris les efface !

Elle s'interrompait, levait le rideau de tulle qui voilait la fenêtre :

— Ah ! voici Mlle Thévenin qui promène en triomphe, dans toutes les rues, sa cousine de Paris.

1. Qui est propre à la noblesse.

Elle n'a pas besoin de le dire, que cette dame Quériot vient de Paris : beaucoup de seins, les pieds petits, et des chevilles trop fragiles pour le poids du corps ; deux ou trois chaînes de cou, les cheveux très bien coiffés… Il ne m'en faut pas tant pour savoir que cette dame Quériot est caissière dans un grand café. Une caissière parisienne ne pare que sa tête et son buste, le reste ne voit guère le jour. En outre, elle ne marche pas assez et engraisse de l'estomac. Tu verras beaucoup, à Paris, ce modèle de femme-tronc.

Ainsi parlait ma mère, quand j'étais moi-même, autrefois, une très jeune femme. Mais elle avait commencé, bien avant mon mariage, de donner le pas[1] à la province sur Paris. Mon enfance avait retenu des sentences, excommunicatoires[2] le plus souvent, qu'elle lançait avec une force d'accent singulière. Où prenait-elle leur autorité, leur suc, elle qui ne quittait pas, trois fois l'an, son département ? D'où lui venait le don de définir, de pénétrer, et cette forme décrétale de l'observation ?

Ne l'eussé-je pas tenu d'elle, qu'elle m'eût donné, je crois, l'amour de la province, si par province on n'entend pas seulement un lieu, une région éloignés de la capitale, mais un esprit de caste, une pureté obligatoire des mœurs, l'orgueil d'habiter une

1. Donner plus d'importance.
2. Qui a le caractère d'une exclusion – ici au sens de « sentences sans appel » –, qui ne permet aucune réponse.

demeure ancienne, honorée, close de partout, mais que l'on peut ouvrir à tout moment sur ses greniers aérés, son fenil[1] empli, ses maîtres façonnés à l'usage et à la dignité de leur maison.

En vraie provinciale, ma charmante mère, « Sido », tenait souvent ses yeux de l'âme fixés sur Paris. Théâtres de Paris, modes, fêtes de Paris, ne lui étaient ni indifférents, ni étrangers. Tout au plus les aimait-elle d'une passion un peu agressive, rehaussée de coquetteries, bouderies, approches stratégiques et danses de guerre. Le peu qu'elle goûtait de Paris, tous les deux ans environ, l'approvisionnait pour le reste du temps. Elle revenait chez nous lourde de chocolat en barre, de denrées exotiques et d'étoffes en coupons, mais surtout de programmes de spectacles et d'essence à la violette, et elle commençait de nous peindre Paris dont tous les attraits étaient à sa mesure, puisqu'elle ne dédaignait rien.

En une semaine elle avait visité la momie exhumée, le musée agrandi, le nouveau magasin, entendu le ténor et la conférence sur la *Musique birmane*. Elle rapportait un manteau modeste, des bas d'usage, des gants très chers. Surtout elle nous rapportait son regard gris voltigeant, son teint vermeil que la fatigue rougissait, elle revenait ailes battantes, inquiète de tout ce qui, privé d'elle, perdait la chaleur et le goût

1. Grenier à foin.

de vivre. Elle n'a jamais su qu'à chaque retour l'odeur de sa pelisse en ventre-de-gris[1], pénétrée d'un parfum châtain clair, féminin, chaste, éloigné des basses séductions axillaires[2], m'ôtait la parole et jusqu'à l'effusion.

D'un geste, d'un regard elle reprenait tout. Quelle promptitude de main ! Elle coupait des bolducs roses, déchaînait des comestibles coloniaux, repliait avec soin les papiers noirs goudronnés qui sentaient le calfatage[3]. Elle parlait, appelait la chatte, observait à la dérobée mon père amaigri, touchait et flairait mes longues tresses pour s'assurer que j'avais brossé mes cheveux… Une fois qu'elle dénouait un cordon d'or sifflant, elle s'aperçut qu'au géranium prisonnier contre la vitre d'une des fenêtres, sous le rideau de tulle, un rameau pendait, rompu, vivant encore. La ficelle d'or à peine déroulée s'enroula vingt fois autour du rameau rebouté, étayé d'une petite éclisse[4] de carton… Je frissonnai, et crus frémir de jalousie, alors qu'il s'agissait seulement d'une résonance poétique, éveillée par la magie du secours efficace scellé d'or…

Il ne lui manquait, pour être une provinciale type, que l'esprit de dénigrement. Le sens critique,

1. Manteau en fourrure.
2. Sueurs de l'aisselle.
3. Terme marin désignant le fait de rendre étanche un bateau.
4. Petit éclat, souvent de bois, ici de carton.

en elle, se dressait vigoureux, versatile[1], chaud et gai comme un jeune lézard. Elle happait au vol le trait marquant, la tare, signalait d'un éclair des beautés obscures, et traversait, lumineuse, des cœurs étroits.

— Je suis rouge, n'est-ce pas ? demandait-elle au sortir de quelque âme en forme de couloir.

Elle était rouge en effet. Les pythonisses[2] authentiques, ayant plongé au fond d'autrui, émergent à demi suffoquées. Une visite banale, parfois, la laissait cramoisie et sans force aux bras du grand fauteuil capitonné, en reps[3] vert.

— Ah ! ces Vivenet !... Que je suis fatiguée... Ces Vivenet, mon Dieu !

— Qu'est-ce qu'ils t'ont fait, maman ?

J'arrivais de l'école, et je marquais ma petite mâchoire, en croissants, dans un talon de pain frais, comblé de beurre et de gelée de framboises...

— Ce qu'ils m'ont fait ? Ils sont venus. Que m'auraient-ils fait d'autre, et de pire ? Les deux jeunes époux en visite de noces, flanqués de la mère Vivenet... Ah ! ces Vivenet !

Elle ne m'en disait guère plus, mais plus tard, quand mon père rentrait, j'écoutais le reste.

— Oui, contait ma mère, des mariés de quatre jours ! Quelle inconvenance ! des mariés de quatre

1. Qui change facilement d'avis.
2. Prophétesses, voyantes.
3. Tissu d'ameublement en grosse toile.

jours, cela se cache, ne traîne pas dans les rues, ne s'étale pas dans des salons, ne s'affiche pas avec une mère de la jeune mariée ou du jeune marié… Tu ris ? Tu n'as aucun tact. J'en suis encore rouge, d'avoir vu cette jeune femme de quatre jours. Elle était gênée, elle, au moins. Un air d'avoir perdu son jupon, ou de s'être assise sur un banc frais peint. Mais lui, l'homme… Une horreur. Des pouces d'assassin, et une paire de tout petits yeux embusqués au fond de ses deux grands yeux. Il appartient à un genre d'hommes qui ont la mémoire des chiffres, qui mettent la main sur leur cœur quand ils mentent et qui ont soif l'après-midi, ce qui est un signe de mauvais estomac et de caractère acrimonieux[1].

— Pan ! applaudissait mon père.

Bientôt j'avais mon tour, pour avoir sollicité la permission de porter des chaussettes l'été.

— Quand auras-tu fini de vouloir imiter Mimi Antonin dans tout ce qu'elle fait, chaque fois qu'elle vient en vacances chez sa grand-mère ? Mimi Antonin est de Paris, et toi d'ici. C'est l'affaire des enfants de Paris de montrer l'été leurs flûtes[2], sans bas, et l'hiver leurs pantalons trop courts et de pauvres petites fesses rouges. Les mères parisiennes remédient à tout, quand leurs enfants grelottent, par

1. Agressif.
2. Jambes.

un petit tour de cou en mongolie[1] blanche. Par les très grands froids, elles ajoutent une toque assortie. Et puis on ne commence pas à onze ans à porter des chaussettes. Avec les mollets que je t'ai faits ? Mais tu aurais l'air d'une sauteuse de corde, et il ne te manquerait qu'une sébile[2] en fer-blanc.

Ainsi parlait-elle, et sans chercher jamais ses mots ni quitter ses armes, j'appelle armes ses deux paires de « verres », un couteau de poche, souvent une brosse à habits, un sécateur, de vieux gants, parfois le sceptre d'osier, épanoui en raquette trilobée, qu'on nomme « tapette » et qui sert à fouetter les rideaux et les meubles. La fantaisie de ma mère ne pliait que devant les dates qu'on fête, en province, par les nettoyages à fond, la lessive, l'embaumement des lainages et des fourrures. Mais elle ne se plaisait ni au fond des placards, ni dans la funèbre poudre du camphre, qu'elle remplaçait d'ailleurs par quelques cigares coupés en berlingots, les culots des pipes d'écume de mon père, et de grosses araignées qu'elle enfermait dans l'armoire giboyeuse[3], refuge des mites d'argent.

C'est qu'elle était agile et remuante, mais non ménagère appliquée ; propre, nette, dégoûtée, mais loin du génie maniaque et solitaire qui compte les

1. En laine originaire de Mongolie.
2. Petit récipient, utilisé notamment pour mendier.
3. Riche en gibier, mais ici le « gibier » désigne les araignées et les mites.

serviettes, les morceaux de sucre et les bouteilles pleines. La flanelle en mains, et surveillant la servante qui essuyait longuement les vitres en riant au voisin, il lui échappait des cris nerveux, d'impatients appels à la liberté.

— Quand j'essuie longtemps et avec soin mes tasses de Chine, disait-elle, je me sens vieillir…

Elle atteignait, loyale, la fin de la tâche. Alors elle franchissait les deux marches de notre seuil, entrait dans le jardin. Sur-le-champ tombaient son excitation morose et sa rancune. Toute présence végétale agissait sur elle comme un antidote, et elle avait une manière étrange de relever les roses par le menton pour les regarder en plein visage.

— Vois comme cette pensée ressemble au roi Henri VIII d'Angleterre, avec sa barbe ronde, disait-elle. Au fond, je n'aime pas beaucoup ces figures de reîtres[1] qu'ont les pensées jaunes et violettes…

Dans mon quartier natal, on n'eût pas compté vingt maisons privées de jardin. Les plus mal partagées jouissaient d'une cour, plantée ou non, couverte ou non de treilles. Chaque façade cachait un « jardin-de-derrière » profond, tenant aux autres jardins-de-derrière par des murs mitoyens. Ces jardins-de-derrière

1. Guerriers brutaux et violents.

donnaient le ton au village. On y vivait l'été, on y lessivait ; on y fendait le bois l'hiver, on y besognait en toute saison, et les enfants, jouant sous les hangars, perchaient sur les ridelles[1] des chars à foin dételés.

Les enclos qui jouxtaient le nôtre ne réclamaient pas de mystère : la déclivité du sol, des murs hauts et vieux, des rideaux d'arbres protégeaient notre « jardin d'en haut » et notre « jardin d'en bas ». Le flanc sonore de la colline répercutait les bruits, portait, d'un atoll[2] maraîcher cerné de maisons à un « parc d'agrément », les nouvelles.

De notre jardin, nous entendions, au Sud, Miton éternuer en bêchant et parler à son chien blanc dont il teignait, au 14 juillet, la tête en bleu et l'arrière-train en rouge. Au Nord, la mère Adolphe chantait un petit cantique en bottelant des violettes pour l'autel de notre église foudroyée, qui n'a plus de clocher. À l'Est, une sonnette triste annonçait chez le notaire la visite d'un client… Que me parle-t-on de la méfiance provinciale ? Belle méfiance ! Nos jardins se disaient tout.

Oh ! aimable vie policée de nos jardins ! Courtoisie, aménité[3] de potager à « fleuriste » et de bosquet à

1. Balustrades placées sur les côtés pour maintenir le contenu des charrettes.
2. Île qui renferme une lagune communiquant avec la mer ; le terme est employé ici de manière métaphorique.
3. Amabilité.

basse-cour ! Quel mal jamais fût venu par-dessus un espalier mitoyen, le long des faîtières en dalles plates cimentées de lichen et d'orpin brûlant, boulevard des chats et des chattes ? De l'autre côté, sur la rue, les enfants insolents musaient[1], jouaient aux billes, troussaient leurs jupons au-dessus du ruisseau ; les voisins se dévisageaient et jetaient une petite malédiction, un rire, une épluchure, dans le sillage de chaque passant, les hommes fumaient sur les seuils et crachaient… Gris de fer, à grands volets décolorés, notre façade à nous ne s'entrouvrait que sur mes gammes malhabiles, un aboiement de chien répondant aux coups de sonnette, et le chant des serins verts en cage.

Peut-être nos voisins imitaient-ils, dans leurs jardins, la paix de notre jardin où les enfants ne se battaient point, où bêtes et gens s'exprimaient avec douceur, un jardin où, trente années durant, un mari et une femme vécurent sans élever la voix l'un contre l'autre…

Il y avait dans ce temps-là de grands hivers, de brûlants étés. J'ai connu, depuis, des étés dont la couleur, si je ferme les yeux, est celle de la terre ocreuse, fendillée entre les tiges du blé et sous la géante ombelle[2] du panais sauvage, celle de la mer

1. Flânaient.
2. Disposition des pédoncules floraux tous attachés au même point de la tige.

grise ou bleue. Mais aucun été, sauf ceux de mon enfance, ne commémore le géranium écarlate et la hampe enflammée des digitales[1]. Aucun hiver n'est plus d'un blanc pur à la base d'un ciel bourré de nues[2] ardoisées, qui présageaient une tempête de flocons plus épais, puis un dégel illuminé de mille gouttes d'eau et de bourgeons lancéolés[3]... Ce ciel pesait sur le toit chargé de neige des greniers à fourrages, le noyer nu, la girouette, et pliait les oreilles des chattes... La calme et verticale chute de neige devenait oblique, un faible ronflement de mer lointaine se levait sur ma tête encapuchonnée, tandis que j'arpentais le jardin, happant la neige volante... Avertie par ses antennes, ma mère s'avançait sur la terrasse, goûtait le temps, me jetait un cri :

— La bourrasque d'Ouest ! Cours ! Ferme les lucarnes du grenier !... La porte de la remise aux voitures !... Et la fenêtre de la chambre du fond !

Mousse exalté du navire natal, je m'élançais, claquant des sabots, enthousiasmée si du fond de la mêlée blanche et bleu noir, sifflante, un vif éclair, un bref roulement de foudre, enfants d'Ouest et de Février, comblaient tous deux un des abîmes du ciel... Je tâchais de trembler, de croire à la fin du monde.

---

1. Plantes portant une grappe de fleurs pendantes.
2. Nuages.
3. En forme de fer de lance.

Mais dans le pire du fracas ma mère, l'œil sur une grosse loupe cerclée de cuivre, s'émerveillait, comptant les cristaux ramifiés d'une poignée de neige qu'elle venait de cueillir aux mains mêmes de l'Ouest rué sur notre jardin…

Ô géraniums, ô digitales… Celles-ci fusant des bois-taillis, ceux-là en rampe allumés au long de la terrasse, c'est de votre reflet que ma joue d'enfant reçut un don vermeil. Car « Sido » aimait au jardin le rouge, le rose, les sanguines filles du rosier, de la croix-de-Malte, des hortensias et des bâtons-de-Saint-Jacques, et même le coqueret-alkékenge, encore qu'elle accusât sa fleur, veinée de rouge sur pulpe rose, de lui rappeler un mou de veau[1] frais… À contrecœur elle faisait pacte avec l'Est : « Je m'arrange avec lui », disait-elle. Mais elle demeurait pleine de suspicion et surveillait, entre tous les cardinaux et collatéraux, ce point glacé, traître, aux jeux meurtriers. Elle lui confiait des bulbes de muguet, quelques bégonias, et des crocus mauves, veilleuses des froids crépuscules.

Hors une corne de terre, hors un bosquet de lauriers-cerises dominés par un junko-biloba – je donnais ses feuilles, en forme de raie, à mes camarades

1. Poumon de veau.

d'école, qui les séchaient entre les pages de l'atlas – tout le chaud jardin se nourrissait d'une lumière jaune, à tremblements rouges et violets, mais je ne pourrais dire si ce rouge, ce violet dépendaient, dépendent encore d'un sentimental bonheur ou d'un éblouissement optique. Étés réverbérés par le gravier jaune et chaud, étés traversant le jonc tressé de mes grands chapeaux, étés presque sans nuits… Car j'aimais tant l'aube, déjà, que ma mère me l'accordait en récompense. J'obtenais qu'elle m'éveillât à trois heures et demie, et je m'en allais, un panier vide à chaque bras, vers des terres maraîchères qui se réfugiaient dans le pli étroit de la rivière, vers les fraises, les cassis et les groseilles barbues.

À trois heures et demie, tout dormait dans un bleu originel, humide et confus, et quand je descendais le chemin de sable, le brouillard retenu par son poids baignait d'abord mes jambes, puis mon petit torse bien fait, atteignait mes lèvres, mes oreilles et mes narines plus sensibles que tout le reste de mon corps… J'allais seule, ce pays mal pensant était sans dangers. C'est sur ce chemin, c'est à cette heure que je prenais conscience de mon prix, d'un état de grâce indicible et de ma connivence avec le premier souffle accouru, le premier oiseau, le soleil encore ovale, déformé par son éclosion…

Ma mère me laissait partir, après m'avoir nommée « Beauté, Joyau-tout-en-or » ; elle regardait courir et décroître sur la pente son œuvre, – « chef-d'œuvre », disait-elle. J'étais peut-être jolie ; ma mère et mes portraits de ce temps-là ne sont pas toujours d'accord... Je l'étais à cause de mon âge et du lever du jour, à cause des yeux bleus assombris par la verdure, des cheveux blonds qui ne seraient lissés qu'à mon retour, et de ma supériorité d'enfant éveillée sur les autres enfants endormis.

Je revenais à la cloche de la première messe. Mais pas avant d'avoir mangé mon saoul, pas avant d'avoir, dans les bois, décrit un grand circuit de chien qui chasse seul, et goûté l'eau de deux sources perdues, que je révérais. L'une se haussait hors de la terre par une convulsion cristalline, une sorte de sanglot, et traçait elle-même son lit sableux. Elle se décourageait aussitôt née et replongeait sous la terre. L'autre source, presque invisible, froissait l'herbe comme un serpent, s'étalait secrète au centre d'un pré où des narcisses, fleuris en ronde, attestaient seuls sa présence. La première avait goût de feuille de chêne, la seconde de fer et de tige de jacinthe... Rien qu'à parler d'elles je souhaite que leur saveur m'emplisse la bouche au moment de tout finir, et que j'emporte, avec moi, cette gorgée imaginaire...

Entre les points cardinaux auxquels ma mère dédiait des appels directs, des répliques qui ressemblaient, ouïes du salon, à de brefs soliloques[1] inspirés, et les manifestations, généralement botaniques, de sa courtoisie ; – entre Cèbe et la rue des Vignes, entre la mère Adolphe et Mᵉ de Fourolles, une zone de points collatéraux, moins précise et moins proche, prenait contact avec nous par des sons et des signaux étouffés. Mon imagination, mon orgueil enfantins situaient notre maison au centre d'une rose de jardins, de vents, de rayons, dont aucun secteur n'échappait tout à fait à l'influence de ma mère.

Bien que ma liberté, à toute heure, dépendît d'une escalade facile – une grille, un mur, un « toiton » incliné –, l'illusion et la foi me revenaient dès que j'atterrissais, au retour, sur le gravier du jardin. Car, après la question : « D'où viens-tu ?... » et le rituel froncement de sourcils, ma mère reprenait son tranquille, son glorieux visage de jardin, beaucoup plus beau que son soucieux visage de maison. De par sa suzeraineté[2] et sa sollicitude, les murs grandissaient, des terres inconnues remplaçaient les enclos que j'avais, sautillant de mur à mur, de branche à branche, aisément franchis, et j'assistais aux prodiges familiers :

— C'est vous que j'entends, Cèbe ? criait ma mère. Avez-vous vu ma chatte ?

1. Discours d'une personne qui se parle à elle-même.
2. Supériorité, domination.

Elle repoussait en arrière la grande capeline de paille rousse, qui tombait sur son dos, retenue à son cou par un ruban de taffetas marron, et elle renversait la tête pour offrir au ciel son intrépide regard gris, son visage couleur de pomme d'automne. Sa voix frappait-elle l'oiseau de la girouette, la bondrée[1] planante, la dernière feuille du noyer, ou la lucarne qui avalait, au petit matin, les chouettes ?... Ô surprise, ô certitude... D'une nue à gauche une voix de prophète enrhumé versait un : « Non, Madame Colê...ê...tte ! » qui semblait traverser à grand-peine une barbe en anneaux, des pelotes de brumes, et glisser sur des étangs fumants de froid. Ou bien :

— « Oui...î...î, Madame Colê...ê...tte », chantait à droite une voix d'ange aigrelet, probablement branché sur le cirrus fusiforme[2] qui naviguait à la rencontre de la jeune lune. « Elle vous a entendû...ûe... Elle pâ...â...se par le li...lâs... »

— Merci ! criait ma mère, au jugé[3]. Si c'est vous, Cèbe, rendez-moi donc mon piquet et mon cordeau à repiquages ! J'en ai besoin pour aligner les laitues. Et faites doucement, je suis contre les hortensias !

Apport de songe, fruit d'une lévitation magique, jouet de sabbat, le piquet, quenouillé de ses dix

1. Oiseau de proie.
2. Nuage en forme d'oiseau.
3. Approximativement, sans voir et sans mesurer.

mètres de cordelette, voyageait par les airs, tombait couché aux pieds de ma mère…

D'autres fois, elle vouait à des génies subalternes, invisibles, une fraîche offrande. Fidèle au rite, elle renversait la tête, consultait le ciel :

— Qui veut de mes violettes doubles rouges ? criait-elle.

— Moi, Madame Colê…ê…tte ! répondait l'inconnaissable de l'Est, plaintif et féminin.

— Prenez !

Le petit bouquet, noué d'une feuille aqueuse de jonquille, volait en l'air, recueilli avec gratitude par l'Orient plaintif.

— Qu'elles sentent donc bon ! Dire que je n'arrive pas à élever les pareîl…eî…lles !

« Naturellement », pensais-je. Et j'étais près d'ajouter : « C'est une question de climats… »

Levée au jour, parfois devançant le jour, ma mère accordait aux points cardinaux, à leurs dons comme à leurs méfaits, une importance singulière. C'est à cause d'elle, par tendresse invétérée, que dès le matin, et du fond du lit je demande : « D'où vient le vent ? » À quoi l'on me répond : « Il fait bien joli… C'est plein de passereaux dans le Palais-Royal… Il fait vilain… Un temps de saison. » Il me faut maintenant chercher la réponse en moi-même, guetter la course du nuage, le ronflement marin de la cheminée, réjouir ma peau du souffle d'Ouest, humide, organique et lourd de significations comme la double haleine divergente d'un monstre amical. À moins que je ne me replie haineusement devant la bise d'Est, l'ennemi, le beau-froid-sec et son cousin du Nord. Ainsi faisait ma mère, coiffant de cornets en papier toutes les petites créatures végétales assaillies par la lune rousse : « Il va geler, la chatte danse », disait-elle.

Son ouïe, qu'elle garda fine, l'informait aussi, et elle captait des avertissements éoliens[1].

— Écoute sur Moutiers ! me disait-elle.

Elle levait l'index, et se tenait debout entre les hortensias, la pompe et le massif de rosiers. Là, elle centralisait les enseignements d'Ouest, par-dessus la clôture la plus basse.

— Tu entends ?... Rentre le fauteuil, ton livre, ton chapeau : il pleut sur Moutiers. Il pleuvra ici dans deux ou trois minutes seulement.

Je tendais mes oreilles « sur Moutiers » ; de l'horizon venaient un bruit égal de perles versées dans l'eau et la plate odeur de l'étang criblé de pluie, vanné sur ses vases verdâtres... Et j'attendais, quelques instants, que les douces gouttes d'une averse d'été, sur mes joues, sur mes lèvres, attestassent l'infaillibilité de celle qu'un seul être au monde – mon père – nommait « Sido ».

1. Du vent.

Des présages, décolorés par sa mort, errent encore autour de moi. L'un tient au Zodiaque, l'autre est purement botanique : quelques signes jouent avec les vents, les lunaisons, les eaux souterraines. C'est à cause d'eux que ma mère trouvait Paris fastidieux[1], car ils n'étaient libres, efficaces, péremptoires, qu'au plein air de notre province.

— Pour vivre à Paris, me confiait-elle, il m'y faudrait un beau jardin. Et encore !… Ce n'est pas dans un jardin de Paris que je pourrais cueillir et coudre pour toi, sur un petit carton, les grands grains d'avoine barbue, qui sont de si sensibles baromètres.

Je me gourmande d'avoir égaré, jusqu'au dernier, ces baromètres rustiques, grains d'avoine dont les deux barbes, aussi longues que celles des crevettes bouquets, viraient, crucifiées sur un carton, à gauche, à droite, prédisant le sec et le mouillé. « Sido » n'avait point sa pareille pour feuilleter, en les comptant, les pelures micacées[2] des oignons.

— Une… deux… trois robes ! Trois robes sur l'oignon !

Elle laissait choir lunettes ou binocle sur ses genoux, ajoutait pensivement :

— C'est signe de grand hiver. Je ferai habiller de paille la pompe. D'ailleurs, la tortue s'est déjà

1. Ennuyeux, lassant.
2. Qui ressemblent à du mica, minéral brillant.

enterrée. Et les écureuils, autour de la Guillemette, ont volé les noix et les noisettes en quantité pour leurs provisions. Les écureuils savent toujours tout.

Annonçait-on, dans un journal, le dégel ? Ma mère haussait l'épaule, riait de mépris :

— Le dégel ? Les météorologues de Paris ne m'en apprendront pas ! Regarde les pattes de la chatte !

Frileuse, la chatte en effet pliait sous elle des pattes invisibles, et serrait fortement les paupières.

— Pour un petit froid passager, continuait « Sido », la chatte se roule en turban, le nez contre la naissance de la queue. Pour un grand froid, elle gare la plante de ses pattes de devant et les roule en manchon.

Sur des gradins de bois peints en vert, elle entretenait toute l'année des reposoirs de plantes en pots, géraniums rares, rosiers nains, reines-des-prés aux panaches de brume blanche et rose, quelques « plantes grasses » poilues et trapues comme des crabes, des cactus meurtriers... Un angle de murs chauds gardait des vents sévères son musée d'essais, des godets d'argile rouge où je ne voyais que terre meuble et dormante.

— Ne touche pas !

— Mais rien ne pousse !

— Et qu'en sais-tu ? Est-ce toi qui en décides ? Lis, sur les fiches de bois qui sont plantées dans les pots ! Ici, graines de lupin bleu ; là, un bulbe de narcisse qui vient de Hollande ; là, graines de physalis ; là, une bouture d'hibiscus – mais non, ce n'est pas une branche morte ! – et là, des semences de pois de senteur dont les fleurs ont des oreilles comme des petits lièvres. Et là… Et là…

— Et là ?…

Ma mère rejetait son chapeau en arrière, mordillait la chaîne de son lorgnon, m'interrogeait avec ingénuité :

— Je suis bien ennuyée… je ne sais plus si c'est une famille de bulbes de crocus, que j'ai enterrés, ou bien une chrysalide de paon-de-nuit…

— Il n'y a qu'à gratter, pour voir…

Une main preste[1] arrêtait la mienne – que n'a-t-on moulé, peint, ciselé cette main de « Sido », brunie, tôt gravée de rides par les travaux ménagers, le jardinage, l'eau froide et le soleil, ses doigts longs bien façonnés en pointe, ses beaux ongles ovales et bombés…

— À aucun prix ! Si c'est la chrysalide, elle mourra au contact de l'air : si c'est le crocus, la lumière flétrira son petit rejet blanc, – et tout sera à recommencer ! Tu m'entends bien ? Tu n'y toucheras pas ?

— Non, maman…

À ce moment, son visage, enflammé de foi, de curiosité universelle, disparaissait sous un autre visage

1. Rapide et agile.

plus âgé, résigné et doux. Elle savait que je ne résisterais pas, moi non plus, au désir de savoir, et qu'à son exemple je fouillerais, jusqu'à son secret, la terre du pot à fleurs. Elle savait que j'étais sa fille, moi qui ne pensais pas à notre ressemblance, et que déjà je cherchais, enfant, ce choc, ce battement accéléré du cœur, cet arrêt du souffle : la solitaire ivresse du chercheur de trésor. Un trésor, ce n'est pas seulement ce que couvent la terre, le roc ou la vague. La chimère de l'or et de la gemme[1] n'est qu'un informe mirage : il importe seulement que je dénude et hisse au jour ce que l'œil humain n'a pas, avant le mien, touché…

J'allais donc, grattant à la dérobée le jardin d'essai, surprendre la griffe ascendante du cotylédon[2], le viril surgeon que le printemps chassait de sa gaine. Je contrariais l'aveugle dessein que poursuit la chrysalide[3] d'un noir-brun bilieux et la précipitais d'une mort passagère au néant définitif.

— Tu ne comprends pas… Tu ne peux pas comprendre. Tu n'es qu'une petite meurtrière de huit ans… de dix ans… Tu ne comprends rien encore à ce qui veut vivre…

Je ne recevais pas, en paiement de mes méfaits, d'autre punition. Celle-là m'était d'ailleurs assez dure.

---

1. Pierre précieuse.
2. Feuille constitutive de la graine.
3. Ici au sens d'enveloppe de la plante.

« Sido » répugnait à toute hécatombe de fleurs. Elle qui ne savait que donner, je l'ai pourtant vue refuser les fleurs qu'on venait parfois quêter pour parer un corbillard ou une tombe. Elle se faisait dure, fronçait les sourcils et répondait « non » d'un air vindicatif.

— Mais c'est pour le pauvre M. Enfert, qui est mort hier à la nuit ! La pauvre Mme Enfert fait peine, elle dit qu'elle voudrait voir partir son mari sous les fleurs, que ce serait sa consolation ! Vous qui avez de si belles roses-mousse, madame Colette…

— Mes roses-mousse ! Quelle horreur ! Sur un mort !

Après ce cri, elle se reprenait et répétait :

— Non. Personne n'a condamné mes roses à mourir en même temps que M. Enfert.

Mais elle sacrifiait volontiers une très belle fleur à un enfant très petit, un enfant encore sans parole, comme le petit qu'une mitoyenne de l'Est lui apporta par orgueil, un jour, dans notre jardin. Ma mère blâma le maillot trop serré du nourrisson, dénoua le bonnet à trois pièces, l'inutile fichu de laine, et contempla à l'aise les cheveux en anneaux de bronze, les joues, les yeux noirs sévères et vastes d'un garçon de dix mois, plus beau vraiment que tous les autres garçons de dix mois. Elle lui donna une rose cuisse-de-nymphe-émue qu'il accepta avec emportement, qu'il porta à sa bouche et suça, puis il pétrit la fleur dans ses puissantes petites mains, lui arracha des pétales, rebordés et sanguins à l'image de ses propres lèvres…

— Attends, vilain ! dit sa jeune mère.

Mais la mienne applaudissait, des yeux et de la voix, au massacre de la rose, et je me taisais, jalouse…

Elle refusait régulièrement aussi de prêter géraniums doubles, pélargoniums, lobélias, rosiers nains et reines-des-prés aux reposoirs de la Fête-Dieu, car elle s'écartait, – baptisée, mariée à l'église – des puérilités et des fastes catholiques. J'obtins d'elle la permission de suivre le catéchisme entre onze et douze ans, et les cantiques du « Salut ».

Le premier mai, comme mes camarades de catéchisme, je couchai le lilas, la camomille et la rose devant l'autel de la Vierge, et je revins fière de montrer un « bouquet béni ». Ma mère rit de son rire irrévérencieux, regarda ma gerbe qui attirait les hannetons au salon jusque sous la lampe :

— Crois-tu qu'il ne l'était pas déjà, avant ?

Je ne sais d'où lui venait son éloignement de tout culte. J'aurais dû m'en enquérir. Mes biographes, que je renseigne peu, tantôt la peignent sous les traits d'une rustique fermière, tantôt la traitent de « bohème fantaisiste ». L'un d'eux, à ma stupeur, va jusqu'à l'accuser d'avoir écrit des œuvrettes littéraires destinées à la jeunesse !

Au vrai, cette Française vécut son enfance dans l'Yonne, son adolescence parmi des peintres, des journalistes, des virtuoses de la musique, en Belgique, où s'étaient fixés ses deux frères aînés, puis elle revint dans l'Yonne et s'y maria, deux fois. D'où, de qui lui furent remis sa rurale sensibilité, son goût fin de la province ? Je ne saurais le dire. Je la chante, de mon mieux. Je célèbre la clarté originelle qui, en elle, refoulait, éteignait souvent les petites lumières péniblement allumées au contact de ce qu'elle nommait « le commun des mortels ». Je l'ai vue suspendre, dans un cerisier, un épouvantail à effrayer les merles, car l'Ouest, notre voisin, enrhumé et doux, secoué d'éternuements en série, ne manquait pas de déguiser ses cerisiers en vieux chemineaux[1] et coiffait ses groseilliers de gibus[2] poilus. Peu de jours après, je trouvais ma mère sous l'arbre, passionnément immobile, la tête à la rencontre du ciel d'où elle bannissait les religions humaines…

— Chut !… Regarde…

Un merle noir, oxydé de vert et de violet, piquait les cerises, buvait le jus, déchiquetait la chair rosée…

— Qu'il est beau !… chuchotait ma mère. Et tu vois comme il se sert de sa patte ? Et tu vois les

1. Vagabonds parcourant les chemins et vivant d'aumônes.
2. Chapeaux haut de forme.

mouvements de sa tête et cette arrogance ? Et ce tour de bec pour vider le noyau ? Et remarque bien qu'il n'attrape que les plus mûres…

— Mais, maman, l'épouvantail…

— Chut !… L'épouvantail ne le gêne pas…

— Mais, maman, les cerises !…

Ma mère ramena sur la terre ses yeux couleur de pluie :

— Les cerises ?… Ah ! oui, les cerises…

Dans ses yeux passa une sorte de frénésie riante, un universel mépris, un dédain dansant qui me foulait avec tout le reste, allégrement… Ce ne fut qu'un moment, – non pas un moment unique. Maintenant que je la connais mieux, j'interprète ces éclairs de son visage. Il me semble qu'un besoin d'échapper à tout et à tous, un bond vers le haut, vers une loi écrite par elle seule, pour elle seule, les allumait. Si je me trompe, laissez-moi errer.

Sous le cerisier, elle retomba encore une fois parmi nous, lestée[1] de soucis, d'amour, d'enfants et de mari suspendus, elle redevint bonne, ronde, humble devant l'ordinaire de sa vie :

— C'est vrai, les cerises…

Le merle était parti, gavé, et l'épouvantail hochait au vent son gibus vide.

1. Chargée d'un poids.

— J'ai vu, me contait-elle, moi qui te parle, j'ai vu neiger au mois de juillet.

— Au mois de juillet !

— Oui. Un jour comme celui-ci.

— Comme celui-ci…

Je répétais la fin de ses phrases. J'avais déjà la voix plus grave que la sienne, mais j'imitais sa manière. Je l'imite encore.

— Oui. Comme celui-ci, dit ma mère en soufflant sur un flocon impondérable d'argent, arraché au pelage de la chienne havanaise qu'elle peignait. Le flocon, plus fin que le verre filé, s'embarqua mollement sur un petit ruisseau d'air ascendant, monta jusqu'au toit, se perdit dans un excès de lumière…

— Il faisait beau, reprit ma mère, beau et bon. Vint une saute de vent[1], une queue d'orage que la saute de vent emmena et bloqua sur l'Est naturellement ; une petite grêle très froide, puis une chute de grosse neige épaisse et lourde… Des roses couvertes de neige, des cerises mûres et des tomates sous la neige… Des géraniums rouges qui n'avaient pas eu le temps de refroidir et qui fondaient la neige à

1. Variation brusque de la direction du vent.

mesure qu'elle les couvrait… Ce sont des tours de celui-là…

Elle désignait, du coude, et menaçait du menton le siège altier, l'invisible lit de justice de son ennemi, l'Est, que je cherchai par-delà les chaudes nues croulantes et blanches du bel été…

— Mais j'ai vu bien autre chose ! reprenait ma mère.

— Autre chose ?…

Peut-être avait-elle rencontré, un jour, – montant vers Bel-Air, ou sur la route de Thury, – l'Est lui-même ? Peut-être un grand pied violacé, la mare gelée d'une prunelle immense avaient-ils, pour qu'elle me les décrivît, divisé les nuages ?…

— J'étais grosse[1] de ton frère Léo, et je promenais la jument avec la victoria[2].

— La même jument que maintenant ?

— Naturellement, la même jument. Tu n'as que dix ans. Crois-tu qu'on change de jument comme de chemise ? La nôtre était alors une très belle jument, un peu jeune, que je laissais quelquefois mener par Antoine. Mais je montais dans la victoria, pour la rassurer.

Je me souviens que je voulus demander : « Pour rassurer qui ? » Je me retins, jalouse de garder intactes

1. Enceinte.
2. Voiture à cheval.

la foi et l'incertitude d'une équivoque : pourquoi la présence de ma mère n'eût-elle pas rassuré la victoria ?

— … Tu comprends, quand elle entendait ma voix, elle se sentait plus tranquille…

Mais certainement, très tranquille, et tout étalée, en drap bleu entre ses deux lanternes riches, à couronnes de cuivre découpées en trèfles… Une figure de victoria tranquillisée… Parfaitement !

— Dieu, que tu as l'air bête en ce moment, ma fille !… Tu m'écoutes ?

— Oui, maman…

— Donc, nous avions fait un grand tour, par une de ces chaleurs ! J'étais énorme, et je me trouvais lourde. Nous rentrions au pas, et j'avais coupé des genêts fleuris, je me rappelle… Nous voilà arrivés à la hauteur du cimetière, – non, ce n'est pas une histoire de revenants, – quand un nuage, un vrai nuage du Sud, marron roux, avec un petit ourlet de mercure tout autour, se met à monter plus vite dans le ciel, tonne un bon coup, et crève en eau comme un seau percé ! Antoine descend et veut lever la capote pour m'abriter. Je lui dis : « Non, le plus pressé c'est de tenir la jument à la tête : si la grêle vient, elle s'emballera pendant que vous lèverez la capote. » Il tient la jument qui dansait un peu sur place, mais je lui parlais, tu comprends, comme s'il n'avait pas plu ni tonné, je lui parlais sur un ton de beau temps et de promenade au pas. Et je recevais un *agas* d'eau[1] incroyable, sur ma malheureuse petite ombrelle en soie… Le nuage passé, j'étais assise dans un bain de siège, Antoine trempé, et la capote pleine d'eau, d'une eau chaude, une eau à dix-huit ou vingt degrés. Et quand Antoine a voulu vider la capote, nous y avons trouvé quoi ? Des grenouilles, minuscules, vivantes, au moins trente grenouilles apportées à travers les airs par un caprice du Sud, par une trombe chaude, une de ces tornades dont le pied en pas de vis ramasse et porte à cent lieues un panache de sable, de graines, d'insectes… J'ai vu cela, moi, oui !

Elle brandissait le peigne de fer qui servait à carder[2] la chevelure de la havanaise et les angoras[3]. Elle ne s'étonnait pas que des prodiges météorologiques l'eussent attendue au passage, et tutoyée.

Vous croirez sans peine qu'à l'appel de « Sido » le vent du Sud se levait devant les yeux de mon âme, tors[4] sur son pas de vis, empanaché de graines, de sable, de papillons morts, raciné au désert de Libye… Sa tête indistincte et désordonnée s'agitait, secouant l'eau et la pluie de grenouilles tièdes… Je suis capable encore de le voir.

---

1. Pluie torrentielle.
2. Peigner.
3. La « havanaise » est une espèce de chien, l'« angora », une espèce de chat.
4. Qui est tordu.

— Mais que tu as donc l'air bête aujourd'hui, ma fille !… D'ailleurs tu es beaucoup plus jolie quand tu as l'air bête. C'est dommage que cela t'arrive si rarement. Tu pèches[1] déjà, comme moi, par excès d'expression. J'ai toujours l'air, quand j'égare mon dé, d'avoir perdu un parent bien-aimé… Quand tu prends l'air bête, tu as les yeux plus grands, la bouche entrouverte, et tu rajeunis… À quoi penses-tu ?

— À rien, maman…

— Je ne te crois pas, mais c'est très bien imité. Vraiment très bien, ma fille. Tu es un miracle de gentillesse et de fadeur !

Je tressaillais, je rougissais sous la louange piquante, l'œil acéré, la voix aux finales hautes et justes. Elle ne m'appelait « ma fille » que pour souligner une critique ou une réprimande… Mais la voix, le regard étaient prompts à changer :

— Ô mon Joyau-tout-en-or ! Ce n'est pas vrai, tu n'es ni bête ni jolie, tu es seulement ma petite fille incomparable !… Où vas-tu ?

Comme à tous les inconstants l'absolution me donnait des ailes, et dûment embrassée, légère, j'apprêtais déjà ma fuite.

— Ne t'en va pas loin à cette heure-ci ! Le soleil se couche dans…

1. Commets une erreur.

Elle ne consultait pas la montre, mais la hauteur du soleil sur l'horizon, et la fleur du tabac ou le datura, assoupis tout le jour et que le soir éveillait.

— … dans une demi-heure, le tabac blanc embaume déjà… Veux-tu porter des aconits, des ancolies et des campanules[1] chez Adrienne Saint-Aubin, et lui rendre la *Revue des Deux Mondes*[2] ?… Change de ruban, mets-en un bleu pâle… Tu as un teint pour le bleu pâle, ce soir.

Changer de ruban – jusqu'à l'âge de vingt-deux ans on m'a vue coiffée de ce large ruban, noué autour de ma tête, « à la Vigée-Lebrun[3] », disait ma mère – et porter un message de fleurs : ainsi ma mère m'avertissait que j'étais, pendant une heure, un jour, particulièrement jolie, et qu'elle s'enorgueillissait de moi. Le ruban en papillon épanoui au-dessus du front, quelques cheveux ramenés sur les tempes, je prenais les fleurs à mesure que « Sido » les coupait.

— Maintenant va ! Donne les ancolies doubles à Adrienne Saint-Aubin. Le reste à qui tu voudras, dans notre voisinage. Sur l'Est, il y a quelqu'un de malade, la mère Adolphe… Si tu entres chez elle…

Elle n'avait pas le temps de finir sa phrase que je reculais, d'un saut, renâclant comme une bête devant l'odeur et l'image de la maladie… Ma mère

1. Noms de fleurs.
2. Revue culturelle fondée en 1829.
3. Femme peintre du XVIIIe siècle.

me retenait par le bout d'une de mes tresses, et son soudain visage sauvage, libre de toute contrainte, de charité, d'humanité, bondissait hors de son visage quotidien. Elle chuchotait :

— Tais-toi !… Je sais… Moi aussi… Mais il ne faut pas le dire. Il ne faut jamais le dire ! Va… Va maintenant. Tu t'es encore mis cette nuit un papier à papillotes[1] sur le front, hein, mâtine[2] ? Enfin…

Elle lâchait ma rêne[3] de cheveux, s'éloignait de moi pour me mieux voir :

— Va leur montrer ce que je sais faire !

Mais, quoi qu'elle m'eût recommandé, je n'entrais pas chez la malade de l'Est. Je passais la rue comme un gué, en sautant de l'un à l'autre caillou pointu, et je ne m'arrêtais que chez la singulière amie de ma mère, chez « Adrienne ».

Les enfants et les neveux que celle-ci a laissés n'auront pas gardé d'elle un souvenir plus vif que n'est le mien. Vive, guetteuse et somnolente, un bel œil jaune de gitane sous les cheveux crépus, elle errait avec une sorte de lyrisme agreste[4], une exigence quotidienne de nomade. Sa maison lui ressemblait par le désordre et par une grâce qui se refuse

1. Petit morceau de papier servant à rouler une mèche de cheveux pour la boucler.

2. Coquine.

3. Le terme « rêne » a ici une valeur métaphorique, il décrit une longue mèche de cheveux.

4. Rustique, champêtre.

aux sites et aux êtres policés[1]. Pour fuir l'humide et funéraire pénombre, la verdure étouffante, roses et glycines, dans son jardin, escaladaient les ifs[2], gagnaient le soleil par des efforts d'ascension et des dépenses d'énergie qui réduisaient leurs tiges-mères, étirées, à une nudité de reptiles… Mille roses, réfugiées au sommet des arbres, fleurissaient hors d'atteinte, parmi des glycines à longues gouttes de fleurs et des bignoniers[3] pourpres, victorieux ennemis des clématites épuisées…

Sous cette chevelure, la maison d'Adrienne suffoquait aux heures chaudes. Sûre d'y trouver des piles de livres éboulés, des champignons cueillis à l'aube, des fraises sauvages, des ammonites fossiles[4], et, selon la saison, des truffes grises de Puisaye, je m'y glissais à la manière d'un chat. Mais un chat hésite, et demeure interdit devant un plus chat. La présence d'Adrienne, son indifférence, un secret étincelant et bien gardé au fond de ses prunelles jaunes, je les supportais avec un trouble chagrin que je cotais peut-être à son prix. Elle mettait, à me négliger, une sorte d'art sauvage, et sa bohémienne, son universelle indifférence me blessait comme une rigueur d'exception.

1. Raffinés.
2. Très grands arbres conifères.
3. Lianes grimpantes à fleurs.
4. Animaux marins à coquilles.

Quand ma mère et Adrienne allaitaient, la première sa fille, la seconde son fils, elles échangèrent un jour, par jeu, leurs nourrissons. Parfois Adrienne m'interpellait en riant : « Toi que j'ai nourrie de mon lait !... » Je rougissais si follement que ma mère fronçait les sourcils, et cherchait sur mon visage la cause de ma rougeur. Comment dérober à ce lucide regard, gris de lame et menaçant, l'image qui me tourmentait : le sein brun d'Adrienne et sa cime violette et dure...

Oubliée chez Adrienne entre des cubes vacillants de livres – toute la collection de la *Revue des Deux Mondes*, entre autres – entre les tomes innombrables d'une vieille bibliothèque médicale à odeur de cave, entre des coquillages géants, des simples à demi secs, des pâtées de chat aigries, le chien Perdreau, le matou noir à masque blanc qui s'appelait « Colette » et mangeait le chocolat cru, je tressaillais à un appel venu par-dessus les ifs entravés de roses et les thuyas étiques[1] que paralysait un python de glycine[2]... Dans notre maison, surgissant d'une fenêtre comme pour annoncer le feu ou les voleurs, ma mère criait mon nom... Étrange culpabilité d'une enfant sans reproche : je courais, j'apprêtais un air simple, un essoufflement d'étourdie...

1. Grands arbres fins.

2. Branche de glycine en forme de serpent, qui s'enroule autour de l'arbre.

— Si longtemps chez Adrienne ?

Pas un mot de plus, mais quel accent ! Tant de clairvoyance et de jalousie, en « Sido », tant de confusion en moi refroidirent, à mesure que je grandissais, l'amitié des deux femmes. Elles n'eurent jamais d'altercation[1], rien ne s'expliqua entre ma mère et moi. Qu'eussions-nous expliqué ? Adrienne se gardait de m'attirer ou de me retenir. Ce n'est pas toujours par l'amour que la captation commence. J'avais dix ans, onze ans…

Il m'a fallu beaucoup de temps pour que j'associasse un gênant souvenir, une certaine chaleur de cœur, la déformation féerique d'un être et de sa demeure, à l'idée d'une première séduction.

« Sido » et mon enfance, l'une et l'autre, l'une par l'autre furent heureuses au centre de l'imaginaire étoile à huit branches, dont chacune portait le nom d'un des points cardinaux et collatéraux. Ma douzième année vit arriver la mauvaise fortune, les départs, les séparations. Réclamée par de quotidiens et secrets héroïsmes, ma mère appartint moins à son jardin, à sa dernière enfant…

J'aurais volontiers illustré ces pages d'un portrait photographique. Mais il m'eût fallu une « Sido » debout, dans le jardin, entre la pompe, les hortensias, le frêne pleureur et le très vieux noyer. Là je l'ai

1. Dispute.

laissée, quand je dus quitter ensemble le bonheur et mon plus jeune âge. Là, je l'ai pourtant revue, un moment furtif du printemps de 1928[1]. Inspirée et le front levé, je crois qu'à cette même place elle convoque et recueille encore les rumeurs, les souffles et les présages qui accourent à elle, fidèlement, par les huit chemins de la Rose des Vents[2].

---

1. Sido est morte en 1912.
2. Figure indiquant les points cardinaux. Le titre de la première version du texte était *Sido ou les Points cardinaux*.

JE FAIS LE POINT : CHAPITRE I DE *SIDO*

1. Quel regard Sido porte-t-elle sur la nature ? Quelle relation entretient-elle avec la nature ?

2. Quelle image de sa mère Colette donne-t-elle : quelles sont les qualités dont elle fait l'éloge ? quels défauts lui reconnaît-elle ?

3. Quels sont les sentiments qui animent Colette lorsqu'elle évoque son pays natal et son enfance ?

II

LE CAPITAINE

Cela me semble étrange, à présent, que je l'aie si peu connu. Mon attention, ma ferveur, tournées vers « Sido », ne s'en détachaient que par caprices. Ainsi faisait-il, lui, mon père. Il contemplait « Sido ». En y réfléchissant, je crois qu'elle aussi l'a mal connu. Elle se contentait de quelques grandes vérités encombrantes : il l'aimait sans mesure, – il la ruina dans le dessein de l'enrichir – elle l'aimait d'un invariable amour, le traitait légèrement dans l'ordinaire de la vie, mais respectait toutes ses décisions.

Derrière ces évidences aveuglantes, un caractère d'homme n'apparaissait que par échappées. Enfant, qu'ai-je su de lui ? Qu'il construisait pour moi, à ravir, des « maisons de hannetons » avec fenêtres et portes vitrées, et aussi des bateaux. Qu'il chantait. Qu'il dispensait – et cachait – les crayons de couleur, le papier blanc, les règles en palissandre[1], la

1. Bois dur.

poudre d'or, les larges pains à cacheter blancs que je mangeais à poignées… Qu'il nageait, avec sa jambe unique, plus vite et mieux que ses rivaux à quatre membres…

Mais je savais aussi qu'il ne s'intéressait pas beaucoup, en apparence du moins, à ses enfants. J'écris « en apparence ». La timidité étrange des pères, dans leurs rapports avec leurs enfants, m'a donné, depuis, beaucoup à penser. Les deux aînés de ma mère, fille et garçon, issus d'un premier mariage, – celle-là égarée dans le roman, à peine présente, habitée par les fantômes littéraires des héros ; celui-ci altier, tendre en secret – l'ont gêné. Il croyait naïvement que l'on conquiert un enfant par des dons… Il ne voulut pas reconnaître sa fantaisie musicienne et nonchalante dans son propre fils, « le lazzarone[1] », comme disait ma mère. C'est à moi qu'il accorda le plus d'importance. J'étais encore petite quand mon père commença d'en appeler à mon sens critique. Plus tard, je me montrai, Dieu merci, moins précoce. Mais quelle intransigeance, je m'en souviens, chez ce juge de dix ans…

— Écoute ça, me disait mon père.

J'écoutais, sévère. Il s'agissait d'un beau morceau de prose oratoire, ou d'une ode, vers faciles,

1. Homme de condition misérable.

fastueux[1] par le rythme, par la rime, sonores comme un orage de montagne…

— Hein ? interrogeait mon père. Je crois que cette fois-ci !… Eh bien, parle !

Je hochais ma tête et mes nattes blondes, mon front trop grand pour être aimable et mon petit menton en bille, et je laissais tomber mon blâme :

— Toujours trop d'adjectifs !

Alors mon père éclatait, écrasait d'invectives la poussière, la vermine, le pou vaniteux que j'étais. Mais la vermine, imperturbable, ajoutait :

— Je te l'avais déjà dit la semaine dernière, pour l'*Ode à Paul Bert*. Trop d'adjectifs !

Il devait, derrière moi, rire, et peut-être s'enorgueillir… Mais au premier moment nous nous toisions[2] en égaux, et déjà confraternels. C'est lui, à n'en pas douter, c'est lui qui me domine quand la musique, un spectacle de danse – et non les mots, jamais les mots ! – mouillent mes yeux. C'est lui qui se voulait faire jour, et revivre quand je commençai, obscurément, d'écrire, et qui me valut le plus acide éloge, – le plus utile à coup sûr :

— Aurais-je épousé la dernière des lyriques ?

Lyrisme paternel, humour, spontanéité maternels, mêlés, superposés, je suis assez sage à présent,

1. Somptueux.
2. Regardions de haut, avec dédain.

assez fière pour les départager en moi, toute heureuse d'un délitage[1] où je n'ai à rougir de personne ni de rien.

Oui, tous quatre, nous autres enfants, nous avons gêné mon père. En est-il autrement dans les familles où l'homme, passant l'âge de l'amour, demeure épris de sa compagne ? Nous avons, toute sa vie, troublé le tête-à-tête que mon père rêvait… L'esprit pédagogique peut rapprocher un père de ses enfants. À défaut d'une tendresse, beaucoup plus exceptionnelle qu'on ne l'admet généralement, un homme s'attache à ses fils par le goût orgueilleux d'enseigner. Mais Jules-Joseph Colette, homme instruit, ne faisait parade d'aucune science. Pour « Elle », il avait d'abord aimé briller, jusqu'au jour où, l'amour grandissant, mon père quitta jusqu'à l'envie d'éblouir « Sido ».

J'irais droit au coin de terre où fleurissaient les perce-neige, dans le jardin. La rose, le treillage qui la portait, je les peindrais de mémoire, ainsi que le trou dans le mur, la dalle usée. La figure de mon père reste indécise, intermittente. Dans le grand fauteuil de reps, il est resté assis. Les deux miroirs ovales du pince-nez ouvert brillent sur sa poitrine, et sa singulière lèvre en margelle dépasse un peu, rouge, sa moustache qui rejoint sa barbe. Là il est fixé, à jamais.

1. Action de déliter, c'est-à-dire de décomposer, de séparer des éléments.

Mais ailleurs il erre et flotte, troué, barré de nuages, visible par fragments. Sa main blanche ne saurait m'échapper, surtout depuis que je tiens mal mon pouce, en dehors, comme lui, et que comme cette main mes mains froissent, roulent, anéantissent le papier avec une fureur explosive. Et la colère donc… Je ne parlerai pas de mes colères, qui me viennent de lui. Mais qu'on aille voir seulement, à Saint-Sauveur, l'état dans lequel mon père mit, de deux coups de son pied unique, le chambranle de la cheminée en marbre…

J'épèle, en moi, ce qui est l'apport de mon père, ce qui est la part maternelle. Le capitaine Colette n'embrassait pas les enfants : sa fille prétend que le baiser les fane. S'il m'embrassait peu, du moins il me jetait en l'air, jusqu'au plafond que je repoussais des deux mains et des genoux, et je criais de joie. Sa force musculaire était grande, ménagée et dissimulée d'une manière féline, et sans doute entretenue par une frugalité[1] qui déconcertait nos bas-bourguignons : du pain, du café, beaucoup de sucre, un demi-verre de vin, force tomates, des aubergines… Il se résigna à prendre un peu de viande comme un remède, passé soixante-dix ans. Sédentaire[2], ce Méridional, tout blanc dans sa peau de satin, n'engraissa jamais.

1. Sobriété.
2. Qui bouge peu.

— Italien !... Homme au couteau !

Ainsi l'invectivait ma mère, quand elle n'était pas contente de lui, ou bien quand l'extraordinaire jalousie de son fidèle amant se faisait jour. De fait, s'il n'a jamais tué personne, un poignard, dont le manche de corne cachait un ressort, ne quittait jamais la poche de mon père, qui méprisait l'arme à feu.

Les fausses colères du Midi tiraient de lui des grondements, des jurons grandiloquents, auxquels nous n'accordions aucune importance. Mais comme j'ai frémi, une fois, d'entendre mélodieuse la voix de sa fureur véritable ! J'avais onze ans.

Ma mystérieuse demi-sœur venait de se marier, à sa guise, si mal et si tristement qu'elle n'espérait plus que la mort : elle avala je ne sais quels cachets et le voisin vint prévenir ma mère. Mon père et ma sœur ne s'étaient guère liés en quelque vingt années. Mais mon père, qui regardait souffrir « Sido », dit sans élever le ton, et d'un accent enchanteur :

— Allez dire au mari de *ma* fille, au docteur R..., que, s'il ne sauve pas cette enfant, ce soir il aura cessé de vivre.

Quelle suavité[1] ! Je fus saisie d'enthousiasme. Le beau son, plein, musical comme le chant de la mer en courroux ! N'eût été la douleur de « Sido »,

1. Douceur agréable.

j'aurais regagné, dansant, le jardin, et allégrement espéré la juste mort du docteur R...

Mal connu, méconnu... « Ton incorrigible gaieté ! » s'écriait ma mère. Ce n'était pas reproche, mais étonnement. Elle le croyait gai, parce qu'il chantait. Mais, moi qui siffle dès que je suis triste, moi qui scande les pulsations de la fièvre ou les syllabes d'un nom dévastateur sur les variations sans fin d'un thème, je voudrais qu'elle eût compris que la suprême offense, c'est la pitié. Mon père et moi, nous n'acceptons pas la pitié. Notre carrure la refuse. À présent, je me tourmente, à cause de mon père, car je sais qu'il eut, mieux que toutes les séductions, la vertu d'être triste à bon escient, et de ne jamais se trahir. Sauf qu'il nous fit souvent rire, sauf qu'il contait bien, qu'emporté par son rythme il « brodait » avec hardiesse, sauf cette mélodie qui s'élevait de lui, l'ai-je vu gai ? Il allait, précédé, protégé par son chant.

Rayons dorés, tièdes zéphyrs...

fredonnait-il en descendant notre rue déserte. Ainsi « Elle » ignorerait, en l'entendant venir, que Laroche, fermier des Lamberts, refusait impudemment de payer son fermage, et qu'un prête-nom du même

Laroche avançait à mon père – sept pour cent d'intérêts pour six mois – une somme indispensable…

Par quel charme, dis-moi, m'as-tu donc enchanté ?
Quand je te vois, je crois que c'est par ton sourire…

Qui donc eût pu croire que ce baryton[1], agile encore sur sa béquille et sa canne, pousse devant lui sa romance[2] comme une blanche haleine d'hiver, afin qu'elle détourne de lui l'attention ?

Il chante : « Elle » oubliera peut-être aujourd'hui de lui demander s'il a pu emprunter cent louis sur sa pension d'officier amputé ? Quand il chante, Sido l'écoute malgré elle, et ne l'interrompt pas…

Les rendez-vous de noble compagnie
Se donnent tous dans ce charmant-ant séjour,
Et doucement on y passe la vie (bis)
En célébrant le champagne et l'amour ! (ter)

S'il jette trop haut, aux murs de la rue de l'Hospice, le *gruppetto*, le point d'orgue final, et quelques *cocottes* de fantaisie, ma mère apparaîtra sur le seuil, scandalisée, riante :

— Oh ! Colette !… Dans la rue !…

---

1. Vocabulaire du chant : désigne une voix d'homme entre la basse et le ténor.
2. Chanson sentimentale.

… et moyennant peut-être deux ou trois grivoiseries[1], du genre ordinaire, décochées à une jeune voisine, « Sido » froncera son sourcil clairsemé de Joconde, et chassera d'elle le douloureux refrain qui ne franchit pas ses lèvres : « Il va falloir vendre la Forge… vendre la Forge… Mon Dieu, vendre la Forge aussi, après les Mées, les Choslins, les Lamberts… »

Gai ? Et pourquoi eût-il été, sincèrement, gai ? Il avait besoin de vivre au sein d'une chaude approbation, après avoir eu besoin, dans sa jeunesse, de mourir publiquement et avec gloire. Réduit à son village et à sa famille, envahi et borné par son grand amour, il livra le plus vrai de lui-même à des étrangers, à des amis lointains. Un de ses compagnons d'armes, le colonel Godchot, vit encore, et garde des lettres, redit des mots du capitaine Colette… Étrange silence d'un homme qui parlait volontiers : il ne contait pas ses faits d'armes. C'est le capitaine Fournès, et le soldat Lefèvre, tous deux du 1er zouaves, qui ont transmis au colonel Godchot des « mots » de mon père. Dix-huit cent cinquante-neuf… Guerre d'Italie… Mon père, à vingt-neuf ans, tombe, la cuisse gauche arrachée, devant Melegnano. Fournès et Lefèvre s'élancent,

1. Propos grivois, c'est-à-dire qui a un caractère osé, libertin, voire indécent.

le rapportent : « Où voulez-vous qu'on vous mette, mon capitaine ?

— Au milieu de la place, sous le drapeau ! »

Il n'a conté, à aucun des siens, cette parole, cette heure où il espéra mourir parmi le tonnerre et l'amour des hommes. Il ne nous a jamais dit, à nous, comment il gisait à côté de « son vieux Maréchal » (Mac Mahon). Il ne m'a jamais parlé, à moi, de la seule longue et grave maladie qui m'ait atteinte. Mais voici que des lettres de lui (je l'apprends vingt ans après sa mort) sont pleines de mon nom, du mal de la « petite »...

Trop tard, trop tard... C'est le mot des négligents, des enfants et des ingrats. Non que je me sente plus coupable qu'une autre « enfant », au contraire. Mais n'aurais-je pas dû forcer, quand il était vivant, sa dignité goguenarde[1], sa frivolité[2] de commande ? Ne valions-nous pas, lui et moi, l'effort réciproque de nous mieux connaître ?

1. Moqueuse.
2. Attitude futile, peu sérieuse.

Il était poète, et citadin. La campagne, où ma mère semblait se sustenter[1] de toute sève, et reprendre vie chaque fois qu'en se baissant elle en touchait la terre, éteignait mon père, qui s'y comporta en exilé.

Elle nous sembla parfois scandaleuse, la sociabilité qui l'appelait vers la politique des villages, les conseils municipaux, la candidature au conseil général, vers les assemblées, les comités régionaux où l'humaine rumeur répond à la voix humaine. Injustes, nous lui en voulions vaguement de ne pas assez nous ressembler, à nous qui nous dilations d'aise loin des hommes.

Je m'avise à présent qu'il cherchait à nous plaire, lorsqu'il organisait des « parties de campagne », comme font les habitants des villes. La vieille victoria bleue emportait famille, victuailles et chiens jusqu'aux bords d'un étang, Moutiers, Chassaing, ou la jolie flaque forestière de la Guillemette qui nous appartenait. Mon père manifestait le « sens du dimanche », le besoin urbain de fêter un jour entre les sept jours, au point qu'il se munissait de cannes à pêche, et de sièges pliants.

Au bord de l'étang, il essayait une humeur joviale qui n'était pas son humeur joviale de la semaine ; il

1. Se nourrir.

débouchait plaisamment la bouteille de vin, s'accordait une heure de pêche à la ligne, lisait, dormait un moment, et nous nous ennuyions, nous autres, sylvains[1] aux pieds légers, entraînés à battre le pays sans voiture, et regrettant, devant le poulet froid, nos en-cas de pain frais, d'ail et de fromage. La libre forêt, l'étang, le ciel double exaltaient mon père, mais à la manière d'un noble décor. Plus il évoquait

... le bleu Titarèse, et le golfe d'argent...

plus nous devenions taciturnes – je parle des deux garçons et de moi – nous qui n'accordions déjà plus d'autre aveu, à notre culte bocager, que le silence.

Assise au bord de l'étang, entre son mari et ses enfants sauvages, seule ma mère semblait recueillir mélancoliquement le bonheur de compter, gisants contre elle, sur l'herbe fine et jonceuse[2] rougie de bruyère, ses bien-aimés... Loin du coup de sonnette importun, loin de l'anxieux fournisseur impayé, loin des voix cauteleuses[3], un cirque parfait de bouleaux et de chênes enfermait – j'excepte l'infidèle fille aînée – son œuvre et son tourment. Courant en risées[4] sur les cimes des arbres, le vent franchissait

1. Qui vivent dans la forêt.
2. Souple comme un jonc.
3. Peu franches, voire hypocrites.
4. Petites brises.

la brèche ronde, touchait rarement l'eau. Les dômes des mousserons[1] rosés crevaient le léger terreau, gris d'argent, qui nourrit les bruyères, et ma mère parlait de ce qu'elle et moi nous aimions le mieux.

Elle contait les sangliers des anciens hivers, les loups encore présents dans la Puisaye et la Forterre, le loup d'été, maigre, qui suivit, cinq heures durant, la victoria. « Si j'avais su quoi lui donner à manger… Il aurait bien mangé du pain… À toutes les côtes, il s'asseyait pour laisser à la voiture son avance d'une cinquantaine de mètres. De le sentir, la jument était furieuse, un peu plus c'est elle qui l'eût attaqué…

— Tu n'avais pas peur ?

— Peur ? Non. Ce pauvre grand loup gris, sec, affamé, sous un soleil de plomb… D'ailleurs j'étais avec mon premier mari. C'est lui aussi, mon premier mari, qui en chassant a vu le renard noyer ses puces. Une touffe d'herbes entre les dents, le renard est entré le derrière le premier, peu à peu, peu à peu, dans l'eau, jusqu'au museau… »

Paroles innocentes, enseignements maternels que donnent aussi, à leurs petits, l'hirondelle, la mère lièvre, la chatte… Récits délicieux, dont mon père ne retenait qu'un mot : « mon premier mari… », et il appuyait sur « Sido » ce regard bleu gris dans lequel personne n'a jamais pu lire… Que lui importaient,

1. Types de champignons.

d'ailleurs, le renard, le muguet, la baie mûre, l'insecte ? Il les aimait dans des livres, nous disait leurs noms scientifiques, et dehors les croisait sans les reconnaître… Il louait, sous le nom de « rose », toute corolle épanouie, il prononçait l'*o* bref, à la provençale, en pinçant, entre le pouce et l'index, une « roz » invisible…

Le soir tombait enfin sur notre dimanche-aux-champs. De cinq, nous n'étions, souvent, plus que trois : mon père, ma mère et moi. Le rempart circulaire des bois assombris avait résorbé les deux longs garçons osseux, mes frères.

— Nous les rattraperons sur la route, en revenant, disait mon père.

Mais ma mère secouait la tête : ses garçons ne rentraient que par des sentes de traverse, des prés marécageux et bleus ; coupant par les sablières, les ronciers, ils sautaient le mur au fond du jardin… Elle se résignait à les trouver chez nous, à la maison, un peu saignants, un peu loqueteux[1] ; elle reprenait sur l'herbe les reliefs[2] du repas, quelques champignons frais cueillis, le nid de mésange vide, la cartilagineuse éponge cloisonnée, œuvre d'une colonie de guêpes, le bouquet sauvage, des cailloux empreints d'ammonites fossiles, le grand chapeau de « la petite », et mon père, encore agile, remontait, d'un saut d'échassier, dans la victoria.

1. Aux vêtements en loques, c'est-à-dire abîmés.
2. Les restes.

C'est ma mère qui caressait la jument noire, qui offrait à ses dents jaunies des pousses tendres, et qui essuyait les pattes du chien pataugeur. Je n'ai jamais vu mon père toucher un cheval. Nulle curiosité ne l'a attiré vers un chat, penché sur un chien. Jamais un chien ne lui a obéi…

— Allons, monte ! ordonnait à Moffino la belle voix du capitaine.

Mais le chien, contre le marchepied de la voiture, battait de la queue froidement, et regardait ma mère…

— Monte, animal ! Qu'est-ce que tu attends ? répétait mon père.

« J'attends *l'ordre* », semblait répondre le chien.

— Eh ! saute ! lui criais-je.

Il ne se le faisait pas dire deux fois.

— C'est très curieux, constatait ma mère.

— Ça prouve seulement la bêtise de ce chien, répliquait mon père.

Mais nous n'en croyions rien, « nous autres », et mon père, au fond, se sentait secrètement humilié.

Les genêts jaunes, bottelés, faisaient queue de paon derrière nous dans la capote de la vieille voiture. Mon père, en approchant du village, reprenait son fredon[1] défensif, et nous avions sans doute l'air très heureux, car l'air heureux était notre suprême

1. Air chanté à mi-voix.

et mutuelle politesse… Soir commençant, fumées courantes sur le ciel, fiévreuse première étoile, est-ce que tout, autour de nous, n'était pas aussi grave et aussi tremblant que nous-mêmes ? Un homme, banni des éléments qui l'avaient jadis porté, rêvait amèrement…

Amèrement, – maintenant j'en suis sûre. Il faut du temps à l'absent pour prendre sa vraie forme en nous. Il meurt, – il mûrit, il se fixe. « C'est donc toi ? Enfin… Je ne t'avais pas compris. » Il n'est jamais trop tard, puisque j'ai pénétré ce que ma jeunesse me cachait autrefois : mon brillant, mon allègre père nourrissait la tristesse profonde des amputés. Nous n'avions presque pas conscience qu'il lui manquât, coupée en haut de la cuisse, une jambe. Qu'eussions-nous dit à le voir soudain marcher comme tout le monde ?

Ma mère elle-même ne l'avait connu qu'étayé de béquilles, preste[1], et rayonnant d'insolence amoureuse. Mais elle ignorait, faits d'armes exceptés, l'homme qui datait d'avant elle, le saint-cyrien[2] beau danseur, le lieutenant solide comme un « bois-debout » – ainsi l'on nomme, dans mon pays natal, l'antique billot[3], la rouelle de chêne au grain serré que n'entame pas le hachoir. Elle ignorait quand elle le suivait des

1. Agile.
2. Élève de l'école militaire de Saint-Cyr.
3. Masse de bois sur laquelle on fait un ouvrage.

yeux, que ce mutilé avait autrefois pu courir à la rencontre de tous les risques. Amèrement, le plus ailé de lui-même s'élançait encore, lorsqu'assis, et sa chanson suave aux lèvres, il restait aux côtés de « Sido ».

L'amour, et rien d'autre... Il n'avait gardé qu'elle. Autour d'eux, le village, les champs, les bois, – le désert... Il pensait qu'au loin ses amis, ses camarades continuaient. D'un voyage à Paris, il revint l'œil voilé, parce que Davout d'Auerstaedt, grand chancelier de la Légion d'honneur, lui avait enlevé son ruban rouge pour le remplacer par une rosette[1].

— Tu ne pouvais pas me la demander, vieux ?

— Je n'avais pas demandé le ruban non plus, répondit légèrement mon père.

Mais il nous conta la scène d'une voix enrouée. Où situer la source de son émotion ? Il portait cette rosette, généreusement épanouie, à sa boutonnière. Le buste droit, le bras posé sur la barre de sa béquille, il paradait, dans notre vieille voiture, dès l'entrée du village, pour les premiers passants de la Gerbaude. Rêvait-il aux divisionnaires[2] qui marchaient sans étais[3] et défilaient sur des chevaux, Février, Désandré – Fournès qui l'avait sauvé et le nommait encore, délicatement, « mon capitaine »... Un mirage de

1. La rosette correspond au grade d'officier de la Légion d'honneur, supérieur au grade de chevalier indiqué par le ruban.
2. Généraux.
3. Appuis.

Sociétés savantes, peut-être de politique, de tribunes, de chatoyante algèbre… Un mirage de joies d'homme…

— Tu es si humain ! lui disait parfois ma mère, avec un accent d'indéfinissable suspicion.

Elle ajoutait, pour ne le point trop blesser :

— Oui, tu comprends, tu étends la main pour savoir s'il pleut.

Il était grivois en anecdotes[1]. La présence de ma mère arrêtait sur ses lèvres l'histoire toulonnaise, ou africaine. Elle, vive en paroles, se modérait chastement devant lui. Mais, distraite, entraînée par un rythme familier, elle se surprenait à fredonner des « sonneries » dont les textes furent transmis, sans altération, des armées impériales aux armées républicaines.

— Ne nous gênons plus, disait mon père derrière *Le Temps*[2] déployé.

— Oh…, suffoquait ma mère. Pourvu que la petite n'ait pas entendu !

— Pour la petite, repartait mon père, ça n'a pas d'importance…

Et il attachait sur sa créature choisie l'extraordinaire regard gris bleu, plein de bravade[3], qui ne

1. Il racontait de petites histoires coquines.
2. Titre d'un journal.
3. Qui affiche de la bravoure.

versait ses secrets à personne, mais qui avouait parfois : « J'ai des secrets. »

J'essaie, seule, d'imiter ce regard de mon père. Il m'arrive d'y réussir assez bien, surtout quand je m'en sers pour me mesurer avec un tourment caché. Tant est efficace le secours de l'insulte à ce qui vous domine le mieux, et grand le plaisir de fronder[1] un maître : « Je mourrai peut-être de toi, mais crois bien que j'y mettrai le plus de temps possible… »

« La petite, ça n'a pas d'importance… » Quelle candeur, voyez, et comme il butait contre son amour, son seul amour ! Je lui plaisais cependant, par des traits où il se fût reconnu, mais il me distinguait mal. Il perdait, peu à peu, le don d'observer, la faculté de comparer. Je n'avais pas plus de treize ans quand je remarquai que mon père cessait de voir, au sens terrestre du mot, sa « Sido » elle-même…

— Encore une robe neuve ? s'étonnait-il. Peste, Madame !

Interloquée, « Sido » le reprenait sans gaieté :

— Neuve ? Colette, voyons !… Où as-tu les yeux ?

Elle pinçait entre deux doigts une soie élimée, une « visite » perlée de jais[2]…

1. Critiquer, affronter un pouvoir.
2. Petite pierre fine, noire, utilisée pour les bijoux, les broderies.

— Trois ans, Colette, tu m'entends ? Elle a trois ans !… Et ce n'est pas fini ! ajoutait-elle avec une hâte fière. Teinte en bleu marine…

Mais il ne l'écoutait plus. Il l'avait déjà jalousement rejointe, dans quelque lieu élu où elle portait chignon à boucles anglaises et corsage ruché de tulle, ouvert en cœur. En vieillissant, il ne tolérait même plus qu'elle eût mauvaise mine, qu'elle fût malade. Il lui jetait des « Allons ! allons ! » comme à un cheval qu'il avait seul le droit de surmener. Et elle allait…

Je ne les ai jamais surpris à s'embrasser avec abandon. D'où leur venait tant de pudeur ? De « Sido », assurément. Mon père n'y eût pas mis tant de façons… Attentif à tout ce qui venait d'elle, il écoutait son pas vif, l'arrêtait au passage :

— Paie ! lui ordonnait-il en désignant sa pommette nue au-dessus de sa barbe. Ou on ne passe pas.

Elle « payait », au vol, d'un baiser vif comme une piqûre, et s'enfuyait, irritée, si mes frères ou moi l'avions vue « payer ».

Une seule fois, en été, un jour que ma mère enlevait de la table le plateau du café, je vis la tête, la lèvre grisonnantes de mon père, au lieu de réclamer le péage familier, penchées sur la main de ma mère avec une dévotion fougueuse, hors de l'âge, et telle que « Sido », muette, autant que moi empourprée, s'en alla sans un mot. J'étais petite encore, assez vilaine, occupée comme on l'est à treize ans de toutes choses dont l'ignorance pèse, dont la découverte humilie. Il me fut bon de connaître, et de me remettre en mémoire, par moments, cette complète image de l'amour : une tête d'homme, déjà vieux, abîmée dans un baiser sur une petite main de ménagère, gracieuse et ridée.

Il trembla, longtemps, de la voir mourir avant lui. C'est une pensée commune aux amants, aux époux bien épris, un souhait sauvage qui bannit toute idée de pitié. « Sido », avant la mort de mon père, me parlait de lui, aisément soulevée au-dessus de nous :

— Il ne faut pas que je meure avant lui. Il ne le faut absolument pas ! Vois-tu que je me laisse mourir, et qu'il se tue, et qu'il se manque ? Je le connais…, disait-elle d'un air de jeune fille.

Elle rêvait un peu, les yeux sur la petite rue de Châtillon-Coligny, ou sur le carré de jardin prisonnier.

— Moi, je risque moins, tu comprends. Je ne suis qu'une femme. Passé un certain âge, une femme ne meurt presque jamais volontairement. Et puis je vous ai, en outre. Lui, il ne vous a pas.

Car elle savait tout, et jusqu'aux préférences indicibles. Dans la grappe pendue à ses flancs, à ses bras, mon père pesait comme nous, et ne nous soutenait guère.

Elle fut malade, et il s'assit fréquemment près du lit. « À quelle heure, quel jour seras-tu guérie ?

Gare, si tu ne guéris pas ! J'aurai bientôt fait de ne plus vivre ! » Elle ne supportait pas cette pensée d'homme, sa menace, son exigence sans merci. Pour lui échapper, elle tournait de côté et d'autre sa tête sur l'oreiller, comme elle fit plus tard pour secouer les derniers liens.

— Mon Dieu, Colette, tu me tiens chaud ! se plaignait-elle. Tu remplis toute la chambre. Un homme est toujours déplacé au chevet d'une femme. Va dehors ! Va voir s'il y a des oranges pour moi chez l'épicier… Va demander à M. Rosimond de me prêter la *Revue des Deux Mondes*… Mais marche doucement, le temps est orageux, tu reviendrais en moiteur !…

Il obéissait, l'aisselle remontée sur sa béquille.

— Tu vois ? disait ma mère derrière lui. Tu vois cet air de vêtement vide qu'il prend quand je suis malade ?

Sous la fenêtre, en s'en allant, il éclaircissait sa voix pour qu'elle l'entendît :

Je pense à toi, je te vois, je t'adore,
À tout instant, à toute heure, en tout lieu,
Je pense à toi quand je revois l'aurore,
Je pense à toi quand je ferme les yeux.

— Tu l'entends ? Tu l'entends ?… disait-elle fiévreusement.

Mais sa malice supérieure rajeunissait soudain tout son visage ; et elle se penchait hors de son lit :

— Ton père ? Tu veux savoir ce que c'est que ton père ? Ton père, c'est le roi des maîtres chanteurs !

Elle guérit, – elle guérissait toujours. Mais quand on lui enleva un sein, et quatre ans après, l'autre sein, mon père conçut d'elle une méfiance terrible, quoiqu'elle guérît encore, chaque fois. Pour une arête de poisson qui, restée au gosier de ma mère, l'obligeait à tousser violemment, les joues congestionnées et les yeux pleins de larmes, mon père, d'un coup de poing assené sur la table, dispersa en éclats son assiette, et cria furieusement :

— Ça va finir ?

Elle ne s'y trompa point et l'apaisa avec une délicatesse miséricordieuse, des mots plaisants, de voltigeants regards. J'emploie toujours ces mots : « voltigeant regard », quand il s'agit d'elle. L'hésitation, le besoin d'un tendre aveu, le devoir de mentir l'obligeaient à battre des paupières, tandis qu'allaient, venaient précipitamment ses prunelles grises. Ce trouble, cette fuite vaine des prunelles poursuivies par un regard d'homme bleu gris comme le plomb fraîchement coupé, c'est tout ce qui me fut révélé de la passion qui lia, pour leur vie entière, « Sido » et le Capitaine.

Il y a dix ans, je sonnais, amenée par un ami, à la porte de Mme B..., qui a, professionnellement, commerce avec les « esprits ». Elle nomme ainsi ce qui demeure, errant autour de nous, des défunts, particulièrement de ceux qui nous tinrent de près par le sang, et par l'amour. N'attendez pas que je professe une foi quelconque, ni même que je fréquente de passion les privilégiés qui lisent couramment l'invisible. Il s'agit d'une curiosité, toujours la même, qui me conduit indifféremment à visiter tour à tour Mme B..., la « femme-à-la-bougie », le chien-qui-compte, un rosier à fruits comestibles, le docteur qui ajoute du sang humain à mon sang humain, que sais-je encore ? Si cette curiosité me quitte, qu'on m'ensevelisse, je n'existe plus. Une de mes dernières indiscrétions s'adressa au grand hyménoptère[1] d'acier bleu qui abonde, en Provence, pendant la floraison des « soleils », en juillet-août. Tourmentée d'ignorer le nom de ce guerrier bardé, je m'interrogeais : « A-t-il ou non un dard ? Est-il seulement un samouraï magnifique et sans sabre ? » Je suis bien soulagée d'être tirée d'incertitude. Une curieuse petite déformation, sur

1. Insecte à quatre ailes, comme l'abeille, la guêpe.

l'os d'une phalangine[1], atteste que le guerrier bleu est armé à merveille, et prompt à dégainer.

Chez Mme B..., j'eus l'agréable nouveauté d'un appartement moderne, traversé de soleil. Sur la fenêtre chantaient des oiseaux en cage, dans la pièce voisine des enfants riaient. Une aimable et ronde femme à cheveux blancs m'affirma qu'elle n'avait besoin ni de clair-obscur, ni d'aucun maléfique décor. Elle ne réclama qu'un instant de méditation, et ma main serrée dans les siennes.

— Vous voulez me poser des questions ? me demanda-t-elle.

Je m'avisai alors que j'étais sans avidité, sans passion pour un au-delà quelconque, sans souhaits immodérés, et je ne trouvai rien à dire, sinon le mot le plus banal :

— Alors, vous voyez les morts ? Comment sont-ils ?

— Comme les vivants, répondit Mme B..., avec rondeur. Ainsi, derrière vous...

Derrière moi, c'était la fenêtre ensoleillée, et la cage des serins verts.

— ... derrière vous est assis l'« esprit » d'un homme âgé. Il porte une barbe non taillée, étalée, presque blanche. Les cheveux assez longs, gris, rejetés en arrière. Des sourcils... oh ! par exemple, des

1. Deuxième phalange des doigts.

sourcils… tout broussailleux… et là-dessous des yeux oh ! mais, des yeux !… Petits, mais d'un éclat qui n'est pas soutenable… Voyez-vous qui ça peut être ?

— Oui. Très bien.

— En tout cas, c'est un esprit bien placé.

— ?…

— Bien placé dans le monde des esprits. Il s'occupe beaucoup de vous… Vous ne le croyez pas ?

— J'en doute un peu…

— Si. Il s'occupe beaucoup de vous *à présent.*

— Pourquoi à présent ?

— Parce que vous représentez ce qu'il aurait tant voulu être sur la terre. Vous êtes justement ce qu'il a souhaité d'être. Lui, il n'a pas pu.

Je ne mentionnerai pas ici les autres « portraits » que me fit Mme B… Ils valaient tous, à mes yeux, par quelque détail dont la vigueur et le secret m'enchantèrent comme une sorcellerie anodine et inexplicable. D'un « esprit » où je fus bien obligée de reconnaître, trait pour trait, mon demi-frère, l'aîné, elle dit, apitoyée : « Je n'ai jamais vu un mort aussi triste ! »

— Mais, lui dis-je, vaguement jalouse, ne voyez-vous pas une femme âgée qui pourrait être ma mère ?

Le bon regard de Mme B… errait autour de moi :

— Non, ma foi…, répondit-elle enfin.

Elle ajouta, vive, et comme pour me consoler :

— Peut-être qu'elle se repose ? Ça arrive… Vous êtes seule d'enfant ? (*sic*).

— J'ai encore un frère.

— Là !… s'exclama bonnement Mme B… Sans doute qu'elle est occupée avec lui… Un esprit ne peut pas être partout à la fois, vous savez…

Non, je ne le savais pas. J'appris dans la même visite que le commerce des défunts s'accommode de lumière terrestre, de familière gaieté. « Ils sont comme les vivants », affirme, paisible dans sa foi, Mme B… Pourquoi non ? Comme les vivants, sauf qu'ils sont morts. Morts, – et voilà tout. Aussi s'étonnait-elle de voir en mon frère aîné un mort « aussi triste ». Ainsi l'ai-je vu – ainsi le voyait-elle à travers mon perméable mystère, sans doute – très triste en vérité, et comme roué de coups par son pénible et dernier passage, encore soucieux et fourbu…

Quant à mon père… « Vous êtes justement ce qu'il a souhaité d'être, et de son vivant il n'a pas pu. » Là, j'ai de quoi rêver, de quoi m'émouvoir. Sur un des plus hauts rayons de la bibliothèque, je revois encore une série de tomes cartonnés, à dos de toile noire. Les plats de papier jaspé[1], bien collés, et la rigidité du cartonnage attestaient l'adresse manuelle de mon père. Mais les titres, manuscrits, en lettres

1. Type de reliure du papier.

gothiques, ne me tentaient point, d'autant que les étiquettes à filets noirs ne révélaient aucun auteur. Je cite de mémoire : *Mes campagnes*, *Les Enseignements de 70*, *La Géodésie des géodésies*, *L'Algèbre élégante*, *Le Maréchal de Mac Mahon vu par un de ses compagnons d'armes*, *Du village à la Chambre*, *Chansons de zouave* (vers)... J'en oublie.

Quand mon père mourut, la bibliothèque devint chambre à coucher, les livres quittèrent leurs rayons.

— Viens donc voir, appela un jour mon frère, l'aîné.

Il transportait lui-même, classait, ouvrait les livres, taciturne[1], en quête d'une odeur de papier piqué, d'une de ces moisissures embaumées d'où se lève l'enfance révolue, d'un pétale de tulipe sec, encore jaspé comme l'agate arborescente[2]...

— Viens donc voir...

La douzaine de tomes cartonnés nous remettait son secret, accessible, longtemps dédaigné. Deux cents, trois cents, cent cinquante pages par volume ; beau papier vergé[3] crémeux ou « écolier » épais, rogné avec soin, des centaines et des centaines de pages blanches... Une œuvre imaginaire, le mirage d'une carrière d'écrivain.

---

1. Qui parle peu.
2. Pierre précieuse.
3. Papier qui laisse apercevoir par transparence de fines lignes horizontales.

Il y en avait tant, de ces pages respectées par la timidité ou la nonchalance, que nous n'en vîmes jamais la fin. Mon frère y écrivit ses ordonnances, ma mère couvrit de blanc ses pots de confitures, ses petites-filles griffonneuses arrachèrent des feuillets, mais nous n'épuisâmes pas les cahiers vergés, l'œuvre inconnue. Ma mère s'y employait pourtant avec une sorte de fièvre destructive : « Comment, il y en a encore ? Il m'en faut pour les côtelettes en papillotes… Il m'en faut pour tapisser mes petits tiroirs… » Ce n'était pas dérision, mais cuisant regret et besoin douloureux d'anéantir la preuve d'une impuissance…

J'y puisai à mon tour, dans cet héritage immatériel, au temps de mes débuts. Est-ce là que je pris le goût fastueux d'écrire sur des feuilles lisses, de belle pâte, et de ne les point ménager ? J'osai couvrir de ma grosse écriture ronde la cursive invisible, dont une seule personne au monde apercevait le lumineux filigrane qui jusqu'à la gloire prolongeait la seule page amoureusement achevée, et signée, la page de la dédicace :

À ma chère âme,
son mari fidèle :
JULES-JOSEPH COLETTE.

III

LES SAUVAGES

— Des sauvages... Des sauvages..., disait-elle. Que faire avec de tels sauvages ?

Elle secouait la tête. Il y avait, dans son découragement, une part de choix, un désistement raisonné, peut-être aussi la conscience de sa responsabilité. Elle contemplait ses deux garçons, les demi-frères, et les trouvait beaux. L'aîné surtout, le châtain aux yeux pers, dix-sept ans, une bouche empourprée qui ne souriait qu'à nous et à quelques jolies filles. Mais le brun, à treize ans, n'était pas mal non plus, sous ses cheveux mal taillés qui descendaient jusqu'à ses yeux bleu-de-plomb, pareils à ceux de notre père...

Deux sauvages aux pieds légers, osseux, sans chair superflue, frugaux[1] comme leurs parents, et qui préféraient aux viandes le pain bis, le fromage dur, la salade, l'œuf frais, la tarte aux poireaux ou

1. Qui se nourrissent simplement.

à la citrouille. Sobres et vertueux, – de vrais sauvages...

— Que faire d'eux ? soupirait ma mère.

Ils étaient si doux que nul ne les pouvait atteindre ni diviser.

L'aîné commandait, le second mêlait, à son zèle, une fantaisie qui l'isolait du monde. Mais l'aîné savait qu'il allait commencer ses études de médecine, tandis que le second espérait sourdement[1] que rien ne commencerait jamais pour lui, sauf le jour suivant, sauf l'heure d'échapper à une contrainte civilisée, sauf la liberté totale de rêver et de se taire... Il l'espère encore.

Jouaient-ils ? Rarement. Ils jouaient, si par jeu l'on entend que d'un radieux univers villageois ils ne voulaient que la fleur, le meilleur, le plus désert, le non-foulé, tout ce qui rajeunit et recommence à l'écart de l'homme. On ne les vit jamais déguisés en Robinsons, ni en conquérants, ni interprétant des saynètes improvisées. Le cadet, incorporé une fois à une troupe de garçons entichés de tragédie, n'y accepta qu'un rôle muet : le rôle du « fils idiot ».

C'est aux récits de ma mère qu'il me faut remonter, quand il me prend, comme à tous ceux qui vieillissent, la hâte, le prurit[2] de posséder les secrets

1. En secret.
2. Désir irrépressible.

d'un être à jamais dissous. Lire le « chiffre » de sa turbulente jeunesse, heure par heure perdue en elle-même et d'elle-même renaissant ; marquer, je ne sais quelle grâce m'aidant, marquer du doigt le promontoire d'où il se laissa tomber dans la plate mer des hommes, épeler le nom de ses astres contraires…

J'ai dit adieu au mort, à l'aîné sans rivaux ; mais je recours aux récits maternels, et aux souvenirs de ma petite enfance, si je veux savoir comment se forma le sexagénaire à moustache grise qui se glisse chez moi, la nuit tombée, ouvre ma montre, et regarde palpiter l'aiguille trotteuse, prélève, sur une enveloppe froissée, un timbre-poste étranger, aspire, comme si le souffle lui avait tout le jour manqué, une longue bouffée de musique du *Columbia*, et disparaît sans avoir dit un mot…

Il provient, cet homme blanchissant, d'un petit garçon de six ans, qui suivait les musiciens mendiants quand ils traversaient notre village. Il suivit un clarinettiste borgne jusqu'à Saints – quatre kilomètres – et quand il revint, ma mère faisait sonder les puits du pays. Il écouta avec bonté les reproches et les plaintes, car il se fâchait rarement. Quand il en eut fini avec les alarmes maternelles, il alla au piano, et joua fidèlement tous les airs du clarinettiste, qu'il enrichit de petites harmonies simples, fort correctes.

Ainsi faisait-il des airs du manège forain, à la Quasimodo[1], et de toutes les musiques, qu'il captait comme des messages volants.

— Il faudra, disait ma mère, qu'il travaille le mécanisme et l'harmonie. Il est encore plus doué que l'aîné. Il deviendrait un artiste… Qui sait ?

Elle croyait encore, quand il avait six ans, qu'elle pouvait quelque chose pour lui, – ou contre lui. Un petit garçon si inoffensif !… Sauf son aptitude à disparaître, que pouvait-elle lui reprocher ? Bref de taille, vif, très bien équilibré, il cessait miraculeusement d'être présent. Où le joindre ? Les aires préférées des petits garçons ordinaires ne l'avaient pas même vu passer, ni la patinoire, ni la place du Grand-Jeu damée par les pieds d'enfants. Mais plutôt dans la vieille glacière du château, souterrain tronqué qui datait de quatre siècles, ou dans la boîte de l'horloge de ville, place du Marché, ou bien enchaîné aux pas de l'accordeur de pianos qui venait une fois l'an du chef-lieu et donnait ses soins aux quatre « instruments » de notre village. « Quel instrument avez-vous ? » « Mme Vallée va échanger son instrument… » « L'instrument de Mlle Philippon est bien fatigué ! »

J'avoue qu'en ma mémoire le mot « instrument » appelle encore, à l'exclusion de toutes les autres images,

1. Quasimodo est un des personnages principaux du roman *Notre-Dame de Paris* (1831) de Victor Hugo. Bossu et laid, mais tendre et honnête, il est le sonneur de cloches de la cathédrale.

celle d'un édifice d'acajou conservé dans l'ombre des salons provinciaux et brandissant, comme un autel, des bras de bronze et des cires vertes…

Oui, un petit garçon si inoffensif, qui n'exigeait rien, sauf, un soir…

— Je voudrais deux sous de pruneaux et deux sous de noisettes, dit-il.

— Les épiceries sont fermées, répondit ma mère. Dors, tu en auras demain.

— Je voudrais deux sous de pruneaux et deux sous de noisettes, redemanda, le lendemain soir, le doux petit garçon.

— Et pourquoi ne les as-tu pas achetés dans la journée ? se récria ma mère impatientée. Va te coucher !

Cinq soirs, dix soirs ramenèrent la même taquinerie, et ma mère montra bien qu'elle était une mère singulière. Car elle ne fessa pas l'obstiné, qui espérait peut-être qu'on le fesserait, ou qui escomptait seulement une explosion maternelle, les cris des nerfs à bout, les malédictions, un nocturne tumulte qui retarderait le coucher…

Un soir après d'autres soirs, il prépara sa figure quotidienne d'enfant buté, le son modéré de sa voix :

— Maman ?…

— Oui, dit maman.

— Maman, je voudrais…

— Les voici, dit-elle.

Elle se leva, aveignit[1] dans l'insondable placard, près de la cheminée, deux sacs grands comme des nouveau-nés, les posa à terre de chaque côté de son petit garçon, et ajouta :

— Quand il n'y en aura plus, tu en achèteras d'autres.

Il la regardait d'en bas, offensé et pâle sous ses cheveux noirs.

— C'est pour toi, prends, insista ma mère.

Il perdit le premier son sang-froid et éclata en larmes.

— Mais… mais… je ne les aime pas ! sanglotait-il.

« Sido » se pencha, aussi attentive qu'au-dessus d'un œuf fêlé par l'éclosion imminente, au-dessus d'une rose inconnue, d'un messager de l'autre hémisphère :

— Tu ne les aimes pas ? Qu'est-ce que tu voulais donc ?

Il fut imprudent, et avoua :

— Je voulais les demander.

Lorsqu'elle partait chaque trimestre pour Auxerre à deux heures du matin, dans la victoria, ma mère cédait presque toujours aux instances de son enfant

1. Alla chercher.

le plus jeune. Le privilège de naître la dernière me conserva longtemps ce grade d'enfant-le-plus-jeune, et ma place dans le fond de la victoria. Mais avant moi il y eut pendant une dizaine d'années ce petit garçon évasif et agile. Au chef-lieu[1], il se perdait, car il déjouait toute surveillance. Il se perdit ici et là, dans la cathédrale, dans la tour de l'horloge, et notamment dans une grande épicerie, durant qu'on emballait le pain de sucre drapé d'un biais de papier indigo, les cinq kilos de chocolat, la vanille, la cannelle, la noix muscade, le rhum pour les grogs, le poivre noir et le savon blanc. Ma mère fit un cri de renarde :

— Ha !... Où est-il ?

— Qui, madame Colette ?

— Mon petit garçon ! L'a-t-on vu sortir ?

Personne ne l'avait vu sortir, et déjà ma mère, à défaut de puits, interrogeait les cuves d'huile et les tonneaux de saumure.

On ne le chercha pas trop longtemps, cette fois. Il était au plafond. Tout en haut d'un des piliers de fonte tors, qu'il étreignait des cuisses et des pieds comme un grimpeur des cocotiers, il manœuvrait et écoutait les rouages d'un gros cartel à face plate de chat-huant[2], vissé sur la maîtresse poutre.

1. Ville qui est le centre administratif d'un ensemble de communes.

2. Horloge encadrée comportant sans doute une sculpture de chat-huant, oiseau nocturne.

Quand des parents ordinaires font souche d'enfants exceptionnels, il y a de grandes chances que les parents éblouis les poussent, fût-ce à grands coups de pied dans le derrière, vers des destinées qu'ils nomment meilleures. Ma mère, qui tenait pour naturel, voire obligatoire, d'enfanter des miracles, professait aussi que « l'on tombe toujours du côté où l'on penche », et affirmait, pour se rassurer elle-même :

— Achille sera médecin. Mais Léo ne pourra pas échapper à la musique. Quant à la petite…

Elle levait les sourcils, interrogeait le nuage et me remettait à plus tard.

Exception bizarre, il n'était jamais question de l'avenir de ma sœur aînée, déjà majeure, mais étrangère à nous, étrangère à tous, volontairement isolée au sein de sa propre famille.

— Juliette est une autre espèce de sauvage, soupirait ma mère. Mais à celle-là personne ne comprend rien, même moi…

Elle se trompa, nous la trompâmes plus d'une fois. Elle ne se décourageait pas et nous coiffait d'une nouvelle auréole. Mais elle n'accepta jamais que son second fils échappât, comme elle disait, à la musique, car je lis dans mainte lettre qui date de la fin de sa vie : *Sais-tu si Léo a un peu de temps pour travailler son piano ? Il ne doit pas négliger un don qui est extraordinaire ; je ne me lasserai pas d'insister là-dessus…* À l'époque où ma mère m'écrivait ces lettres, mon frère était âgé de quarante-quatre ans.

Il a, quoi qu'elle en eût[1], échappé à la musique, puis aux études de pharmacie, puis successivement à tout, – à tout ce qui n'est pas son passé de sylphe[2]. À mes yeux, il n'a pas changé : c'est un sylphe de soixante-trois ans. Comme un sylphe, il n'est attaché qu'au lieu natal, à quelque champignon tutélaire, à une feuille recroquevillée en manière de toit. On sait que les sylphes vivent de peu, et méprisent les grossiers vêtements des hommes : le mien erre parfois sans cravate, et long-chevelu. De dos, il figure assez bien un pardessus vide, ensorcelé et vagabond.

Sa modeste besogne[3] de scribe[4], il l'a élue entre toutes pour ce qu'elle retient, assise, à une table, sa seule et fallacieuse apparence d'homme. Tout le reste de lui, libre, chante, entend des orchestres, compose, et revole à la rencontre du petit garçon de six ans qui ouvrait toutes les montres, hantait les horloges municipales, collectionnait les épitaphes[5], foulait sans fatigue les mousses élastiques et jouait du piano de naissance… Il le retrouve aisément, revêt le petit corps agile et léger qu'il n'a jamais

1. Malgré ce qu'elle souhaitait.
2. Elfe, être surnaturel léger et ailé.
3. Travail imposé, plus ou moins pénible.
4. Personne qui écrit, copie des textes.
5. Inscriptions funéraires.

quitté longtemps, et il parcourt un domaine mental où tout est à la guise et à la mesure d'un enfant qui dure victorieusement depuis soixante années.

Il n'est pas – quel dommage !… – d'enfant invulnérable. Celui-ci, pour vouloir confronter son rêve exact avec une réalité infidèle, m'en revient déchiré, parfois…

Certain crépuscule ruisselant, à grandes draperies d'eau et d'ombre sous chaque arcade du Palais-Royal[1], me l'amena. Je ne l'avais pas vu depuis des mois. Il s'assit, mouillé, à mon feu, prit distraitement sa singulière subsistance – des bonbons fondants, des gâteaux très sucrés, du sirop – ouvrit ma montre, puis mon réveil, les écouta longuement, et ne dit rien.

Je ne regardais qu'à la dérobée, dans sa longue figure, sa moustache quasi blanche, l'œil bleu de mon père, le nez, grossi, de « Sido » – traits survivants, assemblés par des plans d'os, des muscles inconnus et sans origine lisible… Une longue figure douce, éclairée par le feu, douce et désemparée… Mais les us et coutumes de l'enfance – réserve, discrétion, liberté – sont encore si vigoureux entre nous que je ne posai à mon frère aucune question.

Quand il eut assez séché les ailes tristes, alourdies de pluie, qu'il appelle son manteau, il fuma, l'œil

1. Colette vécut place du Palais-Royal – qui est entourée d'arcades – à partir des années 1920.

cligné, et frotta ses mains sèches, rouges d'ignorer en toute saison l'eau chaude et les gants, et parla.

— Dis donc ?

— Oui…

— J'ai été *là-bas*, tu sais ?

— Non ? Quand ça ?

— J'en arrive.

— Ah !… dis-je avec admiration. Tu es allé à Saint-Sauveur ? Comment ?

Il me fit un petit œil fat.

— C'est Charles Faroux qui m'a emmené en auto.

— Mon vieux !… C'est joli, en cette saison ?

— Pas mal, dit-il brièvement.

Il enfla les narines, redevint sombre et se tut. Je me remis à écrire.

— Dis donc ?

— Oui…

— *Là-bas*, j'ai été aux Roches, tu sais ?

Un chemin montueux de sable jaune se dressa dans ma mémoire comme un serpent le long d'une vitre…

— Oh !… comment est-ce ? Et le bois, en haut ? Et le petit pavillon ? Les digitales… les bruyères…

Mon frère siffla.

— Fini. Coupé. Plus rien. Rasé. On voit la terre. On voit…

Il faucha l'air du tranchant de la main, et rit des épaules, en regardant le feu. Je respectai ce rire, et ne l'imitai pas. Mais le vieux sylphe, frémissant et lésé, ne pouvait plus se taire. Il profita du clair-obscur, du feu rougeoyant.

— Ce n'est pas tout, chuchota-t-il. Je suis allé aussi à la cour du Pâté…

Nom naïf d'une chaude terrasse, au flanc du château ruiné, arceaux de rosiers maigris par l'âge, ombre, odeur de lierre fleuri versées par la tour sarrazine[1], battants revêches et rougeâtres de la grille qui ferme la cour du Pâté, accourez…

— Et alors, vieux, et alors ?

Mon frère se ramassa sur lui-même.

— Une minute, commanda-t-il. Commençons par le commencement. J'arrive au château. Il est toujours asile de vieillards, puisque Victor Gandrille l'a voulu. Bon. Je n'ai rien à objecter. J'entre dans le parc, par l'entrée du bas, celle qui est près de Mme Billette…

— Comment, Mme Billette ? Mais elle doit être morte depuis quarante ans au moins !

— Peut-être, dit mon frère avec insouciance. Oui… C'est donc ça qu'on m'a dit un autre nom… un nom impossible… S'*ils* croient que je vais retenir des noms que je ne connais pas !… Enfin j'entre par l'entrée du bas, je monte l'allée des tilleuls… Tiens, les chiens n'ont pas aboyé quand j'ai poussé la porte…, fit-il avec irritation.

1. Style architectural, mêlant le gothique et le mauresque.

— Écoute, vieux, ça ne pourrait pas être les mêmes chiens… Songe donc…

— Bon, bon… Détail sans importance… Je te passe sous silence les pommes de terre qu'*ils* ont plantées à la place des cœurs-de-jeannette et des pavots[1]… Je passe même, poursuivit-il d'une voix intolérante, sur les fils de fer des pelouses, un quadrillage de fils de fer… on se demande ce qu'on voit… il paraît que c'est pour les vaches… Les vaches !…

Il berça un de ses genoux entre ses deux mains nouées, et sifflota d'un air artiste qui lui allait comme un chapeau haut de forme.

— C'est tout, vieux ?

— Minute ! répéta-t-il férocement. Je monte donc vers le canal, – si j'ose, dit-il avec une recherche incisive, appeler canal cette mare infecte, cette soupe de moustiques et de bouse… Passons. Je m'en vais donc à la cour du Pâté, et…

— Et ?…

Il tourna vers moi, sans me voir, un sourire vindicatif[2].

— J'avoue que je n'ai d'abord pas aimé particulièrement qu'*ils* fassent de la première cour – devant la grille, derrière les écuries aux chevaux – une

1. Types de plantes fleuries.
2. Rancunier, prêt à se venger.

espèce de préau à sécher la lessive… Oui, j'avoue !… Mais je n'y ai pas trop fait attention, parce que j'attendais le « moment de la grille ».

— Quel moment de la grille ?

Il claqua des doigts, impatienté.

— Voyons… Tu vois le loquet de la grille ?

Comme si j'allais le saisir, – de fer noir, poli et fondu – je le vis en effet…

— Bon. Depuis toujours, quand on le tourne comme ça – il mimait – et qu'on laisse aller la grille, alors elle s'ouvre par son propre poids, et en tournant elle dit…

— « *I-î-î-an…* », chantâmes-nous d'une seule voix, sur quatre notes.

— Oui, dit mon frère en faisant danser fébrilement son genou gauche. J'ai tourné… J'ai laissé aller la grille… J'ai écouté… Tu sais ce qu'*ils* ont fait ?

— Non…

— *Ils* ont huilé la grille, dit-il froidement.

Il partit presque aussitôt. Il n'avait pas autre chose à me dire. Il recroisa les membranes humides de son grand vêtement, et s'en alla, dépossédé de quatre notes, son oreille musicienne tendue en vain, désormais, vers la plus délicate offrande, composée par un huis[1] ancien, un grain de sable, une trace de rouille, et dédiée au seul enfant sauvage qui en fût digne.

---

1. Une porte.

— Où en es-tu avec Mérimée[1] ?

— Il me doit dix sous.

— Tiens !… s'étonnait l'aîné.

— Oui, repartait le cadet, mais moi je redois trois francs.

— Sur qui ?

— Sur un Victor Hugo.

— Quel volume ?

— *Chansons des rues et des bois*[2], et je ne sais quoi d'autre… Ah ! le chameau !

— Et encore, triomphait l'aîné, tu as dû lire ça à la va-vite ! Verse les trois francs !

— Où veux-tu que je les prenne ? Je n'ai pas le sou.

— Demande à maman.

— Oh…

— Demande à papa. Dis-lui que c'est pour acheter des cigarettes et que tu les lui demandes en cachette de maman, il te les donnera.

— Mais s'il ne me les donne pas ?

— Alors, à l'amende. Cinq sous pour le retard !

---

1. Romancier du XIXe siècle, auteur notamment de *Carmen* (1847).

2. Recueil de poésie de Victor Hugo paru en 1865.

Les deux sauvages, qui lisaient comme autrefois lisaient les adolescents de quatorze et de dix-sept ans, c'est-à-dire avec excès, avec égarement, le jour, la nuit, au sommet des arbres, dans les fenils, avaient frappé d'interdit le mot « mignonne », qu'ils prononçaient « minionne », avec une affreuse grimace tordue, suivie d'une imitation de nausée. Recensé dans chaque livre nouveau, chaque « mignonne », voué à l'exécration[1], créditait de deux sous une cagnotte. En revanche, un livre « vierge » rapportait dix sous à son lecteur. Le contrat jouait depuis deux mois, et l'argent, s'il en restait au bout du semestre, paierait des bombances, des filets à papillons, une nasse à goujons…

Mon jeune âge – huit ans – m'écartait de la combinaison. Au dire des deux frères, il y avait trop peu de temps que je ne grattais plus pour les manger, au long des chandelles, les « coulures » en forme de longues larmes, et les deux garçons m'appelaient encore « enfant de Cosaque ». Pourtant je savais dire « minionne » en tordant la bouche, et m'efforcer ensuite de vomir, et j'apprenais à coter[2] des romanciers selon les nouveaux statuts.

— Dickens[3] rend beaucoup, disait un sauvage.

---

1. Haine violente.
2. Indiquer le cours, la valeur.
3. Romancier anglais du XIXe siècle, auteur entre autres d'*Oliver Twist* (1838).

— Dickens ne devrait pas compter, rechignait l'autre, c'est une traduction. Le traducteur nous empile.

— Alors Edgar Poe[1] non plus ne compte pas ?

— Heu… Le bon sens commanderait d'exclure aussi les livres d'histoire, qui « paient » dix sous à coup sûr. La Révolution n'est pas « mignonne » – beûh ! – Charlotte Corday[2] n'est pas « mignonne » – beûh ! – Mérimée devrait être exclu, en tant qu'auteur de la *Chronique de Charles IX*.

— Alors qu'est-ce que tu fais du *Collier de la Reine*[3] ?

— Il joue. C'est du roman pur.

— Et les Balzac sur Catherine de Médicis ?

— Tu parles comme un enfant. Ils jouent.

— Ah ! non, mon vieux, permets !…

— Mon vieux, je fais appel à ta bonne foi… Tais-toi. On marche dans la rue.

Ils ne se disputaient jamais. Allongés sur le faîte[4] du mur, ils y cuisaient au soleil d'après-midi, discutaient avec feu et sans injures, et me concédaient une portion de la dalle faîtière, doucement inclinée. De là nous dominions la rue des Vignes, venelle[5]

1. Auteur anglais du XIXe siècle, notamment de nouvelles fantastiques comme *La Lettre volée* (1844).
2. Jeune femme qui assassina Marat en 1793.
3. Roman d'Alexandre Dumas paru en 1849-1850.
4. Partie la plus haute.
5. Petite rue étroite.

déserte qui menait aux jardins potagers éparpillés dans le vallon du Saint-Jean. Mes frères se taisaient subtilement au plus lointain bruit de pas, épousaient le mur en s'aplatissant et tendaient le menton au-dessus de l'ennemi originel, – leur semblable…

— Ce n'est rien, c'est Chebrier qui va à son jardin, avertit le cadet.

Ils oublièrent un moment leur débat, et laissèrent passer sur eux l'heure encore chaude, la lumière oblique. D'autres pas, nets et vifs, sonnèrent sur les silex bossus. Un corsage lilas, un buisson de cheveux crêpelés, d'un rose de cuivre, éclairèrent le haut de la rue.

— Hou ! la rousse ! souffla le cadet. Hou ! la carotte !

Il n'avait que quatorze ans, et voulait du mal aux « filles », qui l'éblouissaient d'une lumière trop crue.

— C'est Flore Chebrier qui rejoint son père, dit mon frère aîné quand l'or et le lilas s'éteignirent en bas de la rue. Elle a joliment changé.

Son cadet, couché sur le ventre, posa son menton sur ses bras croisés. Il clignait par mépris et gonflait sa bouche, qu'il avait ronde et renflée comme les petits Éoles[1] des vieilles cartes marines…

— C'est une carotte ! C'est une rouge ! Au feu ! au feu ! cria-t-il avec une grossièreté d'écolier jaloux.

1. Éole est le dieu du Vent dans la mythologie grecque.

L'aîné haussa les épaules.

— Tu ne t'y connais guère en blondes, dit-il. Moi, je la trouve très – mais très, très mignonne…

Un gros rire de garçonnet, enroué de mue[1], salua le mot maudit que caressait la voix rêveuse de l'aîné, le séducteur aux yeux pers. J'entendis une bousculade sur le mur, les clous des souliers raclant la pierre, une chute molle de corps liés sur la terre accueillante et sarclée, au pied des abricotiers. Mais ils se délièrent aussitôt avec une hâte sage.

Ils ne s'étaient jamais battus, ni insultés. Je crois qu'ils savaient déjà que ce bouquet de cheveux roux, ce corsage lilas, merveilles accessibles, ne devaient pas compter parmi leurs enjeux indivis[2], leurs délectations baroques et pudiques. D'un pas bien accordé, ils s'en retournèrent vers les « étaloirs » de liège où séchaient les machaons[3], vers la construction d'un jet d'eau, vers un « système » d'alambic à distiller la menthe des marais, instrument capricieux qui enlevait au produit distillé le parfum de la menthe, mais lui laissait intacte l'odeur du marécage…

1. Mue de la voix.
2. Qui ne peuvent être partagés matériellement, qui appartiennent en commun à plusieurs personnes.
3. Très beaux papillons.

Leur farouche humeur n'était pas toujours innocente. L'âge qu'on dit ingrat, qui étire douloureusement les corps enfantins, exige des holocaustes[1]. Il fallait à mes frères une victime. Ils élurent un camarade de collège, que les vacances ramenaient dans le canton voisin. Mathieu M… n'avait point de défauts, ni de grands mérites. Sociable, bien vêtu, un peu blondasse, sa seule vue échauffait mes frères d'une perversité comparable à celle des femmes enceintes. Aussi s'attachait-il avec passion aux deux sauvages fiers, chaussés de toile, coiffés de jonc, et qui méprisaient ses cravates. L'aîné n'avait que rigueurs pour ce « fils de tabellion[2] » et le cadet, par imitation et renchérissement, effilochait son mouchoir, retroussait son pantalon déjà trop court, pour accueillir Mathieu M…, ganté, qui descendait de son tricycle.

— J'ai apporté la partition des *Noces de Jeannette*, criait de loin l'affectueuse victime, et l'édition allemande des *Symphonies* de Beethoven à quatre mains !

1. Sacrifices.
2. Le terme « tabellion » désigne ici un notaire de manière un peu ironique et péjorative.

Sombre, l'aîné, le barbare au frais visage, toisait l'intrus, banal enfant des hommes que rien n'obscurcissait, qui ne portait en lui ni vœu de solitude ni intolérance, qui se troublait sous son regard et mendiait :

— Tu veux faire un peu de quatre mains avec moi ?

— Avec toi, non ; – sans toi, oui.

— Je tournerai les pages, alors…

L'un soumis, l'autre inexplicablement malveillant et chargé d'orage, ils souffraient d'incompatibilité, mais Mathieu M…, patient comme une épouse rudoyée[1], ne se lassait pas de revenir.

Un jour, les sauvages prirent le large dès le déjeuner, ne rentrèrent que le soir. Ils semblaient las, excités, et ils se jetèrent tout fumants sur les deux vieux canapés de reps vert.

— D'où venez-vous dans cet état ? demanda notre mère.

— De loin, répondit avec douceur l'aîné.

— Mathieu est venu, il a paru surpris de ne pas te trouver.

— C'est un garçon qui s'étonne d'un rien…

Quand ils furent seuls avec moi, mes deux frères parlèrent. Je ne comptais guère, et d'ailleurs ils m'avaient élevée à ne point trahir. Je sus que cachés dans un bois qui surplombe la route de Saint-F…

1. Traitée sans ménagement.

ils n'avaient pas, au passage de Mathieu, révélé leur présence. Je m'intéressai assez peu à des détails qu'ils ressassaient :

— Quand j'ai entendu le grelot de son tricycle..., commençait le cadet.

— Je l'ai entendu de plus loin que toi, va...

— Pas sûr ! Tu te souviens du moment où il s'est arrêté juste sous notre nez, pour s'essuyer ?

Ils dialoguaient presque bas, couchés, les yeux au plafond. L'aîné s'agita :

— Oui... Cet animal, il regardait à gauche et à droite comme s'il nous flairait...

— Ça, mon vieux, c'est fort, hein ? C'est curieux ? C'est nous qui l'avons arrêté en le regardant, hein ? Il avait l'air tout gêné, tout chose...

Les yeux de l'aîné noircissaient.

— Ça se peut... Il avait sa cravate écossaise... Cette cravate-là, j'ai toujours pensé qu'elle serait cause d'un malheur...

Je m'élançai entre eux, avide d'émotions :

— Et alors ? Et alors ? Quel malheur ?

Ils me jetèrent tous deux le plus froid regard :

— D'où est-ce qu'elle sort, celle-là ? Qu'est-ce qu'elle veut avec son malheur ?

— Mais c'est toi qui viens de dire...

Ils se redressèrent, s'assirent, ricanèrent de connivence :

— Il n'est rien arrivé, dit enfin l'aîné. Qu'est-ce

que tu veux qu'il arrive ? On a laissé passer Mathieu, et on a bien rigolé.

— C'est tout ? fis-je, déçue…

Le cadet se leva d'un bond, il dansait sur place et ne se possédait plus :

— Oui, c'est tout ! Tu ne peux pas comprendre ! On était là, couchés, on l'avait au ras du menton ! Lui, sa cravate, sa raie de côté, ses manchettes, son nez qui reluisait ! Ah ! bon Dieu, c'était épatant !

Il se pencha sur son aîné, le frôla du nez animalement :

— C'était facile de le tuer, hein ?

Rigide, les yeux fermés, l'aîné ne répondit pas.

— Et vous ne l'avez pas tué ? m'étonnai-je.

Ma surprise les arracha sans doute au bois obscur où ils avaient, invisibles, tremblé d'affût[1] et de plaisir homicide, car ils éclatèrent de rire et redevinrent puérils à mes dépens :

— Non, dit l'aîné, nous ne l'avons pas tué. Je ne sais pas pourquoi, d'ailleurs…

Ragaillardi, il entonna ses improvisations préférées, filles difformes du rythme et du verbe, conçues aux heures où son esprit d'étudiant, rebutant le travail, s'accrochait sans le savoir au relief des mots qu'il détergeait[2] de leur sens. Ma petite voix lui fit écho

1. Tremblé en étant à l'affût, en guettant leur proie.
2. Nettoyait.

– je suis seule, maintenant, à affirmer, sur un air de polka, qu'

Un cachet
De benzo-naphtol
Ça fait du
Bien pour le
Mal à la tête !
Un cachet
De benzo-naphtol
Ça fait du
Bien pour la
Métrite du col !

Affirmation aventurée, contraire à toute thérapeutique, à laquelle je préférais, sinon la musique, du moins le texte d'une aubade connue :

Le baume analgésique
Du pharmacien Bengué
Bengué,
Est très distingué,
Quand on se l'applique,
On se sent soulagué,
Lagué, etc.

Ce soir-là, mon frère, encore exalté, chanta la nouvelle version de la *Sérénade* de Severo Torelli[1] :

Nous n'avons pas tué, Mathieu,
Pour ce soir, ma brune,
Laissons vivre encore ce
Rival de la lune…

Le cadet, autour de lui, dansait, radieux comme un Lorenzaccio[2] à son premier crime. Il s'interrompit et me promit, avec gentillesse :

— On le tuera la prochaine fois.

1. Musicien italien (1851-1927).

2. Personnage de la pièce éponyme de Musset (1834), qui, s'étant donné pour mission de tuer le duc de Florence, tyran corrompu, devient son compagnon de débauche.

Ma demi-sœur, l'aînée de nous tous – l'étrangère, l'agréable laide aux yeux tibétains –, se fiança, à la veille de coiffer Sainte-Catherine[1]. Si ma mère n'osa empêcher ce mauvais mariage, elle ne tut pas ce qu'elle en pensait. De la rue de la Roche à la Gerbaude, de Bel-Air au Grand-Jeu, on ne parla que du mariage de ma sœur.

— Juliette se marie ? demandait-on à ma mère. C'est un événement !

— Un accident, rectifiait « Sido ».

Certains risquaient, aigrement :

— Enfin, Juliette se marie ! C'est inattendu ! C'est un peu inespéré !

— Non, repartait « Sido » belliqueuse[2], c'est désespéré. Qui peut retenir une fille de vingt-cinq ans ?

— Et qui épouse-t-elle ?

— Oh ! mon Dieu, le premier chien coiffé…

Au fond, elle prenait en pitié la vie, gorgée de rêves et de lecture effrénée, de sa fille solitaire. Mes frères considérèrent l'« événement » du haut de leur point de vue personnel. Une année d'études

1. Expression employée pour désigner une jeune femme de vingt-cinq ans qui n'est pas encore mariée.
2. Qui recherche la dispute, le combat.

médicales à Paris n'avait pas apprivoisé l'aîné, haut, resplendissant et que le regard des femmes, quand il ne les désirait pas, offensait. Les mots « cortège nuptial », « frac de soirée », « déjeuner dînatoire », « défilé », tombèrent sur les deux sauvages comme des gouttes de poix bouillante…

— Je n'irai pas à la noce ! protestait le cadet, l'œil pâle d'indignation, et toujours coiffé à la malcontent[1]. Je ne donnerai pas le bras ! Je ne mettrai pas un habit à queue !

— Tu es le garçon d'honneur de ta sœur, lui remontrait ma mère.

— Elle n'a qu'à ne pas se marier ! Pour ce qu'elle épouse !… Un type qui sent le vermouth[2] ! D'abord, elle a toujours vécu sans nous, elle n'a pas davantage besoin de nous pour se marier !

Notre bel aîné parlait moins. Mais nous lui voyions son visage de sauteur de murs, son regard qui mesurait les obstacles. Il y eut des jours difficiles, des récriminations que mon père, soucieux et qui fuyait l'odorant intrus, n'apaisait pas. Puis les deux garçons parurent consentir à tout. Bien mieux, ils suggérèrent l'idée d'organiser eux-mêmes une messe en musique, et, de joie, « Sido » oublia pendant quelques heures son « chien coiffé » de gendre.

1. Avoir les cheveux coupés ras, à la manière des « malcontents » au XVIe siècle, parti créé peu après la Saint-Barthélemy.

2. Apéritif à base de vin.

Notre piano Aucher prit le chemin de l'église, mêla son joli son un peu sec au bêlement de l'harmonium. Les sauvages répétaient, dans l'église vide qu'ils verrouillaient, la « Suite » de l'*Arlésienne*, je ne sais quel Stradella, un Saint-Saëns[1] dévolu aux fastes nuptiaux…

Ma mère s'avisa trop tard que ses fils, retenus à leur clavier d'exécutants, ne figureraient qu'un moment aux côtés de leur sœur. Ils jouèrent, je me le rappelle, comme des anges musiciens, et ensoleillèrent de musique la messe villageoise, l'église sans richesses et sans clocher. Je paradais, fière de mes onze ans, de ma chevelure de petite Ève et de ma robe rose, fort contente de toutes choses, sauf quand je regardais ma sœur tremblante de faiblesse nerveuse, toute petite, accablée de faille et de tulle blancs, pâle et qui levait sa singulière figure mongole, défaillante, soumise au point que j'en eus honte, vers un inconnu…

Les violons du bal mirent fin au long repas, et rien qu'à les entendre les deux garçons frémirent comme des chevaux neufs. Le cadet, un peu gris[2], resta. Mais l'aîné, à bout d'efforts, disparut. Il sauta, pour pénétrer dans notre jardin, le mur de la rue des Vignes, erra autour de notre maison fermée, brisa

1. Alexandro Stradella (1643-1682) et Camille Saint-Saëns (1835-1921) étaient des compositeurs.

2. Ivre.

une vitre et ma mère le trouva couché quand elle rentra lasse, triste, ayant remis sa fille, égarée et grelottante, aux mains d'un homme.

Elle me contait plus tard cette petite aube poussiéreuse d'été, sa maison vide et comme pillée, sa fatigue sans joie, sa robe à « devant » perlé, les chats inquiets que la nuit et la voix de ma mère ramenaient. Elle me disait qu'elle avait trouvé son aîné endormi, les bras fermés sur sa poitrine, la bouche fraîche et les yeux clos, et tout empreint de sa sévérité de sauvage pur…

— Songe donc, c'est pour être seul, loin de ces gens en sueur, pour être endormi et caressé par le vent de la nuit qu'il avait brisé un carreau ! Y eut-il jamais un enfant aussi sage ?

Ce sage, je l'ai vu cent fois franchir la fenêtre, d'un bond réflexe, à chaque coup de sonnette qu'il ne prévoyait pas. Grisonnant, tôt vieilli de travail, il retrouvait l'élasticité de son adolescence pour sauter dans le jardin, et ses fillettes riaient de le voir. Ses accès de misanthropie[1], encore qu'il les combattît, lui creusaient le visage. Peut-être qu'il trouvait, captif, son préau chaque jour plus étroit, et qu'il se souvenait des évasions qui jadis le menaient à un lit d'enfant où il dormait demi-nu, chaste et voluptueusement seul.

1. Fait d'être peu sociable, de fuir la société.

JE FAIS LE POINT : CHAPITRES II ET III DE *SIDO*

1. Quelles sont les principales caractéristiques du Capitaine ?

2. Comment Colette exprime-t-elle son admiration et sa tendresse pour son père ? Quels sont les points communs qu'elle se trouve avoir avec lui ?

3. Quelles relations les « sauvages » entretiennent-ils entre eux ? avec leur petite sœur ?

4. Quel regard Sido porte-t-elle sur ses enfants ?

BILAN SUR *SIDO* (ŒUVRE COMPLÈTE)

1. Quelle image de sa famille Colette donne-t-elle à travers ces différents portraits ?

2. Quels personnages, quels thèmes vous semblent-ils contribuer à proposer une célébration du monde dans cette œuvre ?

LES VRILLES DE LA VIGNE

LES VRILLES DE LA VIGNE

Autrefois, le rossignol ne chantait pas la nuit. Il avait un gentil filet de voix et s'en servait avec adresse du matin au soir, le printemps venu. Il se levait avec les camarades, dans l'aube grise et bleue, et leur éveil effarouché secouait les hannetons endormis à l'envers des feuilles de lilas.

Il se couchait sur le coup de sept heures, sept heures et demie, n'importe où, souvent dans les vignes en fleur qui sentent le réséda, et ne faisait qu'un somme jusqu'au lendemain.

Une nuit de printemps, le rossignol dormait debout sur un jeune sarment, le jabot en boule et la tête inclinée, comme avec un gracieux torticolis. Pendant son sommeil, les cornes de la vigne, ces vrilles[1] cassantes et tenaces, dont l'acidité d'oseille fraîche irrite et désaltère, les vrilles de la vigne poussèrent si dru, cette nuit-là, que le rossignol s'éveilla ligoté, les pattes empêtrées de liens fourchus, les ailes impuissantes…

1. Structures pour fixer des plantes grimpantes, ici la vigne.

Il crut mourir, se débattit, ne s'évada qu'au prix de mille peines, et de tout le printemps se jura de ne plus dormir, tant que les vrilles de la vigne pousseraient.

Dès la nuit suivante, il chanta, pour se tenir éveillé :

Tant que la vigne pousse, pousse, pousse,
Je ne dormirai plus !
Tant que la vigne pousse, pousse, pousse...

Il varia son thème, l'enguirlanda de vocalises, s'éprit de sa voix, devint ce chanteur éperdu, enivré et haletant, qu'on écoute avec le désir insupportable de le voir chanter.

J'ai vu chanter un rossignol sous la lune, un rossignol libre et qui ne se savait pas épié. Il s'interrompt parfois, le col penché, comme pour écouter en lui le prolongement d'une note éteinte... Puis il reprend de toute sa force, gonflé, la gorge renversée, avec un air d'amoureux désespoir. Il chante pour chanter, il chante de si belles choses qu'il ne sait plus ce qu'elles veulent dire. Mais moi, j'entends encore à travers les notes d'or, les sons de flûte grave, les trilles[1] tremblés et cristallins, les cris purs

1. Sonorités musicales caractérisées par la répétition alternative d'une note principale avec une autre note dont le ton est plus haut.

et vigoureux, j'entends encore le premier chant naïf et effrayé du rossignol pris aux vrilles de la vigne :

Tant que la vigne pousse, pousse…

Cassantes, tenaces, les vrilles d'une vigne amère m'avaient liée, tandis que dans mon printemps je dormais d'un somme heureux et sans défiance. Mais j'ai rompu, d'un sursaut effrayé, tous ces fils tors qui déjà tenaient à ma chair, et j'ai fui… Quand la torpeur d'une nouvelle nuit de miel a pesé sur mes paupières, j'ai craint les vrilles de la vigne et j'ai jeté tout haut une plainte qui m'a révélé ma voix !…

Toute seule éveillée dans la nuit, je regarde à présent monter devant moi l'astre voluptueux et morose… Pour me défendre de retomber dans l'heureux sommeil, dans le printemps menteur où fleurit la vigne crochue, j'écoute le son de ma voix… Parfois, je crie fiévreusement ce qu'on a coutume de taire, ce qui se chuchote très bas, – puis ma voix languit jusqu'au murmure parce que je n'ose poursuivre…

Je voudrais dire, dire, dire tout ce que je sais, tout ce que je pense, tout ce que je devine, tout ce qui m'enchante et me blesse et m'étonne ; mais il y a toujours, vers l'aube de cette nuit sonore, une sage main fraîche qui se pose sur ma bouche… Et mon cri, qui s'exaltait, redescend au verbiage modéré, à la volubilité[1] de l'enfant qui parle haut pour se rassurer et s'étourdir…

Je ne connais plus le somme heureux, mais je ne crains plus les vrilles de la vigne…

1. Abondance et facilité de parole.

NUIT BLANCHE

Pour M… [1]

Il n'y a dans notre maison qu'un lit, trop large pour toi, un peu étroit pour nous deux. Il est chaste, tout blanc, tout nu ; aucune draperie ne voile, en plein jour, son honnête candeur. Ceux qui viennent nous voir le regardent tranquillement, et ne détournent pas les yeux d'un air complice, car il est marqué, au milieu, d'un seul vallon moelleux, comme le lit d'une jeune fille qui dort seule.

Ils ne savent pas, ceux qui entrent ici, que chaque nuit le poids de nos deux corps joints creuse un peu plus, sous son linceul[2] voluptueux, ce vallon pas plus large qu'une tombe.

Ô notre lit tout nu ! Une lampe éclatante, penchée sur lui, le dévêt encore. Nous n'y cherchons pas, au crépuscule, l'ombre savante, d'un gris d'araignée, que

---

1. Ce « *M…* » désigne Missy, surnom de Mathilde de Morny, à laquelle Colette était intimement liée lors de l'écriture de ce texte.
2. Pièce de toile dans laquelle on ensevelit les morts.

filtre un dais[1] de dentelle, ni la rose lumière d'une veilleuse couleur de coquillage… Astre sans aube et sans déclin, notre lit ne cesse de flamboyer que pour s'enfoncer dans une nuit profonde et veloutée.

Un halo de parfum le nimbe ; – il embaume, rigide et blanc, comme le corps d'une bienheureuse défunte. C'est un parfum compliqué qui surprend, qu'on respire attentivement, avec le souci d'y démêler l'âme blonde de ton tabac favori, l'arôme plus blond de ta peau si claire, et ce santal brûlé qui s'exhale de moi ; – mais cette agreste odeur d'herbes écrasées, qui peut dire si elle est mienne ou tienne ?

Reçois-nous ce soir, ô notre lit, et que ton frais vallon se creuse un peu plus sous la torpeur fiévreuse dont nous enivra une journée de printemps, dans les jardins et dans les bois !…

Je gis sans mouvement, la tête sur ta douce épaule. Je vais sûrement, jusqu'à demain, descendre au fond d'un noir sommeil, un sommeil si têtu, si fermé, que les ailes des rêves le viendront battre en vain. Je vais dormir… Attends seulement que je cherche, pour la plante de mes pieds qui fourmille et brûle, une place toute fraîche… Tu n'as pas bougé. Tu respires à longs traits, mais je sens ton épaule encore éveillée, attentive à se creuser sous ma joue… Dormons. Les nuits de mai sont si courtes. Malgré l'obscurité

1. Tenture placée au-dessus du lit.

bleue qui nous baigne, mes paupières sont encore pleines de soleil, de flammes roses, d'ombres qui bougent, balancées, et je contemple ma journée les yeux clos, comme on se penche, derrière l'abri d'une persienne[1], sur un jardin d'été éblouissant…

Comme mon cœur bat ! J'entends aussi le tien sous mon oreille. Tu ne dors pas ? Je lève un peu la tête, je devine la pâleur de ton visage renversé, l'ombre fauve de tes courts cheveux. Tes genoux sont frais comme deux oranges… Tourne-toi de mon côté, pour que les miens leur volent cette lisse fraîcheur…

Ah ! dormons !… Mille fois mille fourmis courent avec mon sang sous ma peau. Les muscles de mes mollets battent, mes oreilles tressaillent, et notre doux lit, ce soir, est-il jonché d'aiguilles de pin ? Dormons ! je le veux !

Je ne puis dormir. Mon insomnie heureuse palpite, allègre, et je devine, en ton immobilité, le même accablement frémissant… Tu ne bouges pas. Tu espères que je dors. Ton bras se resserre parfois autour de moi, par tendre habitude, et tes pieds charmants s'enlacent aux miens… Le sommeil s'approche, me frôle et fuit… Je le vois ! Il est pareil à ce papillon de lourd velours que je poursuivais, dans

1. Volet extérieur composé de fines lamelles à travers lesquelles peut passer la lumière.

le jardin enflammé d'iris… Tu te souviens ? Quelle lumière, quelle jeunesse impatiente exaltait toute cette journée !… Une brise acide et pressée jetait sur le soleil une fumée de nuages rapides, fanait en passant les feuilles trop tendres des tilleuls, et les fleurs du noyer tombaient en chenilles roussies sur nos cheveux, avec les fleurs des paulownias, d'un mauve pluvieux de ciel parisien… Les pousses des cassis que tu froissais, l'oseille sauvage en rosace parmi le gazon, la menthe toute jeune, encore brune, la sauge duvetée comme une oreille de lièvre, – tout débordait d'un suc énergique et poivré, dont je mêlais sur mes lèvres le goût d'alcool et de citronnelle…

Je ne savais que rire et crier, en foulant la longue herbe juteuse qui tachait ma robe… Ta tranquille joie veillait sur ma folie, et quand j'ai tendu la main pour atteindre ces églantines, tu sais, d'un rose si ému, – la tienne a rompu la branche avant moi, et tu as enlevé, une à une, les petites épines courbes, couleur de corail, en forme de griffes… Tu m'as donné les fleurs désarmées…

Tu m'as donné les fleurs désarmées… Tu m'as donné, pour que je m'y repose haletante, la place la meilleure à l'ombre, sous le lilas de Perse aux grappes mûres… Tu m'as cueilli les larges bleuets des corbeilles, fleurs enchantées dont le cœur velu embaume l'abricot… Tu m'as donné la crème du petit pot de lait, à l'heure du goûter où ma faim féroce te faisait sourire… Tu m'as donné le pain le plus doré, et je vois encore ta main transparente dans le soleil, levée pour chasser la guêpe qui grésillait, prise dans les boucles de mes cheveux… Tu as jeté sur mes épaules une mante[1] légère, quand un nuage plus long, vers la fin du jour, a passé ralenti, et que j'ai frissonné, toute moite, toute ivre d'un plaisir sans nom parmi les hommes, le plaisir ingénu des bêtes heureuses dans le printemps… Tu m'as dit : « Reviens… arrête-toi… Rentrons ! » Tu m'as dit…

Ah ! si je pense à toi, c'en est fait de mon repos. Quelle heure vient de sonner ? Voici que les fenêtres bleuissent. J'entends bourdonner mon sang, ou bien c'est le murmure des jardins, là-bas… Tu dors ? non. Si j'approchais ma joue de la tienne, je sentirais tes cils frémir comme l'aile d'une mouche captive… Tu ne dors pas. Tu épies ma fièvre. Tu m'abrites contre les mauvais songes ; tu penses à moi comme je pense à toi, et nous feignons, par une étrange pudeur sentimentale, un paisible sommeil. Tout mon corps s'abandonne, détendu, et ma nuque pèse sur ta douce épaule ; – mais nos pensées s'aiment discrètement, à travers cette aube bleue, si prompte à grandir…

Bientôt la barre lumineuse, entre les rideaux, va s'aviver, rosir… Encore quelques minutes, et

1. Vêtement ample, sans manches.

je pourrai lire, sur ton beau front, sur ton menton délicat, sur ta bouche triste et tes paupières fermées, la volonté de paraître dormir… C'est l'heure où ma fatigue, mon insomnie énervée ne pourront plus se taire, où je jetterai mes bras hors de ce lit enfiévré, et mes talons méchants déjà préparent leur ruade sournoise…

Alors tu feindras de t'éveiller ! Alors je pourrai me réfugier en toi, avec de confuses plaintes injustes, des soupirs excédés, des crispations qui maudiront le jour déjà venu, la nuit si longue à finir, le bruit de la rue… Car je sais bien qu'alors tu resserreras ton étreinte, et que, si le bercement de tes bras ne suffit pas à me calmer, ton baiser se fera plus tenace, tes mains plus amoureuses, et que tu m'accorderas la volupté comme un secours, comme l'exorcisme souverain qui chasse de moi les démons de la fièvre, de la colère, de l'inquiétude… Tu me donneras la volupté, penchée sur moi, les yeux pleins d'une anxiété maternelle, toi qui cherches, à travers ton amie passionnée, l'enfant que tu n'as pas eu…

JOUR GRIS

Pour M…

Laisse-moi. Je suis malade et méchante, comme la mer. Resserre autour de mes jambes ce plaid, mais emporte cette tasse fumante, qui fleure[1] le foin mouillé, le tilleul, la violette fade… Je ne veux rien, que détourner la tête et ne plus voir la mer, ni le vent qui court, visible, en risées sur le sable, en poudre d'eau sur la mer. Tantôt il bourdonne, patient et contenu, tapi derrière la dune, enfoui plus loin que l'horizon… Puis il s'élance, avec un cri guerrier, secoue humainement les volets, et pousse sous la porte, en frange impalpable, la poussière de son pas éternel…

Ah ! qu'il me fait mal ! Je n'ai plus en moi une place secrète, un coin abrité, et mes mains posées à plat sur mes oreilles n'empêchent qu'il traverse et refroidisse ma cervelle… Nue, balayée, dispersée, je

1. Sent, répand une odeur.

resserre en vain les lambeaux de ma pensée ; – elle m'échappe, palpitante, comme un manteau arraché, comme une mouette dont on tient les pattes et qui se délivre en claquant des ailes…

Laisse-moi, toi qui viens doucement, pitoyable, poser tes mains sur mon front… Je déteste tout, et par-dessus tout la mer ! Va la regarder, toi qui l'aimes ! Elle bat la terrasse, elle fermente, fuse en mousse jaune, elle miroite, couleur de poisson mort, elle emplit l'air d'une odeur d'iode et de fertile pourriture. Sous la vague plombée, je devine le peuple abominable des bêtes sans pieds, plates, glissantes, glacées… Tu ne sens donc pas que le flot et le vent portent, jusque dans cette chambre, l'odeur d'un coquillage gâté ?… Oh ! reviens, toi qui peux presque tout pour moi ! Ne me laisse pas seule ! Donne, sous mes narines que le dégoût pince et décolore, donne tes mains parfumées, donne tes doigts secs et chauds et fins comme des lavandes de montagne… Reviens ! Tiens-toi tout près de moi, ordonne à la mer de s'éloigner ! Fais un signe au vent, et qu'il vienne se coucher sur le sable, pour y jouer en rond avec les coquilles… Fais un signe : il s'assoira sur la dune, léger, et s'amusera, d'un souffle, à changer la forme des mouvantes collines…

Ah ! tu secoues la tête… Tu ne veux pas, – tu ne peux pas. Alors, va-t'en, abandonne-moi sans secours dans la tempête, et qu'elle abatte la muraille et qu'elle entre et m'emporte ! Quitte la chambre, que je n'entende plus le bruit inutile de ton pas. Non, non, pas de caresses ! Tes mains magiciennes, et ton accablant regard, et ta bouche, qui dissout le souvenir d'autres bouches, seraient sans force aujourd'hui. Je regrette, aujourd'hui, quelqu'un qui me posséda avant tous, avant toi, avant que je fusse une femme.

J'appartiens à un pays que j'ai quitté. Tu ne peux empêcher qu'à cette heure s'y épanouisse au soleil toute une chevelure embaumée de forêts. Rien ne peut empêcher qu'à cette heure l'herbe profonde y noie le pied des arbres, d'un vert délicieux et apaisant dont mon âme a soif… Viens, toi qui l'ignores, viens que je te dise tout bas : le parfum des bois de mon pays égale la fraise et la rose ! Tu jurerais, quand les taillis de ronces y sont en fleurs, qu'un fruit mûrit on ne sait où, – là-bas, ici, tout près, – un fruit insaisissable qu'on aspire en ouvrant les narines. Tu jurerais, quand l'automne pénètre et meurtrit les feuillages tombés, qu'une pomme trop mûre vient de choir, et tu la cherches et tu la flaires ici, là-bas, tout près…

Et si tu passais, en juin, entre les prairies fauchées, à l'heure où la lune ruisselle sur les meules rondes qui sont les dunes de mon pays, tu sentirais, à leur parfum, s'ouvrir ton cœur. Tu fermerais les yeux, avec cette fierté grave dont tu voiles ta volupté, et tu laisserais tomber ta tête, avec un muet soupir…

Et si tu arrivais, un jour d'été, dans mon pays, au fond d'un jardin que je connais, un jardin noir de verdure et sans fleurs, – si tu regardais bleuir, au lointain, une montagne ronde où les cailloux, les papillons et les chardons se teignent du même azur mauve et poussiéreux, tu m'oublierais, et tu t'assoirais là, pour n'en plus bouger jusqu'au terme de ta vie !

Il y a encore, dans mon pays, une vallée étroite comme un berceau où, le soir, s'étire et flotte un fil de brouillard, un brouillard ténu, blanc, vivant, un gracieux spectre de brume couché sur l'air humide… Animé d'un lent mouvement d'onde, il se fond en lui-même et se fait tour à tour nuage, femme endormie, serpent langoureux, cheval à cou de chimère… Si tu restes trop tard penché vers lui sur l'étroite vallée, à boire l'air glacé qui porte ce brouillard vivant comme une âme, un frisson te saisira, et toute la nuit tes songes seront fous…

Écoute encore, donne tes mains dans les miennes : si tu suivais, dans mon pays, un petit chemin que je connais, jaune et bordé de digitales d'un rose brûlant, tu croirais gravir le sentier enchanté qui mène hors de la vie… Le chant bondissant des frelons fourrés de velours t'y entraîne et bat à tes oreilles comme le sang même de ton cœur, jusqu'à la forêt, là-haut, où finit le monde… C'est une forêt ancienne, oubliée des hommes… et toute pareille au paradis, écoute bien, car…

Comme te voilà pâle et les yeux grands ! Que t'ai-je dit ? Je ne sais plus… je parlais, je parlais de mon pays, pour oublier la mer et le vent… Te voilà pâle, avec des yeux jaloux… Tu me rappelles à toi, tu me sens si lointaine… Il faut que je refasse le chemin, il faut qu'une fois encore j'arrache, de mon pays, toutes mes racines qui saignent…

Me voici ! de nouveau je t'appartiens. Je ne voulais qu'oublier le vent et la mer. J'ai parlé en songe… Que t'ai-je dit ? Ne le crois pas ! Je t'ai parlé sans doute d'un pays de merveilles, où la saveur de l'air enivre ?… Ne le crois pas ! N'y va pas : tu le chercherais en vain. Tu ne verrais qu'une campagne un peu triste, qu'assombrissent les forêts, un village paisible et pauvre, une vallée humide, une montagne bleuâtre et nue qui ne nourrit pas même les chèvres…

Reprends-moi ! me voici revenue. Où donc est allé le vent, en mon absence ? Dans quel creux de dune boude-t-il, fatigué ? Un rayon aigu, serré entre deux nuées, pique la mer et rebondit ici, dans ce flacon où il danse à l'étroit…

Jette ce plaid qui m'étouffe ; vois ! la mer verdit déjà… Ouvre la fenêtre et la porte, et courons vers la fin dorée de ce jour gris, car je veux cueillir sur la grève[1] les fleurs de ton pays apportées par la vague, – fleurs impérissables effeuillées en pétales de nacre rose, ô coquillages…

1. Terrain plat en bord de mer.

LE DERNIER FEU

Pour M…

Allume, dans l'âtre, le dernier feu de l'année ! Le soleil et la flamme illumineront ensemble ton visage. Sous ton geste, un ardent bouquet jaillit, enrubanné de fumée, mais je ne reconnais plus notre feu de l'hiver, notre feu arrogant et bavard, nourri de fagots secs et de souches riches. C'est qu'un astre plus puissant, entré d'un jet par la fenêtre ouverte, habite en maître notre chambre, depuis ce matin…

Regarde ! il n'est pas possible que le soleil favorise, autant que le nôtre, les autres jardins ! Regarde bien ! car rien n'est pareil, ici, à notre enclos de l'an dernier, et, cette année, jeune encore et frissonnante, s'occupe déjà de changer le décor de notre douce vie retirée… Elle allonge, d'un bourgeon cornu et verni, chaque branche de nos poiriers, – d'une houppe de feuilles pointues chaque buisson de lilas…

Oh ! les lilas surtout, vois comme ils grandissent ! Leurs fleurs que tu baisais en passant, l'an dernier, tu ne les respireras, Mai revenu, qu'en te haussant sur la pointe des pieds, et tu devras lever les mains pour abaisser leurs grappes vers ta bouche… Regarde bien l'ombre, sur le sable de l'allée, que dessine le délicat squelette du tamaris[1] : l'an prochain, tu ne la reconnaîtras plus…

Et les violettes elles-mêmes, écloses par magie dans l'herbe, cette nuit, les reconnais-tu ? Tu te penches, et comme moi tu t'étonnes ; – ne sont-elles pas, ce printemps-ci, plus bleues ? Non, non, tu te trompes, l'an dernier je les ai vues moins obscures, d'un mauve azuré, ne te souviens-tu pas ?… Tu protestes, tu hoches la tête avec ton rire grave, le vert de l'herbe neuve décolore l'eau mordorée de ton regard… Plus mauves… non, plus bleues… Cesse cette taquinerie ! Porte plutôt à tes narines le parfum invariable de ces violettes changeantes et regarde, en respirant le philtre qui abolit les années, regarde comme moi ressusciter et grandir devant toi les printemps de ton enfance !…

Plus mauves… non, plus bleues… Je revois des prés, des bois profonds que la première poussée des bourgeons embrume d'un vert insaisissable, – des ruisseaux froids, des sources perdues, bues par le sable aussitôt que nées, des primevères de Pâques, des jeannettes jaunes au cœur safrané, et des

1. Arbuste à grappes de petites fleurs roses.

violettes, des violettes, des violettes… Je revois une enfant silencieuse que le printemps enchantait déjà d'un bonheur sauvage, d'une triste et mystérieuse joie… Une enfant prisonnière, le jour, dans une école, et qui échangeait des jouets, des images contre les premiers bouquets de violettes des bois, noués d'un fil de coton rouge, rapportés par les petites bergères des fermes environnantes… Violettes à courte tige, violettes blanches et violettes bleues, et violettes d'un blanc bleu veiné de nacre mauve, – violettes de coucou anémiques et larges, qui haussent sur de longues tiges leurs pâles corolles inodores… Violettes de février, fleuries sous la neige, déchiquetées, roussies de gel, laideronnes, pauvresses parfumées… Ô violettes de mon enfance ! Vous montez devant moi, toutes, vous treillagez[1] le ciel laiteux d'avril, et la palpitation de vos petits visages innombrables m'enivre…

À quoi penses-tu, toi, la tête renversée ? Tes yeux tranquilles se lèvent vers le soleil qu'ils bravent… Mais c'est pour suivre seulement le vol de la première abeille, engourdie, égarée, en quête d'une fleur de pêcher mielleuse… Chasse-la ! elle va se prendre au vernis de ce bourgeon de marronnier !… Non, elle se perd dans l'air bleu, couleur

1. Garnissez d'un treillage, c'est-à-dire d'une structure en bois destinée à supporter des plantes grimpantes.

de lait de pervenches, dans ce ciel brumeux et pourtant pur, qui t'éblouit… Ô toi, qui te satisfais peut-être de ce lambeau d'azur, ce chiffon de ciel borné par les murs de notre étroit jardin, songe qu'il y a, quelque part dans le monde, un lieu envié d'où l'on découvre tout le ciel ! Songe, comme tu songerais à un royaume inaccessible, songe aux confins de l'horizon, au pâlissement délicieux du ciel qui rejoint la terre… En ce jour de printemps hésitant, je devine là-bas, à travers les murs, la ligne poignante, à peine ondulée, de ce qu'enfant je nommais le bout de la terre… Elle rosit, puis bleuit, et se perd, pour renaître après dans une brume roussie, dans un or plus doux au cœur que le suc d'un fruit… Ne me plaignez pas, beaux yeux pitoyables, d'évoquer si vivement ce que je souhaite ! Mon souhait vorace crée ce qui lui manque et s'en repaît. C'est moi qui souris, charitable, à tes mains oisives, vides de fleurs… Trop tôt, trop tôt ! Nous et l'abeille, et la fleur du pêcher, nous cherchons trop tôt le printemps…

L'iris dort, roulé en cornet sous une triple soie verdâtre, la pivoine perce la terre d'une raide branche de corail vif, et le rosier n'ose encore que des surgeons d'un marron rose, d'une vivante couleur de lombric… Cueille pourtant la giroflée brune qui devance la tulipe, elle est colorée, rustaude et vêtue d'un velours solide, comme une terrassière[1]... Ne cherche pas le muguet encore ; entre deux valves de feuilles, allongées en coquilles de moules, mystérieusement s'arrondissent ses perles d'un orient vert, d'où coulera l'odeur souveraine...

Le soleil a marché sur le sable... Un souffle de glace, qui sent la grêle, monte de l'est violacé. Les fleurs du pêcher volent horizontales... Comme j'ai froid ! La chatte siamoise, tout à l'heure morte d'aise sur le mur tiède, ouvre soudain ses yeux de saphir dans son masque de velours sombre... Longue, le ventre à ras de terre, elle rampe vers la maison, en pliant sur sa nuque ses frileuses oreilles... Viens ! j'ai peur de ce nuage violet, liséré[2] de cuivre qui menace le soleil couchant... Le feu que tu as allumé tout à l'heure danse dans la chambre, comme une joyeuse bête prisonnière qui guette notre retour...

Ô dernier feu de l'année ! Le dernier, le plus beau ! Ta pivoine rose, échevelée, emplit l'âtre d'une gerbe incessamment refleurie. Inclinons-nous vers lui, tendons-lui nos mains que sa lueur traverse et ensanglante... Il n'y a pas, dans notre jardin, une fleur plus belle que lui, un arbre plus compliqué, une herbe plus mobile, une liane aussi traîtresse, aussi impérieuse ! Restons ici, choyons ce

1. Ouvrière qui effectue des travaux de terrassement.
2. Fin ruban dont on borde un vêtement, terme employé ici métaphoriquement pour décrire les nuances de couleur du nuage.

dieu changeant qui fait danser un sourire en tes yeux mélancoliques... Tout à l'heure, quand je quitterai ma robe, tu me verras toute rose, comme une statue peinte. Je me tiendrai immobile devant lui, et sous sa lueur haletante ma peau semblera s'animer, frémir et bouger comme aux heures où l'amour, d'une aile inévitable, s'abat sur moi... Restons ! Le dernier feu de l'année nous invite au silence, à la paresse, au tendre repos. J'écoute, la tête sur ta poitrine, palpiter le vent, les flammes, et ton cœur, cependant qu'à la vitre noire toque incessamment une branche de pêcher rose, à demi effeuillée, épouvantée et défaite comme un oiseau sous l'orage...

NONOCHE

Pour Willy[1].

Le soleil descend derrière les sorbiers[2], grappés de fruits verts qui tournent çà et là au rose aigre. Le jardin se remet lentement d'une longue journée de chaleur, dont les molles feuilles du tabac demeurent évanouies. Le bleu des aconits[3] a certainement pâli depuis ce matin, mais les reines-claudes, vertes hier sous leur poudre d'argent, ont toutes, ce soir, une joue d'ambre.

L'ombre des pigeons tournoie, énorme, sur le mur tiède de la maison et éveille, d'un coup d'éventail, Nonoche qui dormait dans sa corbeille…

Son poil a senti passer l'ombre d'un oiseau ! Elle ne sait pas bien ce qui arrive. Elle a ouvert trop vite ses yeux japonais, d'un vert qui met l'eau sous la langue.

1. Willy fut le premier mari de Colette, dont elle se sépara peu de temps avant l'écriture de ce texte.
2. Arbres fleuris.
3. Plantes vénéneuses à fleurs bleues.

Elle a l'air bête comme une jeune fille très jolie, et ses taches de chatte portugaise semblent plus en désordre que jamais : un rond orange sur la joue, un bandeau noir sur la tempe, trois points noirs au coin de la bouche, près du nez blanc fleuri de rose... Elle baisse les yeux et la mémoire de toutes choses lui remonte au visage dans un sourire triangulaire ; contre elle, noyé en elle, roulé en escargot, sommeille son fils.

« Qu'il est beau ! se dit-elle. Et gros ! Aucun de mes enfants n'a été si beau. D'ailleurs je ne me souviens plus d'eux... Il me tient chaud. »

Elle s'écarte, creuse le ventre avant de se lever, pour que son fils ne s'éveille pas. Puis elle bombe un dos de dromadaire, s'assied et bâille, en montrant les stries fines d'un palais trois fois taché de noir.

En dépit de nombreuses maternités, Nonoche conserve un air enfantin qui trompe sur son âge. Sa beauté solide restera longtemps jeune, et rien dans sa démarche, dans sa taille svelte et plate, ne révèle qu'elle fut, en quatre portées, dix-huit fois mère. Assise, elle gonfle un jabot éclatant, coloré d'orange, de noir et de blanc comme un plumage d'oiseau rare. L'extrémité de son poil court et fourni brille, s'irise au soleil comme fait l'hermine[1]. Ses oreilles, un peu longues, ajoutent à l'étonnement gracieux de ses yeux inclinés et ses pattes minces, armées de brèves

1. La fourrure de l'hermine est blanche.

griffes en cimeterres[1], savent fondre confiantes dans la main amie.

Futile, rêveuse, passionnée, gourmande, caressante, autoritaire, Nonoche rebute le profane[2] et se donne aux seuls initiés qu'a marqués le signe du Chat. Ceux-là même ne la comprennent pas tout de suite et disent : « Quelle bête capricieuse ! » Caprice ? point. Hyperesthésie nerveuse[3] seulement. La joie de Nonoche est tout près des larmes, et il n'y a guère de folle partie de ficelle ou de balle de laine qui ne finisse en petite crise hystérique, avec morsures, griffes et feulements rauques. Mais cette même crise cède sous une caresse bien placée, et parce qu'une main adroite aura effleuré ses petites mamelles sensibles, Nonoche furibonde s'effondrera sur le flanc, plus molle qu'une peau de lapin, toute trépidante d'un ronron cristallin qu'elle file trop aigu et qui parfois la fait tousser…

« Qu'il est beau ! se dit-elle en contemplant son fils. La corbeille devient trop petite pour nous deux. C'est un peu ridicule, un enfant si grand qui tète encore. Il tète avec des dents pointues, maintenant… Il sait boire à la soucoupe, il sait rugir à l'odeur de la viande crue, il gratte à mon exemple la sciure du plat, d'une manière anxieuse et précipitée

1. Un cimeterre est un sabre à lame courbe.
2. Ignorant, ici, personne qui n'est pas initiée aux chats.
3. Réactivité nerveuse exacerbée, plus forte que la normale.

où je me retrouve toute… Je ne vois plus rien à faire pour lui, sauf de le sevrer. Comme il abîme ma troisième mamelle de droite ! C'est une pitié. Le poil de mon ventre, tout autour, ressemble à un champ de seigle versé sous la pluie ! Mais quoi ? quand ce grand petit se jette sur mon ventre, les yeux clos comme un nouveau-né, quand il arrange en gouttière autour de la tétine sa langue devenue trop large… qu'il me pille et me morde et me boive, je n'ai pas la force de l'en empêcher ! »

Le fils de Nonoche dort dans sa robe rayée, pattes mortes et gorge à la renverse. On peut voir sous la lèvre relevée un bout de langue, rouge d'avoir tété, et quatre petites dents très dures taillées dans un silex transparent.

Nonoche soupire, bâille et enjambe son fils avec précaution pour sortir de la corbeille. La tiédeur du perron est agréable aux pattes. Une libellule grésille dans l'air, et ses ailes de gaze rêche frôlent par bravade les oreilles de Nonoche qui frémit, fronce les sourcils et menace du regard la bête au long corps en mosaïque de turquoises…

Les montagnes bleuissent. Le fond de la vallée s'enfume d'un brouillard blanc qui s'effile, se balance et s'étale comme une onde. Une haleine fraîche monte déjà de ce lac impalpable, et le nez de Nonoche s'avive et s'humecte. Au loin, une voix connue crie infatigablement, aiguë et monotone :

« Allons-v'nez – allons-v'nez – allons-v'nez... mes vaches ! Allons-v'nez – allons-v'nez... » Des clarines[1] sonnent, le vent porte une paisible odeur d'étable, et Nonoche pense au seau de la traite, au seau vide dont elle léchera la couronne d'écume collée aux bords... Un miaulement de convoitise et de désœuvrement lui échappe. Elle s'ennuie. Depuis quelque temps, chaque crépuscule ramène cette mélancolie agacée, ce vide et vague désir... Un peu de toilette ? « Comme je suis faite ! » Et, la cuisse en l'air, Nonoche copie cette classique figure de chahut qu'on appelle « le port d'armes ».

La première chauve-souris nage en zigzag dans l'air. Elle vole bas et Nonoche peut distinguer deux yeux de rat, le velours roux du ventre en figue... C'est encore une de ces bêtes où on ne comprend rien et dont la conformation inspire une inquiétude méprisante. Par association d'idées, Nonoche pense au hérisson, à la tortue, ces énigmes, et passe sur son oreille une patte humide de salive, insoucieuse de présager la pluie pour demain...

Mais quelque chose arrête court son geste, quelque chose oriente en avant ses oreilles, noircit le vert acide de ses prunelles...

Du fond du bois où la nuit massive est descendue d'un bloc, par-dessus l'or immobile des treilles,

1. Clochettes pendues au cou des animaux.

à travers tous les bruits familiers, n'a-t-elle pas entendu venir jusqu'à elle, traînant, sauvage, musical, insidieux, – l'Appel du Matou ?

Elle écoute… Plus rien. Elle s'est trompée… Non ! L'appel retentit de nouveau, lointain, rauque et mélancolique à faire pleurer, reconnaissable entre tous. Le cou tendu, Nonoche semble une statue de chatte, et ses moustaches seules remuent faiblement, au battement de ses narines. D'où vient-il, le tentateur ? Qu'ose-t-il demander et promettre ? Il multiplie ses appels, il les module, se fait tendre, menaçant, il se rapproche et pourtant reste invisible ; sa voix s'exhale du bois noir, comme la voix même de l'ombre…

« Viens !… Viens !… Si tu ne viens pas ton repos est perdu. Cette heure-ci n'est que la première, mais songe que toutes les heures qui suivront seront pareilles à celle-ci, emplies de ma voix, messagères de mon désir… Viens !

« Tu le sais, tu le sais que je puis me lamenter durant des nuits entières, que je ne boirai plus, que je ne mangerai plus, car mon désir suffit à ma vie et je me fortifie d'amour !… Viens !…

« Tu ne connais pas mon visage et qu'importe ! Avec orgueil, je t'apprends qui je suis : je suis le long Matou déguenillé par dix étés, durci par dix hivers. Une de mes pattes boite en souvenir d'une vieille blessure, mes narines balafrées grimacent et je n'ai plus qu'une oreille, festonnée[1] par la dent de mes rivaux.

« À force de coucher sur la terre, la terre m'a donné sa couleur. J'ai tant rôdé que mes pattes semellées de corne sonnent sur le sentier comme le sabot du chevreuil. Je marche à la manière des loups, le train de derrière bas, suivi d'un tronçon de queue presque chauve… Mes flancs vides se touchent et ma peau glisse autour de mes muscles secs, entraînés au rapt et au viol… Et toute cette laideur me fait pareil à l'Amour ! Viens !… Quand je paraîtrai à tes yeux, tu ne reconnaîtras rien de moi, – que l'Amour !

« Mes dents courberont ta nuque rétive, je souillerai ta robe, je t'infligerai autant de morsures que de caresses, j'abolirai en toi le souvenir de ta demeure et tu seras, pendant des jours et des nuits, ma sauvage compagne hurlante… jusqu'à l'heure plus noire où tu te retrouveras seule, car j'aurai fui mystérieusement, las de toi, appelé par celle que je ne connais pas, celle que je n'ai pas possédée encore… Alors tu retourneras vers ton gîte, affamée, humble, vêtue de boue, les yeux pâles, l'échine creusée comme si l'enfant y pesait déjà, et tu te réfugieras dans un long sommeil tressaillant de rêves où ressuscitera notre amour… Viens !… »

1. En forme de feston, qui désigne une guirlande arquée.

Nonoche écoute. Rien dans son attitude ne décèle qu'elle lutte contre elle-même, car le tentateur pourrait la voir à travers l'ombre, et le mensonge est la première parure d'une amoureuse… Elle écoute, rien de plus…

Dans sa corbeille, l'obscurité éveille peu à peu son fils qui se déroule, chenille velue, et tend des pattes tâtonnantes… Il se dresse, maladroit, s'assied, plus large que haut, avec une majesté puérile. Le bleu hésitant de ses yeux, qui seront peut-être verts, peut-être vieil or, se trouble d'inquiétude. Il dilate, pour mieux crier, son nez chamois[1] où aboutissent toutes les rayures convergentes de son visage… Mais il se tait, malicieux et rassuré : il a vu le dos bigarré[2] de sa mère, assise sur le perron.

Debout sur ses quatre pattes courtaudes, fidèle à la tradition qui lui enseigna cette danse barbare, il s'approche, les oreilles renversées, le dos bossu, l'épaule de biais, par petits bonds de joujou terrible, et fond sur Nonoche qui ne s'y attendait pas… La bonne farce ! Elle en a presque crié. On va sûrement jouer comme des fous jusqu'au dîner !

Mais un revers de patte nerveux a jeté l'assaillant au bas du perron, et maintenant une grêle de tapes sèches s'abat sur lui, commentées de fauves

1. Couleur d'un jaune clair qui rappelle la peau de chamois.
2. De plusieurs couleurs mêlées.

crachements et de regards en furie !… La tête bourdonnante, poudré de sable, le fils de Nonoche se relève, si étonné qu'il n'ose pas demander pourquoi, ni suivre celle qui ne sera plus jamais sa nourrice et qui s'en va très digne, le long de la petite allée noire, vers le bois hanté…

LA DAME QUI CHANTE

Pour Paul Reboux[1].

La dame qui allait chanter se dirigea vers le piano, et je me sentis tout à coup une âme féroce, une révolte concentrée et immobile de prisonnier. Pendant qu'elle fendait difficilement les jupes assises, sa robe collée aux genoux comme une onde bourbeuse, je lui souhaitais la syncope, la mort, ou même la rupture simultanée de ses quatre jarretelles. Il lui restait encore quelques mètres à franchir ; trente secondes, l'espace d'un cataclysme... Mais elle marcha sereine sur quelques pieds vernis, effrangea la dentelle d'un volant, murmura « Pardon », salua et sourit, la main déjà sur l'obscur palissandre du Pleyel[2] aux reflets de Seine nocturne. Je commençai à souffrir.

J'aperçus à travers le brouillard dansant dont se nimbent les lustres des soirées finissantes, le dos

1. Journaliste et écrivain français (1877-1963), auteur notamment de pastiches.
2. Le piano est ici désigné par sa marque.

arqué de mon gros ami Maugis, son bras arrondi qui défendait contre les coudes un verre plein… Je sentis que je le haïssais d'être parvenu jusqu'à la salle du buffet, tandis que je m'étiolais[1], bloqué, assis de biais sur la canne dorée d'un siège fragile…

Avec une froideur insolente, je dévisageai la dame qui allait chanter, et je retins le ricanement d'une diabolique joie, à la trouver plus laide encore que je l'espérais.

Cuirassée de satin blanc métallique, elle portait haut une tête casquée de cheveux d'un blond violent et artificiel. Toute l'arrogance des femmes trop petites éclatait dans ses yeux durs, où il y avait beaucoup de bleu et pas assez de noir. Les pommettes saillantes, le nez mobile, ouvert, le menton solide et prêt à l'engueulade, tout cela lui composait une face carline[2], agressive, à qui, avant qu'elle eût parlé, j'eusse répondu : « Mange ! »

Et la bouche ! la bouche ! J'attachai ma contemplation douloureuse sur ces lèvres inégales, fendues à la diable par un canif distrait. Je supputai la vaste ouverture qu'elles démasqueraient tout à l'heure, la qualité des sons que mugirait cet antre… Le beau gueuloir ! Par avance, les oreilles m'en sifflèrent, et je serrai les mâchoires.

---

1. Je perdais de mon énergie.
2. La carline est une plante de la famille du chardon.

La dame qui allait chanter se campa impudique, face à l'assistance, et se hissa dans son corset droit, pour faire saillir sa gorge en pommes. Elle respira fortement, toussa et se racla la gorge à la manière dégoûtante des grands artistes.

Dans le silence angoissé où grinçaient, punkas[1] minuscules, les armatures parfumées des éventails, le piano préluda. Et soudain une note aiguë, un cri vibrant troua ma cervelle, hérissa la peau de mon échine : la dame chantait. À ce premier cri, jailli du plus profond de sa poitrine, succéda la langueur d'une phrase, nuancée par le mezzo le plus velouté, le plus plein, le plus tangible que j'eusse entendu jamais… Saisi, je relevai mon regard vers la dame qui chantait… Elle avait sûrement grandi depuis un instant. Les yeux larges ouverts et aveugles, elle contemplait quelque chose d'invisible vers quoi tout son corps s'élançait, hors de son armure de satin blanc… Le bleu de ses yeux avait noirci et sa chevelure, teinte ou non, la coiffait d'une flamme fixe, toute droite. Sa grande bouche généreuse s'ouvrait, et j'en voyais s'envoler les notes brûlantes, les unes pareilles à des bulles d'or, les autres comme de rondes roses pures… Des trilles brillaient comme un ruisseau frémissant, comme une couleuvre fine ; de lentes vocalises me caressaient comme une main

1. Ventilateurs.

traînante et fraîche. Ô voix inoubliable ! Je me pris à contempler, fasciné, cette grande bouche aux lèvres fardées, roulées sur des dents larges, cette porte d'or des sons, cet écrin de mille joyaux... Un sang rose colorait les pommettes kalmoukes[1], les épaules enflées d'un souffle précipité, la gorge offerte... Au bas du buste tendu dans une immobilité passionnée, deux expressives petites mains tordaient leurs doigts nus... Seuls les yeux, presque noirs, planaient au-dessus de nous, au-dessus de tout, aveugles et sereins...

« Amour !... » chanta la voix... Et je vis la bouche irrégulière, humide et pourprée, se resserrer sur le mot en dessinant l'image d'un baiser... Un désir si brusque et si fou m'embrasa que mes paupières se mouillèrent de larmes nerveuses. La voix merveilleuse avait tremblé, comme étouffée d'un flot de sang, et les cils épais de la dame qui chantait battirent, une seule fois... Oh ! boire cette voix à sa source, la sentir jaillir, onde enivrante, entre les cailloux polis de cette luisante denture, l'endiguer une minute contre mes propres lèvres, l'entendre, la regarder bondir, torrent libre, et s'épanouir en longue nappe harmonieuse que je fêlerais d'une caresse... Être l'amant de cette femme que sa voix transfigure, – et de cette voix ! Séquestrer pour moi

1. La Kalmoukie est une région de Mongolie.

– pour moi seul ! – cette voix plus émouvante que la plus secrète caresse, et le second visage de cette femme, son masque irritant et pudique de nymphe qu'un songe enivre !...

Au moment où je succombais de délice, la dame qui chantait se tut. Mon cri d'homme qui tombe se perdit dans un tumulte poli d'applaudissements, dans ces « ouao-ouao » qui signifient *bravo* en langue salonnière. La dame qui chantait s'inclina pour remercier, en déroulant entre elle et nous un sourire, un battement de paupières qui la séparaient du monde. Elle prit le bras du pianiste et tenta de gagner une porte ; sa traîne de satin piétinée, écrasée, entravait ses pas... Dieux ! allais-je la perdre ? Déjà je ne voyais plus d'elle qu'un coin de son armure blanche... Je m'élançai, sauvage, pareil en fureur dévastatrice à certains « rescapés » du bazar de la rue Jean-Goujon[1]...

Enfin, enfin, je l'atteignis, quand elle abordait le buffet, île fortunée, chargée de fruits et de fleurs, scintillante de cristaux et de vins pailletés.

Elle étendit la main, et je me précipitai, mes doigts tremblants offrant une coupe pleine... Mais elle m'écarta sans ménagement et me dit, atteignant

1. Bazar parisien – Le Bazar de la Charité, rue Jean-Goujon à Paris, où, le 4 mai 1897, alors que se déroulait une vente de charité, eut lieu un terrible incendie qui fit de nombreuses victimes, notamment des femmes de la haute société.

une bouteille de bordeaux : « Merci bien, monsieur, mais le champagne m'est contraire, surtout lorsque je sors de chanter. Il me retombe sur les jambes. Surtout que ces messieurs et dames veulent que je leur chante encore *La Vie et l'Amour d'une femme*, vous pensez... » Et sa grande bouche – grotte d'ogre où niche l'oiseau merveilleux – se referma sur un cristal fin qu'elle eût, d'un sourire, broyé en éclats.

Je ne ressentis point de douleur, ni de colère. J'avais retenu seulement ceci : elle allait chanter encore... J'attendis, respectueux, qu'elle eût vidé un autre verre de bordeaux, qu'elle eût, d'un geste qui récure, essuyé les ailes de son nez, les coins déplorables de ses lèvres, aéré ses aisselles mouillées, aplati son ventre d'une tape sévère et affermi sur son front le « devant » de cheveux oxygénés.

J'attendis, résigné, meurtri, mais plein d'espoir, que le miracle de sa voix me la rendît...

TOBY-CHIEN PARLE

Pour Miss Meg V[1]...

Un petit intérieur tranquille. À la cantonade, bruits de cataclysme[2]*. Kiki-la-Doucette, chat des chartreux, se cramponne vainement à un somme illusoire. Une porte s'ouvre et claque sous une main invisible, après avoir livré passage à Toby-Chien, petit bull démoralisé.*

KIKI-LA-DOUCETTE, *s'étirant* : Ah ! ah ! qu'est-ce que tu as encore fait ?

TOBY-CHIEN, *piteux* : Rien.

KIKI-LA-DOUCETTE : À d'autres ! Avec cette tête-là ? Et ces rumeurs de catastrophe ?

TOBY-CHIEN : Rien, te dis-je ! Plût au ciel ! Tu me croiras si tu veux, mais je préférerais avoir cassé un vase, ou mangé le petit tapis persan auquel Elle

1. Meg Villars était une amie proche de Colette et Willy, que ce dernier épousa après Colette.

2. Grand bouleversement causé par un phénomène naturel, comme une tempête, une inondation.

tient si fort. Je ne comprends pas. Je tâtonne dans les ténèbres. Je…

KIKI-LA-DOUCETTE, *royal* : Cœur faible ! Regarde-moi. Comme du haut d'un astre, je considère ce bas monde. Imite ma sérénité divine…

TOBY-CHIEN, *interrompant, ironique* : … et enferme-toi dans le cercle magique de ta queue, n'est-ce pas ? Je n'ai pas de queue, moi, ou si peu ! Et jamais je ne me sentis le derrière si serré.

KIKI-LA-DOUCETTE, *intéressé, mais qui feint l'indifférence* : Raconte.

TOBY-CHIEN : Voilà. Nous étions bien tranquilles, Elle et moi, dans le cabinet de travail. Elle lisait des lettres, des journaux, et ces rognures collées[1] qu'Elle nomme pompeusement l'Argus de la Presse[2], quand tout à coup : « Zut ! s'écria-t-Elle. Et même crotte de bique ! » Et sous son poing assené la table vibra, les papiers volèrent… Elle se leva, marcha de la fenêtre à la porte, se mordit un doigt, se gratta la tête, se frotta rudement le bout du nez.

J'avais soulevé du front le tapis de la table et mon regard cherchait le sien… « Ah ! te voilà, ricana-t-Elle. Naturellement, te voilà. Tu as le sens des situations. C'est bien le moment de te coiffer à l'orientale avec une draperie turque sur le crâne

1. Désigne ici sans doute des articles divers, découpés.
2. Publication spécialisée à laquelle rien n'est censé échapper.

et des franges-boule[1] qui retombent, des franges-boule, – des franges-bull, parbleu ! Ce chien fait des calembours, à présent ! il ne me manquait que ça ! » D'une chiquenaude, Elle rejeta le bord du tapis qui me coiffait, puis leva vers le plafond des bras pathétiques : « J'en ai assez ! s'écria-t-Elle. Je veux… je veux… je veux faire ce que je veux ! »

Un silence effrayant suivit son cri, mais je lui répondais du fond de mon âme : « Qui T'en empêche, ô Toi qui règnes sur ma vie, Toi qui peux presque tout, Toi qui, d'un plissement volontaire de tes sourcils, rapproches dans le ciel les nuages ? »

Elle sembla m'entendre et repartit un peu plus calme : « Je veux faire ce que je veux. Je veux jouer la pantomime, même la comédie. Je veux danser nue, si le maillot me gêne et humilie ma plastique. Je veux me retirer dans une île, s'il me plaît, ou fréquenter des dames qui vivent de leurs charmes, pourvu qu'elles soient gaies, fantasques, voire mélancoliques et sages, comme sont beaucoup de femmes de joie. Je veux écrire des livres tristes et chastes, où il n'y aura que des paysages, des fleurs, du chagrin, de la fierté, et la candeur des animaux charmants, qui s'effraient de l'homme… Je veux sourire à tous les visages aimables, et m'écarter des gens laids, sales et qui sentent mauvais. Je

1. Franges du tapis.

veux chérir qui m'aime et lui donner tout ce qui est à moi dans le monde : mon corps rebelle au partage, mon cœur si doux et ma liberté ! Je veux... je veux !... Je crois bien que si quelqu'un, ce soir, se risquait à me dire : "Mais, enfin, ma chère...", eh bien, je le tue... Ou je lui ôte un œil. Ou je le mets dans la cave. »

KIKI-LA-DOUCETTE, *pour lui-même* : Dans la cave ? Je considérerais cela comme une récompense, car la cave est un enviable séjour, d'une obscurité bleutée par le soupirail, embaumé de paille moisie et de l'odeur alliacée[1] du rat...

TOBY-CHIEN, *sans entendre* : « ... J'en ai assez, vous dis-je ! » (Elle criait cela à des personnes invisibles, et moi, pauvre moi, je tremblais sous la table.) « Et je ne verrai plus ces tortues-là ! »

KIKI-LA-DOUCETTE : Ces... quoi ?

TOBY-CHIEN : Ces tortues-là ; je suis sûr du mot. Quelles tortues ? Elle nous cache tant de choses ! « ... Ces tortues-là ! Elles sont deux, trois, quatre – joli nid de fauvettes[2] ! –, pendues à Lui, et qui Lui roucoulent et Lui écrivent : "Mon chéri, tu m'épouseras si Elle meurt, dis ?" Je crois bien ! Il les épouse déjà, l'une après l'autre. Il pourrait choisir. Il préfère collectionner. Il lui faut – car elles

1. Odeur d'ail.
2. Petits oiseaux.

en demandent ! – la Femme-du-Monde couperosée qui s'occupe de musique et qui fait des fautes d'orthographe, la vierge mûre qui lui écrit, d'une main paisible de comptable, les mille z'horreurs ; – l'Américaine brune aux cuisses plates ; – et toute la séquelle des sacrées petites toquées en cols plats et cheveux courts qui s'en viennent, cils baissés et reins frétillants : "Ô monsieur, c'est moi qui suis la vraie Claudine..." La vraie Claudine ! et la fausse mineure, tu parles !

« Toutes, elles souhaitent ma mort, m'inventent des amants ; elles l'entourent de leur ronde effrénée, Lui faible, Lui, volage et amoureux de l'amour qu'Il inspire, Lui qui goûte si fort ce jeu de se sentir empêtré dans cent petits doigts crochus de femmes... Il a délivré en chacune la petite bête mauvaise et sans scrupule, matée – si peu ! – par l'éducation ; elles ont menti, forniqué, cocufié, avec une joie et une fureur de harpies, autant par haine de moi que pour l'amour de Lui...

« Alors... adieu tout ! adieu... presque tout. Je Le leur laisse. Peut-être qu'un jour Il les verra comme je les vois, avec leurs visages de petites truies gloutonnes. Il s'enfuira effrayé, frémissant, dégoûté d'une vie inutile... »

Je haletais autant qu'Elle, ému de sa violence. Elle entendit ma respiration et se jeta à quatre pattes, sa tête sous le tapis de la table, contre la mienne...

« Oui, inutile ! je maintiens le mot. Ce n'est pas un sale petit bull bringé[1] qui me fera changer d'avis, encore ! Inutile s'Il n'aime pas assez ou s'Il méconnaît l'amour véritable ! Quoi ?... ma vie aussi est inutile ? Non, Toby-Chien. Moi, j'aime ! J'aime tant tout ce que j'aime ! Si tu savais comme j'embellis tout ce que j'aime, et quel plaisir je me donne en aimant ! Si tu pouvais comprendre de quelle force et de quelle défaillance m'emplit ce que j'aime !... C'est cela que je nomme le frôlement du bonheur. Le frôlement du bonheur... caresse impalpable qui creuse le long de mon dos un sillon velouté, comme le bout d'une aile creuse l'onde... Frisson mystérieux prêt à se fondre en larmes, angoisse légère que je cherche et qui m'atteint devant un cher paysage argenté de brouillard, devant un ciel où fleurit l'aube, sous le bois où l'automne souffle une haleine mûre et musquée... Tristesse voluptueuse des fins de jour, bondissement sans cause d'un cœur plus mobile que celui du chevreuil, tu es le frôlement même du bonheur, toi qui gis au sein des heures les plus pleines... et jusqu'au fond du regard de ma sûre amie...

« Tu oserais dire ma vie *inutile* ?... Tu n'auras pas de pâtée, ce soir ! »

Je voyais la brume de ses cheveux danser autour de sa tête qu'Elle hochait furieusement. Elle était

1. Tacheté, rayé.

comme moi à quatre pattes, aplatie, comme un chien qui va s'élancer, et j'espérais un peu qu'Elle aboierait…

KIKI-LA-DOUCETTE, *révolté* : Aboyer, Elle ! Elle a ses défauts, mais tout de même, aboyer !… Si Elle devait parler en quatre-pattes, elle miaulerait.

TOBY-CHIEN, *poursuivant* : Elle n'aboya point, en effet. Elle se redressa d'un bond, rejeta en arrière les cheveux qui lui balayaient le visage…

KIKI-LA-DOUCETTE : Oui. Elle a la tête angora. La tête seulement.

TOBY-CHIEN : … Et Elle se remit à parler, incohérente : « Alors, voilà ! je veux faire ce que je veux. Je ne porterai pas des manches courtes en hiver, ni de cols hauts en été. Je ne mettrai pas mes chapeaux sens devant derrière, et je n'irai plus prendre le thé chez Rimmel's, non… Redelsperger, non… Chose, enfin. Et je n'irai plus aux vernissages. Parce qu'on y marche dans un tas de gens, l'après-midi, et que les matins y sont sinistres, sous ces voûtes où frissonne un peuple nu et transi de statues, parmi l'odeur de cave et de plâtre frais… C'est l'heure où quelques femmes y toussent, vêtues de robes minces, et de rares hommes errent, avec la mine verte d'avoir passé la nuit là, sans gîte et sans lit…

« Et le monotone public des premières ne verra plus mon sourire abattu, mes yeux qui se creusent de la longueur des entractes et de l'effort qu'il faut pour empêcher mon visage de vieillir, – effort reflété par cent visages féminins, raidis de fatigue et d'orgueil défensif... Tu m'entends, s'écria-t-Elle, tu m'entends, crapaud bringé, excessif petit bull cardiaque ! je n'irai plus aux premières, – sinon de l'autre côté de la rampe. Car je danserai encore sur la scène, je danserai nue ou habillée, pour le seul plaisir de danser, d'accorder mes gestes au rythme de la musique, de virer, brûlée de lumière, aveuglée comme une mouche dans un rayon... Je danserai, j'inventerai de belles danses lentes où le voile parfois me couvrira, parfois m'environnera comme une spirale de fumée, parfois se tendra derrière ma course comme la toile d'une barque... Je serai la statue, le vase animé, la bête bondissante, l'arbre balancé, l'esclave ivre...

« Qui donc a osé murmurer, trop près de mon oreille irritable, les mots de déchéance, d'avilissement ?... Toby-Chien, Chien de bon sens, écoute bien : je ne me suis jamais sentie plus digne de moi-même ! Du fond de la sévère retraite que je me suis creusée au fond de moi, il m'arrive de rire tout haut, réveillée par la voix cordiale d'un maître de ballet italien : "Hé, ma minionne, qu'est-ce que tu penses ? je te dis : sauts de basque[1], deux ! et un petit pour finir !..."

1. Pas de danse.

« La familiarité professionnelle de ce luisant Méridional ne me blesse point, ni l'amicale veulerie[1] d'une pauvre petite marcheuse à cinquante francs par mois, qui se lamente, résignée : “Nous autres artistes, n'est-ce pas, on ne fait pas toujours comme on veut…” Et si le régisseur tourne vers moi, au cours d'une répétition, son mufle de dogue bonasse, en graillonnant : “C'est malheureux que vous ne pouvez pas taire vos gueules, tous…”, je ne songe pas à me fâcher, pourvu qu'au retour, lorsque je jette à la volée mon chapeau sur le lit, une voix chère, un peu voilée, murmure : “Vous n'êtes pas trop fatiguée, mon amour ?…” »

Sa voix à Elle avait molli sur ces mots. Elle répéta, comme pour Elle-même, avec un sourire contenu : « Vous n'êtes pas trop fatiguée, mon amour ? » puis soudain éclata en larmes nerveuses, des larmes vives, rondes, pressées, en gouttes étincelantes qui sautaient sur ses joues, joyeusement… Mais moi, tu sais, quand Elle pleure, je sens la vie me quitter…

KIKI-LA-DOUCETTE : Je sais, tu t'es mis à hurler ?

TOBY-CHIEN, *évasif* : À hurler, non… Je mêlai mes larmes aux siennes, voilà tout. Mal m'en prit ! Elle me saisit par la peau du dos, comme une petite valise carrée, et de froides injures tombèrent sur ma tête innocente : « Mal élevé. Chien hystérique.

1. Manque d'énergie, de volonté.

Saucisson larmoyeur. Crapaud à cœur de veau. Phoque obtus… » Tu sais le reste. Tu as entendu la porte ; le tisonnier qu'elle a jeté dans la corbeille à papier, et le seau à charbon qui a roulé béant, et tout…

KIKI-LA-DOUCETTE : J'ai entendu. J'ai même entendu, ô Chien, ce qui n'est pas parvenu à ton entendement de bull simplet. Ne cherche pas. Elle et moi, nous dédaignons le plus souvent de nous expliquer. Il m'arrive, lorsqu'une main inexperte me caresse à rebours, d'interrompre un paisible et sincère ronron par un *khh !* féroce, suivi d'un coup de griffe foudroyant comme une étincelle… « Que ce chat est traître ! » s'écrie l'imbécile… Il n'a vu que la griffe, il n'a pas deviné l'exaspération nerveuse, ni la souffrance aiguë qui lancine la peau de mon dos… Quand Elle agit follement, Elle, ne dis pas, en haussant tes épaules carrées : « Elle est folle ! » Plutôt, cherche la main maladroite, la piqûre insupportable et cachée, qui se manifeste en cris, en rires, en course aveugle vers tous les risques…

DIALOGUE DE BÊTES

Pour Sacha Guitry[1].

À la campagne, l'été. Elle somnole, sur une chaise longue de rotin. Ses deux amis, Toby-Chien le bull, Kiki-la-Doucette l'angora, jonchent le sable…

TOBY-CHIEN, *bâillant* : Aaah !… ah !…

KIKI-LA-DOUCETTE, *réveillé* : Quoi ?

TOBY-CHIEN : Rien… Je bâille.

KIKI-LA-DOUCETTE : Mal à l'estomac ?

TOBY-CHIEN : Non. Je ne sais pas ce que j'ai. Depuis une semaine que nous sommes ici, il me manque quelque chose. Je crois que je n'aime plus la campagne.

KIKI-LA-DOUCETTE : Tu n'as jamais aimé réellement la campagne. Asnières et Bois-Colombes bornent tes désirs ruraux. Tu es né banlieusard.

TOBY-CHIEN, *qui n'écoute pas* : L'oisiveté me pèse. Je voudrais travailler !

1. Auteur, acteur et metteur en scène (1885-1957).

KIKI-LA-DOUCETTE, *continuant* : ... Banlieusard, dis-je, et mégalomane. Travailler ! Ô Phtah[1], tu l'entends, ce chien inutile. Travailler !

TOBY-CHIEN, *noble* : Tu peux rire. Pendant six semaines j'ai gagné ma vie, Moi, aux Folies-Élyséennes[2], avec Elle.

KIKI-LA-DOUCETTE : Elle... c'est différent. Elle fait ce qui lui plaît. Elle est têtue, dispersée, extravagante... Mais toi ! Toi le brouillon, l'indécis, toi, le happeur de vide, le...

TOBY-CHIEN, *théâtral* : Vous n'avez pas autre chose à me dire ?

KIKI-LA-DOUCETTE, *qui ignore Rostand*[3] : Si, certainement !

TOBY-CHIEN, *rogue*[4] : Eh bien, rentre-le. Et laisse-moi tout à mon cuisant regret, à mes aspirations vers une vie active, vers ma vie du mois passé. Ah ! les belles soirées ! ah ! mes succès ! ah ! l'odeur du sous-sol aux Folies-Élyséennes ! Cette longue cave divisée en cabines exiguës, comme un rayon de ruche laborieuse et peuplée de mille petites ouvrières qui se hâtent, en travesti bleu brodé d'or, un dard inoffensif au flanc, coiffées de plumes

1. Dieu des Artistes dans la mythologie égyptienne.
2. Cabaret parisien.
3. Dramaturge auteur du célèbre *Cyrano de Bergerac*, ici pour désigner Toby-Chien qui prend un air « théâtral ».
4. Méprisant.

écumeuses… Je revois encore, éblouissant, ce tableau de l'Entente cordiale[1] où défilait une armée de généraux aux cuisses rondes… Hélas, hélas !…

KIKI-LA-DOUCETTE, *à part* : Toby-Chien, c'est le Brichanteau[2] du music-hall.

TOBY-CHIEN, *qui s'attendrit* : C'est à cette heure émouvante du défilé que nous arrivions, Elle et moi. Elle s'enfermait, abeille pressée, dans sa cellule, et commençait de se peindre le visage afin de ressembler aux beaux petits généraux qui, au-dessus de nos têtes, martelaient la scène d'un talon indécis. J'attendais. J'attendais que, gainée d'un maillot couleur de hanneton doré, Elle rouvrît sa cellule sur le fiévreux corridor…

Couché sur mon coussin, je haletais un peu, en écoutant le bruit de la ruche. J'entendais les pieds pesants des guerriers mérovingiens, ces êtres terribles, casqués de fer et d'ailes de hiboux qui surgissaient au dernier tableau, sous le chêne sacré… Ils étaient armés d'arbres déracinés, moustachus d'étoupe[3] blonde, – et ils chantaient, attends… cette si jolie valse lente !

1. Accords signés à Londres entre la France et le Royaume-Uni le 8 avril 1904, visant à sceller les bonnes relations entre les deux pays.
2. Ancienne famille noble française.
3. Résidu de bouts de tissu.

Dès que l'aurore au lointain paraît,
Chacun s'empresse dans la forêt
Aux joies exquises de la chasse
Dont jamais on ne se lasse !...

Ils se rassemblaient pour y tuer

... au fond des bois
Des ribambelles
De gazelles,
Et de dix-cors aux abois...

KIKI-LA-DOUCETTE, *à part* : Poésie, poésie !...

TOBY-CHIEN : Adieu, tout cela ! Adieu, ma scintillante amie, Mme Bariol-Taugé ! Vous m'apparûtes plus belle qu'une armée rangée en bataille, et mon cœur chauvin, mon cœur de bull bien français gonfle, gonfle, au souvenir des strophes enflammées dont vous glorifiâtes l'Entente cordiale !... Crête rose, ceinture bleue, robe blanche, vous étiez telle qu'une belle poule gauloise, et pourtant vous demeuriez :

La Parisienne, astre vermeil,
Apportant son rayon de soleil !
La Parisienne, la v'là
Pour cha-a-sser le spleen
Aussitôt qu'elle est là
Tous les cœurs s'illuminent !

KIKI-LA-DOUCETTE, *intéressé* : De qui sont ces vers ?

TOBY-CHIEN : Je ne sais pas. Mais leur rythme impérieux rouvre en moi des sources d'amertume.

J'attendais l'heure où les Élysées-Girls[1], maigres, affamées et joueuses, redescendraient de leur Olympe pour me serrer, l'une après l'autre, sur leurs gorges plates et dures, me laissant suffoqué, béat, le poil marbré de plaques roses et blanches… J'attendais, le cœur secoué, l'instant enfin où Elle monterait à son tour, indifférente, farouchement masquée d'une gaieté impénétrable, vers le Plateau, vers la fournaise de lumière qui m'enivrait… Écoute, Chat, j'ai vu, dans ma vie, bien des choses…

KIKI-LA-DOUCETTE, *à part, apitoyé* : C'est qu'il le croit.

TOBY-CHIEN : … Mais rien n'égale, dans l'album de mes souvenirs, cette salle des Folies-Élyséennes, où chacun espérait ma venue, où l'on m'accueillait par une rumeur de bravos et de rires !… Modeste – et d'ailleurs myope – j'allais droit à cet être étrange, tête sans corps, chuchoteur, qui vit dans un trou, tout au bord de la scène. Bien que j'en eusse fait mon ami, je m'étonnais tous les soirs de sa monstruosité, et je dardais[2] sur lui mes yeux saillants de homard… Mon second salut était pour

1. Danseuses de cabaret.
2. Lançais un trait lumineux. Ici employé métaphoriquement.

cette frétillante créature qu'on nommait Carnac et qui semblait la maîtresse du lieu, accueillant tous les arrivants du même sourire à dents blanches, du même « ah ! » de bienvenue. Elle me plaisait entre toutes. Hors de la scène, sa jeune bouche fardée[1] jetait, dans un rire éclatant, des mots qui me semblaient plus frais que des fleurs mouillées : « Bougre d'em… poté, sacré petit mac… Vieux chameau d'habilleuse, elle m'a foutu entre les jambes une tirette qui me coupe le… », j'ai oublié le reste. Après que j'avais, d'une langue courtoise, léché les doigts menus de cette enfant délicate, je courais de l'une à l'autre avant-scène, pressé de choisir les bonbons qu'on me tendait, minaudant pour celle-ci, aboyant pour celui-là…

KIKI-LA-DOUCETTE, *à part* : Cabotin, va !

TOBY-CHIEN : … Et puis-je oublier l'heure que je passai dans l'avant-scène de droite, au creux d'un giron de mousseline et de paillettes, bercé contre une gorge abondante où pendaient des colliers ?… Mais Elle troubla trop tôt ma joie et vint, ayant dit et chanté, me pêcher par la peau de la nuque, me reprendre aux douces mains gantées qui voulaient me retenir… Cette heure merveilleuse finit dans le ridicule, car Elle me brandit aux yeux d'un public égayé, en criant : « Voilà, mesdames et messieurs ! le

1. Très maquillée.

sale cabot qui *fait* les avant-scènes ! » Elle riait aussi, la bouche ironique et les yeux lointains, avec cet air agressif et gai qui sert de masque à sa vraie figure, tu sais ?

KIKI-LA-DOUCETTE, *bref* : Je sais.

TOBY-CHIEN, *poursuivant* : Nous descendions, après, vers sa cellule lumineuse où Elle essuyait son visage de couleur, la gomme bleue de ses cils…

Elle… (*la regardant endormie*). Elle est là, étendue. Elle sommeille. Elle semble ne rien regretter. Il y a sur son visage un air heureux de détente et d'arrivée. Pourtant, quand Elle rêve de longues heures, la tête sur son bras plié, je me demande si Elle n'évoque pas, comme moi, ces soirs lumineux de printemps parisien, tout enguirlandés de perles électriques ?… C'est peut-être cela qui brille au plus profond de ses yeux ?…

KIKI-LA-DOUCETTE : Non. Je sais, moi. Elle m'a parlé !

TOBY-CHIEN, *jaloux* : À moi aussi, Elle me parle.

KIKI-LA-DOUCETTE : Pas de la même manière. Elle te parle de la température, de la tartine qu'Elle mange, de l'oiseau qui vient de s'envoler. Elle te dit : « Viens ici. Gare à ton derrière. Tu es beau. Tu es laid. Tu es mon crapaud bringé, ma sympathique grenouille. Je te défends de manger ce crottin sec… »

TOBY-CHIEN : C'est déjà très gentil, tu ne trouves pas ?

KIKI-LA-DOUCETTE : Très gentil. Mais nos confidences, d'Elle à moi, de moi à Elle, sont d'autre sorte. Depuis que nous sommes ici, Elle s'est confiée, presque sans paroles, à mon instinct divinateur. Elle se délecte d'une tristesse et d'une solitude plus savoureuses que le bonheur. Elle ne se lasse pas de regarder changer la couleur des heures. Elle erre beaucoup, mais pas loin, et son activité piétine sur ces dix hectares bornés de murs en ruines. Tu la vois parfois debout sur la cime de notre montagne, sculptée dans sa robe par le vent amoureux, les cheveux tour à tour droits et couchés comme les épis du seigle, et pareille à un petit génie de l'Aventure ?... Ne t'en émeus pas. Son regard ne défie pas l'espace ; il y cherche, il y menace seulement l'intrus en marche vers sa demeure, l'assaillant de sa retraite... dirai-je sentimentale ?

TOBY-CHIEN : Dis-le.

KIKI-LA-DOUCETTE : Elle n'aime point l'inconnu, et ne chérit sans trouble que ce lieu ancien, retiré, ce seuil usé par ses pas enfantins, ce parc triste dont son cœur connaît tous les aspects. Tu la crois assise là, près de nous ? Elle est assise en même temps sur la roche tiède, au revers de la combe[1], et aussi sur la branche odorante et basse du pin argenté... Tu crois qu'elle dort ? elle cueille en ce moment, au potager,

1. Petite vallée encaissée.

la fraise blanche qui sent la fourmi écrasée. Elle respire, sous la tonnelle de roses, l'odeur orientale et comestible de mille roses vineuses[1], mûres en un seul jour de soleil. Ainsi immobile et les yeux clos, elle habite chaque pelouse, chaque arbre, chaque fleur, – elle se penche à la fois, fantôme bleu comme l'air, à toutes les fenêtres de sa maison chevelue de vigne… Son esprit court, comme un sang subtil, le long des veines de toutes les feuilles, se caresse au velours des géraniums, à la cerise vernie, et s'enroule à la couleuvre poudrée de poussière, au creux du sentier jaune… C'est pourquoi tu la vois si sage et les yeux clos, car ses mains pendantes, qui semblent vides, possèdent et égrènent tous les instants d'or de ce beau jour lent et pur.

1. De la couleur du vin.

TOBY-CHIEN ET LA MUSIQUE

Pour Louis de Serres[1].

… Toby-Chien, le petit bull que j'interviewais, protesta :

— Ne me dites pas que je n'aime pas la musique ! Personne n'est fixé là-dessus, et moi-même…

Il s'interrompit et rêva un instant, son bref menton appuyé sur ses pattes de devant. Trois plis pensifs rayaient son mufle bringé ; sa lèvre noire et laquée pendait amère, et, contemplant son front puissant et bossué, je fus frappée pour la première fois de sa ressemblance avec Beethoven.

Il rouvrit ses yeux batraciens, et la ressemblance auguste[2] disparut. À présent, les narines fendues et retroussées, les globes saillants des yeux rappelaient lointainement Joseph Reinach[3], en plus humain…

---

1. Compositeur et organiste français (1864-1942).
2. Digne de respect.
3. Homme politique français (1856-1921), qui s'engagea dans la défense du capitaine Dreyfus.

— J'aime la musique, reprit Toby-Chien, car je la redoute ; craindre, c'est presque toujours aimer.

— Ô profond psychologue, lui dis-je, éclairez-moi. De quel amour donc enveloppez-vous ce que vous désignez d'un terme ample et vague : la Musique, toute la Musique ?

Toby-Chien hésita :

— Si je précise, avoua-t-il avec une modestie charmante, je vais bafouiller. Vous ne saurez jamais ce que souffre une âme compliquée comme la mienne, obligée de se traduire par un vocabulaire de cinq cents mots. Illettré sensitif, voilà ce que je suis, comme la plupart des petits bouledogues. Et la musique augmente ma misère en ouvrant en moi des jardins enchantés, des palais lumineux, des grottes où frissonne l'inconnaissable…

— Faudra-t-il un I majuscule à « inconnaissable » ? insinuai-je, déférente.

— Oh ! non, la dimension ordinaire suffira. Et puis ne m'interrompez pas comme ça tout le temps, j'ai déjà assez de mal… La Musique… disais-je… elle est partout… Dans le vent d'ouest rauque, enroué de la pluie qu'il apporte… dans la bise d'est qui flûte agressive et coupante dans la cheminée… La bave mijotante de la bûche humide qui bout menu le long du chenet imite la mouche prise dans une toile d'araignée…

— Pardon, mais…

— … La plainte du mélèze[1] que peigne le vent et qui gémit : « Tu me tires les cheveux ! » cependant qu'au plus haut de sa chevelure rebroussée crie l'oiseau dont je ne sais pas le nom, l'oiseau sans doute obsédé par un souvenir de music-hall et qui répète sans fin : « Yvette ! Yvette ! »

— Ce n'est pas de cela…

— Vous dirai-je encore, poursuivit Toby-Chien lancé, la musique du crapaud obscur, qui égoutte de seconde en seconde sa note liquide, perle de cristal qu'on peut ouïr rouler entre l'herbe et s'y figer ?… Car je ne puis croire à une autre origine de la rosée étincelante !… Esquisserai-je pour vous l'harmonie modeste de la bouilloire, grillonne tapie dans les cendres ardentes, petite sorcière ventrue, bienveillante, quoiqu'elle crache la vapeur par sa lèvre en lippe ? C'est elle qui rythme mon sommeil vingt fois rompu, ma sieste en miettes de repos qui ne me repose guère… Elle chante bas le plus souvent ; mais certains soirs de grand feu, il sort d'elle une plainte si aiguë et si canine que son ventre noir m'inquiète comme si elle avait mangé tout vif un petit chien…

Toby-Chien, essoufflé, s'arrêta un instant et fixa sur moi des yeux globuleux et hallucinés… J'en profitai pour glisser un mot :

1. Arbre de forme conique.

— Pardon, mais… ce n'est pas de cela que je voulais vous entendre parler. Laissons les harmonies naturelles et imitatives, et dites-moi vos impressions de musique instrumentale, voire orchestrale.

Il s'agita, comme pris d'un subit malaise. Une de ses pattes postérieures esquissa une danse de Saint-Guy[1], un gigotement galvanisé…

— Ah ! oui… Ah ! je n'aime pas beaucoup ce sujet de conversation. Je suis (je l'ai déjà dit) un sensitif, et il suffit de me rappeler certaines émotions vives pour que je les éprouve de nouveau… Voyez cette convulsion légère de ma patte : j'en ai un peu honte, elle date d'un soir où j'écoutais – bien à mon corps défendant ! – Mme Armande de Polignac[2] jouer de la clarinette. Spectacle charmant, je vous le concède, que celui de cette jeune femme appliquant sa bouche naïve à l'ébène nasillard de l'instrument. Mais je n'eus pas plus tôt ouï les gammes éclore en bulles, s'égailler comme un vol pressé de ronds petits canards, qu'une étrange fureur d'émulation s'empara de moi… « Et moi aussi !… » m'écriai-je mentalement. Et je chantai avec la clarinette, et plus haut qu'elle, modelant ma souple voix sur le son enrhumé de ce bâton ridicule qui s'achève en cloche de volubilis… Arc-bouté, semblable aux dragons de bronze japonais, les yeux

1. Gestes involontaires et désordonnés.
2. Compositrice et instrumentiste française (1876-1962).

poussés hors de la tête et la gueule en museau de carpe, mon aspect égaya si fort Mme Armande de Polignac qu'elle en perdit le souffle et que le bleu de ses yeux scintilla, diamanté des larmes du fou rire... Elle s'en alla choir de gaieté sur un divan, pareille, en sa robe épanouie, aux papillons fantastiques qui décorent chez elle les murailles...

— Croyez que je prends une vive part...

— Qu'importe ! je demeure l'éternel incompris, le crapaud passionné en qui passa l'âme des syrinx[1]. Vous l'ai-je dit ? Le majeur m'excite à de folles courses circulaires, tandis qu'aux mélodies mineures mes oreilles se tirent en arrière, ma langue pâlit et je pleure tout haut je ne sais quelle inconsolable tristesse... Un jour, au concert Colonne, dans la loge 22...

— Comment ? vous suivez les concerts ?

— Ce n'est pas eux que je suis, mais bien celle de qui dépendent mes heures et qui m'y emmena un jour, caché sous son ample manteau. Noyé de sonorités, suffoqué sous les ruissellements des harpes, scié en menus morceaux par le fil des archets, cependant qu'en outre les cuivres m'aboyaient aux trousses, je ne trouvai pas un cri, pas un mot, à peine un soupir, et le troisième acte de *Parsifal*[2] commença avant que je revinsse à moi...

1. Organe du chant chez les oiseaux.
2. Opéra de Wagner.

— Mais ?

— Mais un chemin lumineux divisa tout à coup les nuées de ma cervelle fumeuse, un hautbois se mit à chanter… Ma volonté de silence fondit en larmes mystérieuses qui me trempaient le cœur… je me sentis la plus misérable à la fois et la plus comblée des créatures… Le sanglot qui jaillit de moi fut si rauque, si incongru, si impossible à attribuer à un gosier canin qu'à tout hasard un municipal expulsa des secondes galeries un individu suspect et long-chevelu. Ma maîtresse m'emmena et je n'entendrai plus le pur et frêle hautbois… Nous n'irons plus hautbois !…

— Comme dirait Willy…

— Il a déjà dû le dire. Permettez maintenant que je vous quitte. Je n'ai que trop retardé l'heure de ma sieste méditative. Encore quelques instants, et ce sera l'heure où, pincée, sagace[1], autoritaire, survient la chatte grise qui règne sur ce logis et change, d'un revers de patte, la couleur de mes pensées…

1. Dotée de vivacité d'esprit.

BELLES-DE-JOUR

Pour Charles Saglio[1].

La guêpe mangeait la gelée de groseilles de la tarte. Elle y mettait une hâte méthodique et gloutonne, la tête en bas, les pattes engluées, à demi disparue dans une petite cuve rose aux parois transparentes. Je m'étonnais de ne pas la voir enfler, grossir, devenir ronde comme une araignée… Et mon amie n'arrivait pas, mon amie si gourmande, qui vient goûter assidûment chez moi, parce que je choie[2] ses petites manies, parce que je l'écoute bavarder, parce que je ne suis jamais de son avis… Avec moi elle se repose ; elle me dit volontiers, sur un ton de gratitude, que je ne suis guère coquette, et je n'épluche point son chapeau ni sa robe, d'un œil agressif et féminin… Elle se tait, quand on dit du mal de moi chez ses autres amies, elle va jusqu'à s'écrier : « Mes enfants,

1. Peintre, dessinateur et costumier français (1869-1929).
2. Du verbe « choyer » : dorloter, apprécier.

Colette est toquée, c'est possible, mais elle n'est pas si rosse que vous la faites ! » Enfin elle m'aime bien.

Je ressens, à la contempler, ce plaisir apitoyé et ironique qui est une des formes de l'amitié. On n'a jamais vu une femme plus blonde, ni plus blanche, ni plus habillée, ni plus coiffée ! La nuance de ses cheveux, de ses vrais cheveux, hésite délicatement entre l'argent et l'or, et Loysel dut faire venir de Suède la chevelure annelée[1] d'une fillette de six ans, quand mon amie désira les « chichis » réglementaires qu'exigent nos chapeaux. Sous cette couronne d'un métal si rare, le teint de mon amie, pour ne point en jaunir, s'avive de poudre rose, et les cils, brunis à la brosse, protègent un regard mobile, un regard gris, ambré, peut-être aussi marron, un regard qui sait se poser, câlin et quémandeur, sur des prunelles masculines, câlines et quémandeuses…

Telle est mon amie, dont j'aurai dit tout ce que je sais, si j'ajoute qu'elle se nomme Valentine avec quelque crânerie, par ce temps de brefs diminutifs où les petits noms des femmes – Tote, Moute, Loche, – ont des sonorités de hoquet mal retenu…

« Elle a oublié », pensais-je patiemment. La guêpe, endormie ou morte de congestion, s'enlisait, la tête en bas, dans sa cuve de délices… J'allais rouvrir mon livre, quand le timbre grelotta, et mon

1. Disposée en boucles.

amie parut. D'une volte[1], elle enroula à ses jambes sa jupe trop longue et s'abattit près de moi, l'ombrelle en travers des genoux, – geste savant d'actrice, de mannequin, presque d'équilibriste, que mon amie réussit si parfaitement chaque fois…

— Voilà une heure pour goûter ! Qu'est-ce que vous avez pu faire ?

— Mais rien, ma chère ! Vous êtes étonnante, vous qui vivez entre votre chien, votre chatte et votre livre ! vous croyez que Louise, la première de Paquin[2] qui est maintenant rue Godot-de-Mauroy, me réussira des amours de robes sans que je les essaie ?

— Allons… mangez et taisez-vous. Ça ? c'est pas sale, c'est une guêpe. Figurez-vous qu'elle a creusé toute seule ce petit trou ! Je l'ai regardée, elle a mangé tout ça en vingt-cinq minutes.

— Comment, vous l'avez regardée ? Quelle dégoûtante créature vous êtes, tout de même ! Non, merci, je n'ai pas faim. Non, pas de thé non plus.

— Alors je sonne, pour les toasts ?

— Si c'est pour moi, pas la peine… Je n'ai pas faim, je vous dis.

— Vous avez goûté ailleurs, petite rosse ?

— Parole non ! Je suis toute chose, je ne sais pas ce que j'ai…

1. D'un mouvement circulaire.
2. Célèbre couturière française (1869-1936).

Étonnée, je lève les yeux vers le visage de mon amie, que je n'avais pas encore isolé de son chapeau insensé, grand comme une ombrelle, hérissé d'une fusée épanouie de plumes, un chapeau feu d'artifice, un Lewis grandes-eaux de Versailles, un chapeau pour géante qui eût accablé jusqu'aux épaules la petite tête de mon amie, sans les fameux *chichis* blond suédois… Les joues poudrées de rose, les lèvres vives et fardées, les cils raidis de mascaro[1] lui composaient son frais petit masque habituel, mais quelque chose, là-dessous, me sembla changé, éteint, absent. En haut d'une joue moins poudrée, un sillon mauve gardait la nacre, le vernissé[2] de larmes récentes…

Ce chagrin maquillé, ce chagrin de poupée courageuse me remua soudain, et je ne pus me retenir de prendre mon amie par les épaules, dans un mouvement de sollicitude qui n'est guère de mise entre nous… Elle se rejeta en arrière en rougissant sous son rose, mais elle n'eut pas le temps de se reprendre et renifla en vain son sanglot…

Une minute plus tard, sans que nous eussions échangé d'autres paroles, elle pleurait, en essuyant l'*intérieur* de ses yeux pour empêcher son mascaro de fondre, avec la corne d'une serviette à thé. Elle

1. Mascara.
2. Coulure de vernis.

pleurait avec simplicité, attentive à ne pas tacher de larmes sa robe en crêpe de Chine, à ne point défaire sa figure, elle pleurait soigneusement, proprement, petite martyre du maquillage…

— Je ne puis pas vous être utile ? lui demandai-je doucement.

Elle fit « non » de la tête, soupira en tremblant, et me tendit sa tasse où je versai du thé refroidi…

— Merci, murmura-t-elle, vous êtes bien gentille… Je vous demande pardon, je suis si nerveuse…

— Pauvre gosse ! Vous ne voulez rien me dire ?

— Oh ! Dieu si. Ce n'est pas compliqué, allez. Il ne m'aime plus.

Il… Son amant ! Je n'y avais pas songé. Un amant, elle ? et quand ? et où ? et qui ? Cet idéal mannequin se dévêtait, l'après-midi, pour un amant ? Un tas d'images saugrenues se levèrent – se couchèrent – devant moi, que je chassai en m'écriant :

— Il ne vous aime plus ? Ce n'est pas possible !

— Oh ! si… Une scène terrible… (Elle ouvrit sa glace d'or, se poudra, essuya ses cils d'un doigt humide.) Une scène terrible, hier…

— Jaloux ?

— Lui, jaloux ? Je serais trop contente ! Il est méchant… Il me reproche des choses… Je n'y peux rien pourtant !

Elle bouda, le menton doublé sur son haut col :

— Enfin, je vous fais juge ! Un garçon délicieux, et nous n'avions jamais eu un nuage en six mois, pas un accroc, pas ça !... Il était quelquefois nerveux, mais chez un artiste...

— Ah ! il est artiste ?

— Peintre, ma chère. Et peintre de grand talent. Si je pouvais vous le nommer, vous seriez bien surprise. Il a chez lui vingt sanguines[1] d'après moi, en chapeau, sans chapeau, dans toutes mes robes ! C'est d'un enlevé, d'un vaporeux... Les mouvements des jupes sont des merveilles...

Elle s'animait, un peu défaite, les ailes de son nez mince brillantes de larmes essuyées et d'un commencement de couperose légère... Ses cils avaient perdu leur gomme noire, ses lèvres leur carmin ; sous le grand chapeau seyant et ridicule, sous les *chichis* postiches, je découvrais pour la première fois une femme, pas très jolie, pas laide non plus, fade si l'on veut, mais touchante, sincère et triste...

— Et... qu'est-ce qui est arrivé ? risquai-je.

Ses paupières rougirent brusquement.

— Ce qui est arrivé ? Mais rien ! On peut dire *rien*, ma chère ! Hier, il m'a accueillie d'un air drôle... un air de médecin... Et puis tout d'un coup

1. Dessins réalisés avec une sanguine, type de craie de couleur rouge terre.

aimable : “Ôte ton chapeau, chérie ! me dit-il. Je te garde… pour dîner, dis ? je te garde toute la vie si tu veux !” C’était ce chapeau-ci, justement, et vous savez que c’est une affaire terrible pour l’installer et le retirer…

Je ne savais pas, mais je hochai la tête, pénétrée…

— … Je fais un peu la mine. Il insiste, je me dévoue, je commence à enlever mes épingles et un de mes chichis reste pris dans la barrette du chapeau, là, tenez… Ça m’était bien égal, on sait que j’ai des cheveux, n’est-ce pas, et lui mieux que personne ! C’est pourtant lui qui a rougi, en se cachant. Moi, j’ai replanté mon chichi, comme une fleur, et j’ai embrassé mon ami à grands bras autour du cou, et je lui ai chuchoté que mon mari était au circuit de Dieppe, et que… vous comprenez ! Il ne disait rien. Et puis il a jeté sa cigarette et ça a commencé. Il m’en a dit ! Il m’en a dit !…

À chaque exclamation, elle frappe ses genoux de ses mains ouvertes, d’un geste peuple et découragé, comme ma femme de chambre quand elle me raconte que son mari l’a encore battue.

— Il m’a dit des choses incroyables, ma chère ! Il se retenait d’abord, et puis il s’est mis à marcher en parlant… “Je ne demande pas mieux, chère amie, que de passer la nuit avec vous… (ce toupet !) mais je veux… je veux ce que vous deviez me donner, ce que vous ne pouvez pas me donner !…”

— Quoi donc, Seigneur ?

— Attendez, vous allez voir… “Je veux la femme que vous êtes *en ce moment*, la gracieuse longue petite fée couronnée d’un or si léger et si abondant que sa chevelure mousse jusqu’aux sourcils. Je veux ce teint de fruit mûri en serre et ces cils paradoxaux, et toute cette beauté école anglaise ! Je vous veux, telle que vous voilà, et non pas telle que la nuit cynique vous donnera à moi ! Car vous viendrez – je m’en souviens ! – vous viendrez conjugale et tendre, sans couronne et sans frisure, avec vos cheveux épargnés par le fer, tout plats, tordus en nattes. Vous viendrez petite, sans talons, vos cils développés, votre poudre lavée, vous viendrez désarmée et sûre de vous, et je resterai stupéfait devant cette autre femme !…

« “Mais vous le saviez pourtant, criait-il, vous le saviez ! La femme que j’ai désirée, vous, telle que vous voilà, n’a presque rien de commun avec cette sœur simplette et pauvre qui sort de votre cabinet de toilette chaque soir ! De quel droit changez-vous la femme que j’aime ? Si vous vous souciez de mon amour, comment osez-vous défleurir ce que j’aime ?…”

« Il en a dit, il en a dit !… Je ne bougeais pas, je le regardais, j’avais froid… Je n’ai pas pleuré, vous savez ! Pas devant lui.

— C’était très sage, mon enfant, et très courageux.

— Très courageux, répète-t-elle en baissant la tête. Dès que j'ai pu bouger, j'ai filé… J'ai entendu encore des choses horribles sur les femmes, sur toutes les femmes ; sur l'"inconscience prodigieuse des femmes, leur imprévoyant orgueil, leur orgueil de brutes qui pensent toujours, au fond, que ce sera assez bon pour l'homme…" Qu'est-ce que vous auriez répondu, vous ?

— Rien.

Rien, c'est vrai. Que dire ? Je ne suis pas loin de penser comme lui, lui, l'homme grossier et poussé à bout… Il a presque raison. « C'est toujours assez bon pour l'homme ! » Elles sont sans excuse. Elles ont donné à l'homme toutes les raisons de fuir, de tromper, de haïr, de changer… Depuis que le monde existe, elles ont infligé à l'homme, sous les courtines[1], une créature inférieure à celle qu'il désirait. Elles le volent avec effronterie, en ce temps où les cheveux de renfort, les corsets truqués, font du moindre laideron piquant une « petite femme épatante ».

J'écoute parler mes autres amies, je les regarde, et je demeure, pour elles, confuse… Lily, la charmante, ce page aux cheveux courts et frisés, impose à ses amants, dès la première nuit, la nudité de son crâne bossué d'escargots marron, l'escargot gras et immonde du bigoudi ! Clarisse préserve son teint,

1. Rideaux ornant ou cachant un lit.

pendant son sommeil, par une couche de crème aux concombres, et Annie relève à la chinoise tous ses cheveux attachés par un ruban ! Suzanne enduit son cou délicat de lanoline[1] et l'emmaillote de vieux linge usé… Minna ne s'endort jamais sans sa mentonnière, destinée à retarder l'empâtement des joues et du menton, et elle se colle sur chaque tempe une étoile en paraffine…

Quand je m'indigne, Suzanne lève ses grasses épaules et dit :

« Penses-tu que je vais m'abîmer la peau pour un homme ? Je n'ai pas de peau de rechange. S'il n'aime pas la lanoline, qu'il s'en aille. Je ne force personne. » Et Lily déclare, impétueuse : « D'abord, je ne suis pas laide avec mes bigoudis ! Ça fait petite fille frisée pour distribution des prix ! » Minna répond au sien, quand il proteste contre la mentonnière : « Mon chéri, t'es bassin. Tu es pourtant assez content, aux courses, quand on dit derrière moi : "Cette Minna, elle a toujours son ovale de vierge !" » Et Jeannine, qui porte la nuit une *ceinture amaigrissante* ! Et Marguerite qui… non, celle-là je ne peux pas l'écrire !…

Ma petite amie, enlaidie et triste, m'écoute obscurément penser, et devine que je ne la plains pas assez. Elle se lève :

— C'est tout ce que vous me dites ?

1. Crème un peu grasse.

— Mon pauvre petit, que voulez-vous que je vous dise ? Je crois que rien n'est cassé, et que votre peintre d'amant grattera demain à votre porte, peut-être ce soir…

— Peut-être que je vais trouver un bleu[1] à la maison ?

Elle est debout déjà, tout éclairée d'espoir.

— Peut-être qu'il aura téléphoné ? Il n'est pas méchant au fond… il est un peu toqué, c'est une crise, n'est-ce pas ?

Je dis « oui » chaque fois, pleine de bonne volonté et du désir de la satisfaire… Et je la regarde filer sur le trottoir, de son pas raccourci par les hauts talons… Peut-être, en effet, l'aime-t-il… Et s'il l'aime, l'heure reviendra où, malgré tous les apprêts et les fraudes, elle redeviendra pour lui, l'ombre aidant, la faunesse aux cheveux libres, la nymphe aux pieds intacts, la belle esclave aux flancs sans plis, nue comme l'amour même…

1. Télégramme.

DE QUOI EST-CE QU'ON A L'AIR ?

Pour la comtesse de Caix.

— Qu'est-ce que vous faites, demain dimanche ?

— Pourquoi me demandez-vous ça ?

— Oh ! pour rien…

Mon amie Valentine a pris, pour s'enquérir de l'emploi de mes dimanches, un air trop indifférent… J'insiste :

— Pour rien ? c'est sûr ? Allons, dites tout !… Vous avez besoin de moi ?

Elle s'en tire avec grâce, la rouée[1], et me répond gentiment.

— J'ai toujours besoin de vous, ma chère.

Oh ! ce sourire !… Je reste un peu bête, comme chaque fois que sa petite duplicité mondaine me joue. J'aime mieux céder tout de suite :

— Le dimanche, Valentine, je vais au concert, ou bien je me couche. Cette année, je me couche

1. Rusée.

souvent, parce que Chevillard est mal logé et parce que les concerts Colonne, qui se suivent, se ressemblent.

— Ah ! vous trouvez ?

— Je trouve. Quand on a fréquenté Bayreuth[1] autrefois, assez assidûment, quand on a joui de Van Rooy en Wotan et souffert de Burgstaller en Siegfried[2], on n'a aucun plaisir, mais aucun, à retrouver celui-ci chez Colonne, en civil, avec sa dégaine de sacristain frénétique couronné de frisettes enfantines, ses genoux de vieille danseuse et sa sensiblerie de séminariste… Un méchant hasard nous réunit au Châtelet[3], lui sur la scène, moi dans la salle, il y a quelques semaines, et je dus l'entendre bramer – deux fois ! – un *Ich grolle nicht*[4] que Mme de Maupeou n'ose plus servir à des parents de province ! Avant la fin du concert, j'ai fui, au grand soulagement de ma voisine de droite, la « dame » d'un conseiller municipal de Paris, ma chère !

— Vous la gêniez ?

— Je lui donnais chaud. Elle ne me connaît plus, depuis qu'une séparation de corps et de biens m'a

1. Ville d'Allemagne dans laquelle Wagner a créé en 1876 un festival pour y jouer ses opéras. Ce festival perdure encore de nos jours.
2. Personnages d'opéras de Wagner.
3. Théâtre parisien.
4. « Je n'ai aucune rancune », en allemand.

tant changée. Elle tremblait, chaque fois que je bougeais un cil, que je l'embrassasse...

— Ah ! je comprends !...

Elle comprend !... Les yeux baissés, mon amie Valentine tapote le fermoir de sa bourse d'or. Elle porte – mais je vous l'ai conté déjà – un vaste et haut chapeau, sous lequel foisonnent des cheveux d'un blond coûteux. Ses manches à la japonaise lui font des bras de pingouin, sa jupe, longue et lourde, couvre ses pieds pointus, et il lui faut un terrible entêtement pour paraître charmante sous tant d'horreurs... Elle vient de dire, comme malgré elle :

— Je comprends...

— Oui, vous comprenez. J'en suis sûre. Vous devez comprendre cela... Mon enfant, vous ne rentrez pas chez vous ? Il est tard, et votre mari...

— Oh ! ce n'est pas gentil à vous...

Ses yeux bleu-gris-vert-marron, humbles, me supplient, et je me repens tout de suite.

— C'est pour rire, bête ! Voyons, que vouliez-vous faire de mon dimanche ?

Mon amie Valentine écarte ses petits bras de pingouin, comiquement :

« Eh bien, voilà, justement, c'est comme un fait exprès... Figurez-vous, demain après-midi, je suis toute seule, toute seule...

— Et vous vous plaignez !...

Le mot m'a échappé... Je la sens presque triste,

cette jeune poupée. Son mari absent, son amant... occupé, ses amis – les vrais – fêtent le Seigneur portes closes, ou filent en auto...

— Vous vouliez venir chez moi, demain, mon petit ? Mais venez donc ! C'est une très bonne idée.

Je n'en pense pas un mot, mais elle me remercie, d'un regard chien perdu propre à me toucher, et elle s'en va, vive, pressée, comme si vraiment elle avait quelque chose à faire...

DIMANCHE. – Mon cher dimanche de paresse et de lit tiède, mon dimanche de gourmandise, de sommeil, de lecture, te voilà perdu, gâché, et pour qui ? Pour une incertaine amie qui m'apitoie vaguement...

Ne t'endors pas, ma chatte grise repue, car mon amie Valentine va sonner, entrer, froufrouter, s'exclamer... Elle passera sa main gantée sur ton dos, et tu frémiras de l'échine, en levant sur elle des yeux meurtriers... Tu sais qu'elle ne t'aime guère, toi ma campagnarde à fourrure rase ; elle s'extasie devant les angoras qui ont des pèlerines de colleys[1] et des favoris comme Chauchard[2]... Parce que tu l'as griffée un jour, elle s'écarte de toi, elle ignore ta petite âme violente, délicate et vindicative, de chatte bohémienne. Dès qu'elle viendra, tourne-lui ton dos

1. Chiens à poil long.
2. Homme d'affaires et collectionneur d'art français (1821-1909) qui portait d'imposants favoris (barbe laissée sur le côté du visage).

zébré, roule-toi en turban contre mes pieds, sur le satiné rayé par tes griffes, tes griffes courbes qui ont la forme des épines d'églantier…

Chut ! elle a sonné… La voici ! Elle grelotte et pose au hasard sur ma figure son petit nez glacé, – elle embrasse si mal !

— Seigneur ! votre nez a perdu connaissance, ma chérie. Asseyez-vous dans le feu, je vous en prie.

— Ne riez pas, c'est terrible dehors ! Avez-vous de la chance, tout de même, d'être couchée ! Quatre degrés sous zéro ; tout le monde va mourir.

De fait, le visage de mon amie a tourné au lilas, le lilas un peu verdâtre des prunes qui commencent à mûrir…

Un splendide costume tailleur, en velours souris, la moule, *l'épouse* du col[1] aux pieds. La jaquette surtout, oh ! la jaquette !… étroite en haut, évasée en bas, la basque[2] brodée battant le genou, comme une seconde petite jupe… Et on a jeté là-dessus, par quatre degrés sous zéro, une étole de zibeline, un coûteux chiffon de fourrure inutile, – et on meurt de froid et on a le nez mauve.

— Petite buse ! Vous ne pouviez pas mettre votre paletot en breitschwanz[3], au moins ?

---

1. Cou.
2. Partie basse de la veste.
3. Fourrure d'astrakan, jeune agneau d'Asie, particulièrement onéreuse.

Elle se tourne à demi, les mains au chapeau, égarées dans sa voilette :

— Mais non, je ne pouvais pas ! Avec cette mode de jaquettes longues, les basques de celle-ci dépassent sous mon manteau de breitschwanz, alors, je vous demande un peu, de quoi est-ce qu'on a l'air ?

— Il fallait allonger le paletot de breitschwanz.

— Merci ! et puis quoi encore ! Ramillon est très chic, et pas trop cher, mais tout de même j'ai une ardoise rue de la Paix…

— Il fallait… acheter une zibeline plus grande…

Mon amie vire sur moi comme si elle allait me mordre !

— Une… une zibeline plus grande !!! Je ne suis pas Rothschild, moi !

— Moi non plus. Ou bien… attendez… vous auriez dû avoir un manteau sérieux, en fourrure moins chère, qui ne serait pas de la zibeline…

Dépêtrée de sa voilette, mon amie laisse tomber ses bras fatigués.

— Une autre fourrure !… Il n'y a pas de fourrure vraiment chic, vraiment *habillée*, en dehors de la zibeline… Une femme chic sans zibeline, sérieusement, ma chère, de quoi a-t-elle l'air ?

De quoi, en effet, peut-elle bien avoir l'air ? Je n'en sais rien. Je cherche, en caressant des orteils, au fond de mon lit, ma « boule » en caoutchouc…

Le feu craque et siffle, un feu campagnard et sans vergogne, qui pète et lance de petites braises roses…

— Valentine, vous allez être bien gentille et vous occuper du ménage. Tirez la table à thé contre le lit. L'eau bouillante est devant le feu ; les sandwiches, le frontignan[1], tout est là… vous n'aurez pas à sonner Francine ; je ne serai pas forcée de me lever ; on va être tranquilles, gourmandes, paresseuses… Ôtez votre chapeau, vous pourrez appuyer votre nuque aux coussins… Là donc !

Elle est gentille, sans chapeau. Un peu modiste, un peu mannequin, mais gentille. Un beau rouleau de cheveux dorés s'abaisse jusqu'à ses sourcils châtains et soutient une grosse vague ondulée ; – au-dessus, il y a encore une vague plus petite, et puis encore au-dessus, en arrière, des boucles, des boucles, des boucles… C'est appétissant, propre, à la fois crémeux et net, compliqué comme un entremets de repas de noces…

La lampe – j'ai fait clore persiennes et rideaux – jette au visage de mon amie un fard rose ; mais, malgré la poudre de riz en nappe égale et veloutée, malgré le rouge des lèvres, je devine les traits tirés, le sourire raidi… Elle s'appuie aux coussins avec un grand soupir de fatigue…

— Claquée ?

1. Vin.

— Claquée complètement.

— L'amour ?…

Geste d'épaules.

— L'amour ? Ah ! là là… Pas le temps. Avec les “premières”, les dîners, les soupers, les déjeuners en auto aux environs, les expositions et les thés… C'est terrible, ce mois-ci !

— On se couche tard, hein ?

— Hélas…

— Levez-vous tard. Ou bien vous perdrez votre beauté, mon petit.

Elle me regarde, étonnée :

— Me lever tard ? Vous en parlez à votre aise. Et la maison ? Et les ordres à donner ? Et les comptes des fournisseurs ? Et tout et tout !… Et la femme de chambre qui frappe à ma porte vingt-cinq fois !

— Tirez le verrou, et dites qu'on vous fiche la paix.

— Mais je ne peux pas ! Rien ne marcherait plus chez moi ; ce serait le coulage, le vol organisé… Tirer le verrou ! Je pense à la figure que ferait, derrière la porte, mon gros maître d'hôtel qui ressemble à Jean de Bonnefon[1]… De quoi est-ce que j'aurais l'air ?

— Je ne sais pas, moi… D'une femme qui se repose…

1. Journaliste français (1866-1928) qui joua un rôle important dans la rédaction de la loi de séparation de l'Église et de l'État en 1905.

— Facile à dire…, soupire-t-elle dans un bâillement nerveux. Vous pouvez vous payer ça, vous qui êtes… qui êtes…

— En marge de la société…

Elle rit de tout son cœur, soudain rajeunie… Puis, mélancolique :

— Eh oui, vous le pouvez. *Nous autres*, on ne nous le permet pas.

Nous autres… Pluriel mystérieux, franc-maçonnerie imposante de celles que le monde hypnotise, surmène et discipline… Un abîme sépare cette jeune femme assise, en costume tailleur gris, de cette autre femme couchée sur le ventre, les poings au menton. Je savoure, silencieuse, mon enviable infériorité. Tout bas, je songe :

« *Vous autres*, vous ne pouvez pas vivre n'importe comment… C'est là votre supplice, votre orgueil et votre perte. Vous avez des maris qui vous mènent, après le théâtre, souper, – mais vous avez aussi des enfants et des femmes de chambre qui vous tirent, le matin, à bas du lit. Vous soupez, au Café de Paris, à côté de Mlle Xaverine de Choisy[1] et vous quittez le restaurant en même temps qu'elle, un peu grises, un peu toquées, les nerfs en danse… Mais Mlle de Choisy, chez elle, dort si ça lui chante, aime si ça lui roucoule, et jette en s'endormant à sa camériste fidèle :

1. Femme demi-mondaine.

"Je me pieute pour jusqu'à deux heures de l'après-midi, et qu'on ne me barbe pas avant ou je fiche ses huit jours à tout le monde !" Ayant dormi neuf heures d'un juste repos, Mlle de Choisy s'éveille fraîche, déjeune, et file rue Godot, chez Louise où elle vous rencontre, vous, Valentine, vous, toutes les Valentines, vous, mon amie, debout depuis huit heures et demie du matin, déjà sur les boulets, pâlotte et les yeux creux… Et Mlle de Choisy, bonne fille, glisse en confidence à son essayeuse : "Elle en a une mine, la petite Mme Valentine Chose ! Elle doit s'en coller une de ces noces !" Et votre mari, et votre amant, au souper suivant, compareront *in petto*, eux aussi, la fraîcheur reposée de Mlle de Choisy à votre évidente fatigue. Vous penserez, rageuse et inconsidérée : "Elles sont en acier, ces femmes-là !" Que non pas, mon amie ! Elles se reposent plus que vous. Quelle demi-mondaine résisterait au train-train quotidien de certaines femmes du monde ou même de certaines mères de famille ?…

Ma jeune amie a ébouillanté le thé, et remplit les tasses d'une main adroite. J'admire son élégance un peu voulue, ses gestes justes ; je lui sais gré de marcher sans bruit, tandis que sa longue jupe la précède et la suit, d'un flot obéissant et moiré… Je lui sais gré de se confier à moi, de revenir, au risque de compromettre sa position correcte de femme qui a un mari et un amant, de revenir chez moi avec un entêtement affectueux qui frise l'héroïsme…

Au tintement des cuillers, ma chatte grise vient d'ouvrir ses yeux de serpent.

Elle a faim. Mais elle ne se lève pas tout de suite, par souci de pur *cant*[1]. Mendier, à la façon d'un angora plaintif et câlin, sur une mélopée mineure, fi !... De quoi est-ce qu'elle aurait l'air ? comme dit Valentine... Je lui tends un coin de toast brûlé, qui craque sous ses petites dents de silex d'un blanc bleuté, et son ronron perlé double celui de la bouilloire... Durant une longue minute, un silence quasi provincial nous abrite. Mon amie se repose, les bras tombés...

— On n'entend rien, chuchote-t-elle avec précaution.

Je lui réponds des yeux, sans parler, amollie de chaleur et de paresse. On est bien... Mais l'heure ne serait-elle pas meilleure encore, si mon amie n'était pas là ? Elle va parler, c'est inévitable. Elle va dire : « De quoi est-ce qu'on a l'air ? » Ce n'est pas de sa faute, on l'a élevée comme ça. Si elle avait des enfants, elle leur défendrait de manger leur viande sans pain, ou de tenir leur cuiller avec la main gauche : « Jacques, veux-tu bien !... De quoi as-tu l'air... ? »

Chut !... elle ne parle pas. Ses paupières battent et ses yeux ont l'air de s'évanouir... J'ai, devant

---

1. Formalisme excessif, hypocrisie de manières propre à une certaine classe anglaise.

moi, une figure presque inconnue, celle d'une jeune femme ivre de sommeil et qui s'endort avant d'avoir fermé les paupières. Le sourire voulu s'efface, la lèvre boude, et le petit menton rond s'écrase sur le col en broderie d'argent…

Elle dort profondément à présent. Quand elle se réveillera en sursaut, elle s'excusera, en s'écriant : « M'endormir en visite, sur un fauteuil ! De quoi ça a-t-il l'air ? »

Mon amie Valentine, vous avez l'air d'une jeune femme oubliée là comme un pauvre chiffon gracieux. Dormez entre le feu et moi, au ronron de la chatte, au froissement léger du livre que je vais lire. Personne n'entrera avant votre réveil ; personne ne s'écriera, en contemplant votre sommeil boudeur et mon lit défait : « Oh ! de quoi ça a-t-il l'air ! » car vous en pourriez mourir de confusion. Je veille sur vous, avec une tiède, une amicale pitié ; je veille sur votre constant et vertueux souci de l'*air* que *ça* pourrait avoir…

LA GUÉRISON

Pour Henry Bataille[1].

Ma chatte grise est ravie que je fasse du théâtre. Théâtre ou music-hall, elle n'indique pas de préférence. L'important est que je disparaisse tous les soirs, la côtelette avalée, pour reparaître vers minuit et demi, et que nous nous attablions derechef devant la cuisse de poulet ou le jambon rose… Trois repas par jour au lieu de deux ! Elle ne songe plus, passé minuit, à celer[2] son allégresse. Assise sur la nappe, elle sourit sans dissimulation, les coins de sa bouche retroussés, et ses yeux, pailletés d'un sable scintillant, reposent larges ouverts et confiants sur les miens. Elle a attendu toute la soirée cette heure précieuse, elle la savoure avec une joie victorieuse et égoïste qui la rapproche de moi…

1. Dramaturge, poète et lithographe français (1872-1922).
2. Cacher.

Ô chatte en robe de cendre ! Pour les profanes, tu ressembles à toutes les chattes grises de la terre, paresseuse, absente, morose, un peu molle, neutre, ennuyée… Mais je te sais sauvagement tendre, et fantasque, jalouse à en perdre l'appétit, bavarde, paradoxalement maladroite, et brutale à l'occasion autant qu'un jeune dogue…

Voici juin, et je ne joue plus *La Chair*, et j'ai fini de jouer *Claudine*… Finis, nos soupers tête-à-tête !… Regrettes-tu l'heure silencieuse où, affamée, un peu abrutie, je grattais du bout des ongles ton petit crâne plat de bête cruelle, en songeant vaguement : « Ça a bien marché, ce soir… » Nous voilà seules, redevenues casanières[1], insociables, étrangères à presque tout, indifférentes à presque tous… Nous allons revoir notre amie Valentine, notre « relation convenable », et l'entendre discourir sur un monde habité, étrange, mal connu de nous, plein d'embûches, de devoirs, d'interdictions, monde redoutable, à l'en croire, mais si loin de moi que je le conçois à peine…

Durant mes stages de pantomime ou de comédie, mon amie Valentine disparaît de ma vie, discrète, effarée, pudique. Je ne sais plus rien d'elle, qui m'ignore. C'est sa façon, courtoise, de blâmer mon genre d'existence. Je ne m'en offusque pas. Je me dis

1. Qui préfèrent rester seules, chez elles.

qu'elle a un mari dans les automobiles, un amant peintre mondain, un salon, des thés hebdomadaires et des dîners bimensuels. Vous ne me voyez guère, n'est-ce pas, jouant *La Chair* ou *Le Faune* en soirée chez Valentine, ou dansant *Le Serpent bleu* devant ses invités ?... Je me fais une raison – et puis je m'en fiche ! J'attends. Je sais que mon amie convenable reviendra, gentille, embarrassée, un de ces jours... Peu ou beaucoup, elle tient à moi et me le prouve, et c'est assez pour que je sois son obligée...

La voici. J'ai reconnu son coup de sonnette bref et précis, son coup de sonnette de bonne compagnie...

— Enfin, Valentine ! Qu'il y a donc longtemps...

Quelque chose dans son regard, dans toute sa figure, m'arrête. Je ne saurais dire, au juste, en quoi mon amie est changée. Mauvaise mine ? Non, elle n'a jamais mauvaise mine, sous le velours égal de la poudre et le frottis rose des pommettes. Elle a toujours son air de mannequin élégant, la taille mince, les hanches ravalées sous sa jupe de tussor[1] blond. Elle a ses yeux bleu-gris-vert-marron frais fleuris entre leur double frange de cils noircis, et un tas, un tas de beaux cheveux blond suédois... Qu'y a-t-il ? Un ternissement de tout cela, une fixité

1. Soie légère.

nouvelle dans le regard, une décoloration morale, si je puis dire, qui déconcerte, qui arrête sur mes lèvres les banalités de bienvenue… Pourtant elle s'assied, adroite à virer dans sa longue robe, aplatit d'une tape son jabot de lingerie, sourit et parle, parle, jusqu'à ce que je l'interrompe sans diplomatie :

— Valentine, qu'est-ce que vous avez ?

Elle ne s'étonne pas et répond simplement :

— Rien. Presque rien, vraiment. Il ne m'aime plus. Il m'a quittée.

— Comment ? Henri… Votre… votre amant vous a quittée ?

— Oui, dit-elle. Ça fait juste trois semaines aujourd'hui.

La voix est si douce, si froide, que je me rassure :

— Ah ! Vous… vous avez eu du chagrin ?

— Non, dit-elle avec la même douceur. Je n'en ai pas eu, j'en ai.

Ses yeux deviennent tout à coup grands, grands, interrogent les miens avec une âpreté soudaine :

— Oui, j'en ai. Oh ! j'en ai… Dites, est-ce que ça va durer comme ça ? Est-ce que je vais souffrir longtemps ? Vous ne connaîtriez pas un moyen… Je ne peux pas m'habituer… Quoi faire ?

La pauvre enfant !… Elle s'étonne de souffrir, elle qui ne s'en croyait pas capable…

— Votre mari, Valentine… il n'a rien su ?

— Non, dit-elle impatiemment, il n'a rien su. Ce n'est pas de cela qu'il s'agit. Qu'est-ce que je pourrais faire ? Vous n'avez pas une idée, vous ? Depuis quinze jours je suis là à me demander ce qu'il faut faire…

— Vous l'aimez encore ?

Elle hésite :

— Je ne sais pas… Je lui en veux terriblement, parce qu'il ne m'aime plus et qu'il m'a quittée… Je ne sais pas, moi. Je sais seulement que c'est insupportable, insupportable, cette solitude, cet abandon de tout ce qu'on aimait, ce vide, ce…

Elle s'est levée sur ce mot d'« insupportable » et marche dans la chambre comme si une brûlure l'obligeait à fuir, à chercher la place fraîche…

— Vous n'avez pas l'air de comprendre. Vous ne savez pas ce que c'est, vous…

J'abaisse mes paupières, je retiens un sourire apitoyé, devant cette ingénue vanité de souffrir, de souffrir mieux et plus que les autres…

— Mon enfant, vous vous énervez. Ne marchez pas comme cela. Asseyez-vous… Voulez-vous ôter votre chapeau et pleurer tranquillement ?

D'une dénégation révoltée, elle fait danser sur sa tête tous ses panaches couleur de fumée !

— Certainement non, que je ne m'amuserai pas à pleurer ! Merci ! Pour me défaire toute la figure, et m'avancer à quoi, je vous le demande ? Je n'ai aucune envie de pleurer, ma chère. Je me fais du mauvais sang, voilà tout…

Elle se rassied, jette son ombrelle sur la table. Son petit visage durci n'est pas sans beauté véritable, en ce moment. Je songe que depuis trois semaines elle se pare chaque jour comme d'habitude, qu'elle échafaude minutieusement son château fragile de cheveux coûteux… Depuis trois semaines – vingt et un jours ! – elle se défend contre les larmes dénonciatrices, elle noircit d'une main assurée ses cils blonds, elle sort, reçoit, potine, mange… Héroïsme de poupée, mais héroïsme tout de même…

Je devrais peut-être, d'un grand enlacement fraternel, la saisir, l'envelopper, fondre sous mon étreinte chaude ce petit être raidi, cabré, enragé contre sa propre douleur… Elle s'écroulerait en sanglots, détendrait ses nerfs qui n'ont pas dû, depuis trois semaines, faiblir… Je n'ose pas. Nous ne sommes pas assez intimes, Valentine et moi, et sa brusque confidence ne suffit pas à combler deux mois de séparation…

Et d'ailleurs quel besoin d'amollir, par des dorlotements de nourrice, cette force fière qui soutient mon amie ? « Les larmes bienfaisantes… », oui, oui, je connais le cliché ! Je connais aussi le danger, l'enivrement des larmes solitaires et sans fin ; – on pleure parce qu'on vient de pleurer, et on recommence ; – on continue par entraînement, jusqu'à la suffocation, jusqu'à l'aboiement nerveux, jusqu'au sommeil d'ivrogne d'où l'on se réveille bouffi, marbré, égaré, honteux de soi, et plus triste qu'avant… Pas de larmes, pas de larmes ! J'ai envie d'applaudir, de féliciter mon amie qui se tient assise devant moi, les yeux grands et secs, couronnée de cheveux et de plumes, avec la grâce raide des jeunes femmes qui portent un corset trop long…

— Vous avez raison, ma chérie, dis-je enfin.

Je prends soin de parler sans chaleur, comme si je la complimentais du choix de son chapeau…

— Vous avez raison. Demeurez comme vous êtes, – s'il n'y a pas de remède, de réconciliation possible…

— Il n'y en a pas, dit-elle froidement, comme moi.

— Non ?… Alors il faut attendre…

— Attendre ? Attendre quoi ?

Quel réveil tout à coup, quel fol espoir !… Je secoue la tête :

— Attendre la guérison, la fin de l'amour. Vous souffrez beaucoup, mais il y a pis. Il y a le moment – dans un mois, dans trois mois, je ne sais quand – où vous commencerez à souffrir par intermittence. Vous connaîtrez les répits, les moments d'oubli animal qui vient sans qu'on sache pourquoi, parce qu'il fait beau, parce qu'on a bien dormi ou parce qu'on est un peu malade… Oh ! mon enfant !

comme les reprises du mal sont terribles ! Il s'abat sur vous sans avertir, sans rien ménager… Dans un moment innocent et léger, un suave moment délivré, au milieu d'un geste, d'un éclat de rire, *l'idée*, le foudroyant souvenir de la perte affreuse tarit votre rire, arrête la main qui portait à vos lèvres la tasse de thé, et vous voilà terrifiée, espérant la mort avec la conviction ingénue qu'on ne peut souffrir autant sans mourir… Mais vous ne mourrez pas !… – vous non plus. Les trêves reviendront irrégulières, imprévisibles, capricieuses… Ce sera… ce sera vraiment terrible… Mais…

— Mais ?…

Mon amie m'écoute, moins défiante à présent, moins hostile…

— Mais il y a pis encore !

Je n'ai pas surveillé assez ma voix… Au mouvement de mon amie, je baisse le ton :

— Il y a pis. Il y a le moment où vous ne souffrirez presque plus. Oui ! Presque guérie, c'est alors que vous serez « l'âme en peine », celle qui erre, qui cherche elle ne sait quoi, elle ne veut se dire quoi… À cette heure-là, les reprises du mal sont bénignes, et par une étrange compensation, les trêves se font abominables, d'un vide vertigineux et fade qui chavire le cœur… C'est la période de stupidité, de déséquilibre… On sent un cœur vide, ridé, flotter dans une poitrine que gonflent par instants des soupirs tremblants qui ne sont pas même tristes. On sort sans but, on marche sans raison, on s'arrête sans fatigue… On creuse avec une avidité bête la place de la souffrance récente, sans parvenir à en tirer la goutte de sang vif et frais, – on s'acharne sur une cicatrice à demi sèche, on regrette – je vous le jure ! –, on regrette la nette brûlure aiguë… C'est la période aride, errante, que vient encore aigrir le scrupule… Certes, le scrupule ! Le scrupule d'avoir perdu le beau désespoir passionné, frémissant, despotique… On se sent diminué, flétri, inférieur aux plus médiocres créatures… Vous vous direz, vous aussi : « Quoi ! je n'étais, je ne suis que cela ? pas même l'égale du trottin[1] amoureux qui se jette à la Seine ? » Ô Valentine ! vous rougirez de vous-même en secret, jusqu'à…

— Jusqu'à ?…

Mon Dieu, comme elle espère ! Jamais je ne lui verrai d'aussi beaux yeux couleur d'ambre, d'aussi larges prunelles, une bouche aussi angoissée…

— Jusqu'à la guérison, mon amie, la vraie guérison. Cela vient… mystérieusement. On ne la sent pas tout de suite. Mais c'est comme la récompense progressive de tant de peines… Croyez-moi ! cela viendra, je ne sais quand. Une journée douce de printemps, ou bien un matin mouillé

1. Ancien nom du coursier.

d'automne, peut-être une nuit de lune, vous sentirez en votre cœur une chose inexprimable et vivante s'étirer voluptueusement, – une couleuvre heureuse qui se fait longue, longue, – une chenille de velours déroulée, – un desserrement, une déchirure soyeuse et bienfaisante comme celle de l'iris qui éclôt… Sans savoir pourquoi, à cette minute, vous nouerez vos mains derrière votre tête, avec un inexplicable sourire… Vous découvrirez, avec une naïveté reconquise, que la lumière est rose à travers la dentelle des rideaux, et doux le tapis aux pieds nus, – que l'odeur des fleurs et celle des fruits mûrs exaltent au lieu d'accabler… Vous goûterez un craintif bonheur, pur de toute convoitise, délicat, un peu honteux, égoïste et soigneux de lui-même…

Mon amie me saisit les mains :

— Encore ! encore ! dites encore !…

Hélas, qu'espère-t-elle donc ? ne lui ai-je pas assez promis en lui promettant la guérison ? Je caresse en souriant ses petites mains chaudes :

— Encore ! mais c'est fini, mon enfant. Que voulez-vous donc ?

— Ce que je veux ? mais… l'amour, naturellement, l'amour !

Mes mains abandonnent les siennes :

— Ah ! oui… Un autre amour… Vous voulez *un autre* amour…

C'est vrai… Je n'avais pas pensé à un autre amour… Je regarde de tout près cette jolie figure anxieuse, ce gracieux corps apprêté, arrangé, ce petit front têtu et quelconque… Déjà elle espère un autre amour, meilleur, ou pire, ou pareil à celui qu'on vient de lui tuer… Sans ironie, mais sans attendrissement, je la rassure :

— Oui, mon enfant, oui. Vous, vous aurez un autre amour… Je vous le promets.

LE MIROIR

Il m'arrive souvent de rencontrer Claudine[1]. Où ? vous n'en saurez rien. Aux heures troubles du crépuscule, sous l'accablante tristesse d'un midi blanc et pesant, ou par ces nuits sans lune, claires pourtant, où l'on devine la lueur d'une main nue, levée pour montrer une étoile, je rencontre Claudine…

Aujourd'hui, c'est dans la demi-obscurité d'une chambre sombre, tendue de je ne sais quelle étoffe olive, et la fin du jour est couleur d'aquarium…

Claudine sourit et s'écrie : « Bonjour, mon Sosie ! » Mais je secoue la tête et je réponds : « Je ne suis pas votre Sosie. N'avez-vous point assez de ce malentendu qui nous accole l'une à l'autre, qui nous reflète l'une dans l'autre, qui nous masque l'une par l'autre ? Vous êtes Claudine, et je suis Colette. Nos visages, jumeaux, ont joué à

1. Prénom du personnage créé par Colette dans ses premiers romans, très largement inspirés de sa propre enfance.

cache-cache assez longtemps. On m'a prêté Rézi[1], votre blonde amie, on vous a mariée à Willy, vous qui pleurez en secret Renaud[2]… Tout cela finit par lasser, ne trouvez-vous pas ? »

Claudine hésite, hausse l'épaule et répond vaguement : « Ça m'est égal ! » Elle enfonce son coude droit dans un coussin, et comme, par imitation, j'étaie[3], en face d'elle, mon coude gauche d'un coussin pareil, je crois encore une fois me mirer dans un cristal épais et trouble, car la nuit descend et la fumée d'une cigarette abandonnée monte entre nous…

— Ça m'est égal ! répète-t-elle.

Mais je sais qu'elle ment. Au fond, elle est vexée de m'avoir laissé parler la première. Elle me chérit d'une tendresse un peu vindicative, qui n'exclut pas une dignité un tantinet bourgeoise. Aux nigauds qui nous confondent de bonne foi et la complimentent sur ses talents de mime, elle répond, raide : « Ce n'est pas moi qui joue la pantomime, c'est Colette. » Claudine n'aime pas le music-hall.

Devant son parti pris d'indifférence, je me tais. Je me tais pour aujourd'hui seulement ; mais je

1. Personnage féminin qui vient perturber le couple de Claudine et Renaud dans *Claudine en ménage* (1902).

2. Renaud est le mari de Claudine.

3. Du verbe « étayer » : je soutiens mon coude à l'aide d'un coussin.

reviendrai à la charge ! Je lutterai ! Je serai forte, contre ce *double* qui me regarde, d'un visage voilé par le crépuscule… Ô mon double orgueilleux ! Je ne me parerai plus de ce qui est à vous… À vous seule, ce pur renoncement qui veut qu'après Renaud finisse toute vie sentimentale ! À vous, cette noble impudeur qui raconte ses penchants ; cette littéraire charité conjugale qui vous fit tolérer les flirts nombreux de Renaud… À vous encore, non pas à moi, cette forteresse de solitude où, lentement, vous vous sublimez… Voici que vous avez, tout en haut de votre âme, découvert une Retraite[1] qui défie l'envahisseur… Demeurez-y ironique et douce, et laissez-moi ma part d'incertitude, d'amour, d'activité stérile, de paresse savoureuse, laissez-moi ma pauvre petite part humaine, – qui a son prix !

Vous avez, Claudine, écrit l'histoire d'une partie de votre vie, avec une franchise rusée qui passionna, pour un temps, vos amis et vos ennemis. Du pavé gras et fertile de Paris, du fond de la province endormie et parfumée, jaillirent, comme autant de diables, mille et mille Claudines qui nous ressemblaient à toutes deux. Ronde criarde de femmes-enfants, court-vêtues, libérées, par un coup de

1. Allusion au roman *La Retraite sentimentale* (1907), dernier épisode des *Claudine*.

ciseaux, de leur natte enrubannée ou de leur chignon lisse, elles assaillirent nos maris grisés, étourdis, éblouis... Vous n'aviez pas prévu, Claudine, que votre succès causerait votre perte. Hélas, je ne puis vous en garder rancune, mais...

— Mais n'avez-vous jamais, continué-je tout haut, souhaité avec véhémence de porter une robe longue et les cheveux en bandeaux plats ?

Les joues de Claudine se creusent d'un sourire, elle a suivi ma pensée.

— Oui, avoue-t-elle. Mais c'était pure taquinerie contradictoire. Et puis, que venez-vous me parler d'imitatrices ? J'admire votre inconscience, Colette. Vous avez coupé votre traîne de cheveux après moi, s'il vous plaît !

Je lève les bras au ciel.

— Seigneur ! en sommes-nous là ! Vous allez me chercher chicane pour des niaiseries de cet ordre ? Ceci est à moi, – ceci est à toi... Nous avons l'air de jouer *La Robe* – ô mon enfance ! – *La Robe*, du regretté Eugène Manuel[1] !

— Ô notre enfance..., soupire Claudine.

Ah ! j'en étais sûre ! Claudine ne résiste jamais à une évocation du passé. À ces seuls mots : « Vous souvenez-vous ? » elle se détend, se confie, s'abandonne toute... À ces seuls mots : « Vous

1. Poète français (1823-1901).

souvenez-vous ? » elle incline la tête, les yeux guetteurs, l'oreille tendue comme vers un murmure de fontaines invisibles… Encore une fois le charme opère :

— Quand nous étions petites…, commence-t-elle.

Mais je l'arrête :

— Parlez pour vous, Claudine. Moi, je n'ai jamais été petite.

Elle se rapproche d'un sursaut de reins sur le divan, avec cette brusquerie de bête qui fait craindre la morsure ou le coup de corne. Elle m'interroge, me menace de son menton triangulaire :

— Quoi ? Vous prétendez n'avoir jamais été petite ?

— Jamais. J'ai grandi, mais je n'ai pas été petite. Je n'ai jamais changé. Je me souviens de moi avec une netteté, une mélancolie qui ne m'abusent point. Le même cœur obscur et pudique, le même goût passionné pour tout ce qui respire à l'air libre et loin de l'homme – arbre, fleur, animal peureux et doux, eau furtive des sources inutiles –, la même gravité vite muée en exaltation sans cause… Tout cela, c'est moi enfant et moi à présent… Mais ce que j'ai perdu, Claudine, c'est mon bel orgueil, la secrète certitude d'être une enfant précieuse, de sentir en moi une âme extraordinaire d'homme intelligent, de femme amoureuse, une âme à faire éclater mon petit corps… Hélas, Claudine, j'ai perdu presque tout cela, à ne devenir après tout qu'une femme… Vous vous souvenez du mot magnifique de notre amie Calliope[1], à l'homme qui la suppliait : « Qu'avez-vous fait de grand pour que je vous appartienne ? » Ce mot-là, je n'oserais plus le penser à présent, mais je l'aurais dit, quand j'avais douze ans. Oui, je l'aurais dit ! Vous n'imaginez pas quelle reine de la terre j'étais à douze ans ! Solide, la voix rude, deux tresses trop serrées qui sifflaient autour de moi, comme des mèches de fouet ; les mains roussies, griffées, marquées de cicatrices, un front carré de garçon que je cache à présent jusqu'aux sourcils… Ah ! que vous m'auriez aimée, quand j'avais douze ans, et comme je me regrette !

Mon Sosie sourit, d'un sourire sans gaieté, qui creuse ses joues sèches, ses joues de chat où il y a si peu de chair entre les tempes larges et les mâchoires étroites :

— Ne regrettez-vous que cela ? dit-elle. Alors je vous envierais entre toutes les femmes…

Je me tais, et Claudine ne semble pas attendre de réponse. Une fois encore, je sens que la pensée de mon cher Sosie a rejoint ma pensée, qu'elle l'épouse avec passion, en silence… Jointes, ailées, vertigineuses, elles s'élèvent comme les doux hiboux

1. Muse de la poésie épique.

veloutés de ce crépuscule verdissant. Jusqu'à quelle heure suspendront-elles leur vol sans se disjoindre, au-dessus de ces deux corps immobiles et pareils, dont la nuit lentement dévore les visages ?...

EN MARGE D'UNE PLAGE BLANCHE I
(En baie de Somme)

Pour Ernest Leblanc.

Ce doux pays, plat et blond, serait-il moins simple que je l'ai cru d'abord ? J'y découvre des mœurs bizarres : on y pêche en voiture, on y chasse en bateau… « Allons, au revoir, la barque est prête, j'espère vous rapporter ce soir un joli rôti de bécassines… » Et le chasseur s'en va, encaqué[1] dans son ciré jaune, le fusil en bandoulière… « Mes enfants, venez vite ! voilà les charrettes qui reviennent ! je vois les filets tout pleins de limandes pendus aux brancards ! » Étrange, pour qui ignore que le gibier s'aventure au-dessus de la baie et la traverse, du Hourdel au Crotoy, du Crotoy à Saint-Valery ; étrange, pour qui n'a pas grimpé dans une de ces carrioles à larges roues, qui mènent les pêcheurs tout le long des vingt-cinq kilomètres de la plage, à la rencontre de la mer…

1. Très serré.

Dimanche. Train de plaisir. Il pleut, mais ça n'empêche rien. Une famille parisienne s'aventure, sous la brume fine que vaporise le ciel, jusqu'auprès de ma villa solitaire. La mer est haute, paresseuse et plate, couleur de fer-blanc. Monsieur mouille ses guêtres lacées ; Madame ses souliers de daim gris à talons Louis XV ; Mademoiselle arbore le panama[1] de la saison, six quatre-vingt-dix, dont le voile pendant se trempe… Monsieur porte, en outre, un norfolk-suit[2] genre anglais et un fusil… Les mouettes imprudentes miaulent et tournoient… « Lucie, crie-t-il, tu vois celle-là ? » Nez en l'air, la main à la nuque pour maintenir le chapeau, Madame et Mademoiselle « voient celle-là ». Pan !… Elles attendent, les yeux clignés, que la mouette tombe… Mais aucune des mouettes, – suspendues sans doute à des fils solides, – ne se décroche… « Attends, Lucie ! tu vois, celle-là ? »

Jusqu'à l'heure du départ, – train de 5 h 45, – Monsieur menacera les mouettes d'un fusil qui ne connaît pas le découragement…

Beau temps. On a mis tous les enfants à cuire ensemble sur la plage. Les uns rôtissent sur le sable sec, les autres mijotent au bain-marie dans des

1. Type de chapeau de paille originaire de l'Équateur, très en vogue depuis le début du XXe siècle et encore de nos jours.

2. Veste ample et ceinturée.

flaques chaudes. La jeune maman, sous l'ombrelle de toile rayée, oublie délicieusement ses deux gosses et s'enivre, les joues chaudes, d'un roman mystérieux, habillé comme elle de toile écrue…

— Maman !…

— …

— Maman, dis donc, maman !…

Son gros petit garçon, patient et têtu, attend, la pelle aux doigts, les joues sablées comme un gâteau…

— Maman, dis donc, maman…

Les yeux de la liseuse se lèvent enfin, hallucinés, et elle jette dans un petit aboiement excédé :

— Quoi ?

— Maman, Jeannine est noyée.

— Qu'est-ce que tu dis ?

— Jeannine est noyée, répète le bon gros petit garçon têtu.

Le livre vole, le pliant tombe…

— Qu'est-ce que tu dis, petit malheureux ? ta sœur est noyée ?

— Oui. Elle était là, tout à l'heure, elle n'y est plus. Alors je pense qu'elle est noyée.

La jeune maman tourbillonne comme une mouette et va crier… quand elle aperçoit la « noyée » au fond d'une cuve de sable, où elle fouit[1] comme un ratier[2]…

1. Creuse le sol.
2. Chien qui chasse les rats.

— Jojo ! tu n'as pas honte d'inventer des histoires pareilles pour m'empêcher de lire ? Tu n'auras pas de chou à la crème à quatre heures !

Le bon gros écarquille des yeux candides.

— Mais c'est pas pour te quaquiner[1], maman ! Jeannine était plus là, alors je croyais qu'elle était noyée.

— Seigneur ! il le croyait !!! et c'est tout ce que ça te faisait ?

Consternée, les mains jointes, elle contemple son gros petit garçon, par-dessus l'abîme qui sépare une grande personne civilisée d'un petit enfant sauvage…

Mon petit bull a perdu la tête. Aux trousses du bécasseau et du pluvier à collier, il s'arrête, puis part follement, s'essouffle, plonge entre les joncs, s'enlise, nage et ressort bredouille, mais ravi et secouant autour de lui une toison imaginaire… Et je comprends que la mégalomanie le tient et qu'il se croit devenu épagneul…

La Religieuse et le chevalier Piedrouge devisent avec l'Arlequin. La Religieuse penche la tête, puis court, coquette, pour qu'on la suive, et pousse de petits cris… Le chevalier Piedrouge, botté de

1. Taquiner.

maroquin orange, siffle d'un air cynique, tandis que l'Arlequin, fuyant et mince, les épie…

Ô lecteur vicieux, qui espérez une anecdote dans le goût grivois et surannée[1], détrompez-vous : je vous conte seulement les ébats de trois jolis oiseaux de marais.

Ils ont des noms charmants, ces oiseaux de la mer et du marécage. Des noms qui fleurent la comédie italienne, voire le roman héroïque, – comme le Chevalier Combattant, ce guerrier d'un autre âge qui porte plastron et collerette hérissée, et cornes de plumes sur le front. Plastron vulnérable, cornes inoffensives, mais le mâle ne ment pas à son nom, car les Chevaliers Combattants s'entre-tuent sous l'œil paisible de leurs femelles, harem indifférent accroupi en boule dans le sable…

Effilé, dégoûté, l'Avocette marche haut la patte, soucieux[2] de son petit habit si net, bien taillé, noir et blanc… Mais ses bottes bleuâtres gâtent d'une note douteuse toute la mise distinguée… Ce n'est pas Brummel[3], c'est Boni de Castellane[4].

1. Qui n'est plus à la mode.

2. Nous gardons les adjectifs au masculin. Colette accorde peut-être avec « oiseau » (*N.d.E.*).

3. George Brummel (1778-1840), britannique, est un des premiers « dandys », c'est-à-dire un homme très soucieux de son élégance.

4. Homme politique français et dandy (1867-1932).

Dans un petit café du port, les pêcheurs attendent, pour repartir, le flot qui monte et déjà chatouille sournoisement la quille des bateaux, échoués de biais sur le sable au bas du quai. Ce sont des pêcheurs comme partout, en toile goudronnée, en tricot bleu, en sabots camus[1]. Les vieux ont le collier de barbe et la pipe courte… C'est le modèle courant, vulgarisé par la chromolithographie[2] et l'instantané[3].

Ils boivent du café et rient facilement, avec ces clairs yeux vides de pensée qui nous charment, nous autres terriens. L'un d'eux est théâtralement beau, ni jeune ni vieux, crépu d'une toison et d'une barbe plus pâle que sa peau tannée, avec des yeux jaunes, des prunelles de chèvre rêveuse qui ne clignent presque jamais.

La mer est montée, les bateaux dansent dans la baie, au bout de leurs amarres, et trinquent du ventre. Un à un, les pêcheurs s'en vont et serrent la patte du beau gars aux yeux d'or : « À revoir, Canada. » À la fin, Canada reste seul dans le petit café, debout, le front aux vitres, son verre d'eau-de-vie à la main… Qu'attend-il ? Je m'impatiente et me décide à lui parler :

— Ils vont loin comme ça ?

1. Courts et plats.
2. Impression lithographique en couleur.
3. Photographie.

Son geste lent, son vaste regard désignent la haute mer :

— Par là-bas. Y a bien de la crevette ces jours-ci. Y a bien de la limande et du maquereau, et de la sole… Y a bien un peu de tout…

— Vous ne pêchez pas aujourd'hui, vous ?

Les prunelles d'or se tournent vers moi, un peu méprisantes :

— Je ne suis pas pêcheur, ma petite dame. Je travaille (*sic*) avec le photographe pour les cartes postales. Je suis « type local ».

EN MARGE D'UNE PLAGE BLANCHE II

Pour Georges Richard[1].

BAIN DE SOLEIL. – « Poucette, tu vas te cuire le sang ! viens ici tout de suite ! » Ainsi apostrophée du haut de la terrasse, la chienne bull lève seulement son museau de monstre japonais, couleur de bronze. Sa gueule, fendue jusqu'à la nuque, s'entrouvre pour un petit halètement court et continu, fleurie d'une langue frisée, rose comme un bégonia. Le reste de son corps traîne, écrasé comme celui d'une grenouille morte... Elle n'a pas bougé ; elle ne bougera pas, elle cuit...

Une brume de chaleur baigne la baie de Somme, où la marée de morte-eau[2] palpite à peine, plate comme un lac. Reculée derrière ce brouillard moite et bleu, la Pointe de Saint-Quentin semble frémir et flotter, inconsistante comme un mirage... La belle

1. Pilote automobile et entrepreneur français (1863-1922).
2. Marée de faible amplitude.

journée à vivre sans penser, vêtue seulement d'un maillot de laine !

… Mon pied nu tâte amoureusement la pierre chaude de la terrasse, et je m'amuse de l'entêtement de Poucette, qui continue sa cure de soleil avec un sourire de suppliciée… « Veux-tu venir ici, sale bête ! » Et je descends l'escalier dont les derniers degrés s'enlisent, recouverts d'un sable plus mobile que l'onde, ce sable vivant qui marche, ondule, se creuse, vole et crée sur la plage, par un jour de vent, des collines qu'il nivelle le lendemain…

La plage éblouit et me renvoie au visage, sous ma cloche de paille rabattue jusqu'aux épaules, une chaleur montante, une brusque haleine de four ouvert. Instinctivement, j'abrite mes joues, les mains ouvertes, la tête détournée comme devant un foyer trop ardent… Mes orteils fouillent le sable pour trouver, sous cette cendre blonde et brûlante, la fraîcheur salée, l'humidité de la marée dernière…

Midi sonne au Crotoy, et mon ombre courte se ramasse à mes pieds, coiffée d'un champignon…

Douceur de se sentir, sans défense et sous le poids d'un beau jour implacable, d'hésiter, de chanceler une minute, les mollets criblés de mille aiguilles, les reins fourmillants sous le tricot bleu, puis de glisser sur le sable, à côté de la chienne qui bat de la langue !

Couchée sur le ventre, un linceul de sable me couvre à demi. Si je bouge, un fin ruisseau de poudre s'épanche au creux de mes jarrets, chatouille la plante de mes pieds… Le menton sur mes bras croisés, le bord de la cloche de jonc borne mes regards et je puis à mon aise divaguer, me faire une âme nègre[1] à l'ombre d'une paillote… Sous mon nez, sautent, paresseusement, trois puces de mer, au corps de transparente agate grise… Chaleur, chaleur… Bourdonnement lointain de la houle qui monte ou du sang dans mes oreilles ?… Mort délicieuse et passagère, où ma pensée se dilate, monte, tremble et s'évanouit avec la vapeur azurée qui vibre au-dessus des dunes…

À MARÉE BASSE. – Des enfants, des enfants… Des gosses, des mioches, des bambins, des lardons, des salés… L'argot ne saurait suffire, ils sont trop ! Par hasard, en retournant à ma villa isolée et lointaine, je tombe dans cette grenouillère, dans cette tiède cuvette que remplit et laisse, chaque jour, la mer…

Jerseys rouges, jerseys bleus, culottes troussées, sandales ; – cloches de paille, bérets, charlottes de lingerie ; – seaux, pelles, pliants, guérites… Tout cela, qui devrait être charmant, m'inspire de la mélancolie. D'abord, ils sont trop ! Et

---

1. L'adjectif n'a pas ici de connotation raciste, mais renvoie à l'idée d'exotisme.

puis, pour une jolie enfant en pomme joufflue et dorée, d'aplomb sur des mollets durs, que de petits Parigots, victimes d'une foi maternelle et routinière : « La mer, c'est si bon pour les enfants ! » Ils sont là, à demi nus, pitoyables dans leur maigreur nerveuse, gros genoux, cuissots de grillons, ventres saillants... Leur peau délicate a noirci, en un mois, jusqu'au marron cigare ; c'est tout, et ça suffit. Leurs parents les croient robustes, ils ne sont que teints. Ils ont gardé leurs grands yeux cernés, leurs piètres joues... L'eau corrosive pèle leurs mollets pauvres, trouble leur sommeil d'une fièvre quotidienne, et le moindre accident déchaîne leur rire ou leurs larmes faciles de petits nerveux passés au jus de chique...

Pêle-mêle, garçons et filles, on barbote, on mouille le sable d'un « fort », on canalise l'eau d'une flaque salée... Deux « écrevisses » en jersey rouge travaillent côte à côte, frère et sœur du même blond brûlé, peut-être jumeaux de sept à huit ans. Tous deux, sous le bonnet à pompon, ont les mêmes yeux bleus, la même calotte de cheveux coupés au-dessus des sourcils. Pourtant l'œil ne peut les confondre et, pareils, ils ne se ressemblent pas.

Je ne saurais dire par quoi la petite fille est déjà une petite fille... Les genoux gauchement et féminement tournés un peu en dedans ?... Quelque chose, dans les hanches à peine indiquées, s'évase plus moelleux, avec une grâce involontaire ? Non, c'est surtout le geste qui la révèle. Un petit bras nu, impérieux, commente et dessine tout ce qu'elle dit. Elle a une volte souple du poignet, une mobilité des doigts et de l'épaule, une façon coquette de camper son poing au pli de sa taille future…

Un moment, elle laisse tomber sa pelle et son seau, arrange je ne sais quoi sur sa tête ; – les bras levés, le dos creux et la nuque penchée, elle devance, gracieuse, le temps où elle nouera, ainsi debout et cambrée, le tulle de sa voilette devant le miroir d'une garçonnière…

FORÊT DE CRÉCY. – Ce pays plat de Picardie m'effare ! Sur la route empierrée de porphyre[1] bleuâtre, polie et dure, néfaste aux pneumatiques, qui serpente, revient sur elle-même, tourne en courbe traîtresse derrière un bouquet d'ormes, l'automobile s'essouffle, brise son élan, s'arc-boute sur ses freins, gagne à la main comme une bête rênée[2] trop court… Un peu de vertige me prend, avec la sensation de virer inutilement, de n'aller nulle part… Nous arrivons pourtant à la forêt de Crécy, massive, colossale et majestueuse, imprévue dans ce pays

1. Roche dure présentant des cristaux colorés.
2. Dont les rênes qui la tiennent sont trop courtes.

banalement frais, comme une cathédrale au milieu d'une basse-cour…

À la première haleine de la forêt, mon cœur se gonfle. Un ancien moi-même se dresse, tressaille d'une triste allégresse, pointe les oreilles, avec des narines ouvertes pour boire le parfum.

Le vent se meurt sous les allées couvertes, où l'air se balance à peine, lourd, musqué… Une vague molle de parfum guide les pas vers la fraise sauvage, ronde comme une perle, qui mûrit ici en secret, noircit, tremble et tombe, dissoute lentement en suave pourriture framboisée dont l'arôme enivre, mêlé à celui d'un chèvrefeuille verdâtre, poissé de miel, à celui d'une ronde de champignons blancs… Ils sont nés de cette nuit, et soulèvent de leurs têtes le tapis craquant de feuilles et de brindilles… Ils sont d'un blanc fragile et mat de gant neuf, emperlés, moites comme un nez d'agneau ; ils embaument la truffe fraîche et la tubéreuse[1]…

Sous la futaie[2] centenaire, la verte obscurité solennelle ignore le soleil et les oiseaux. L'ombre impérieuse des chênes et des frênes a banni du sol l'herbe, la fleur, la mousse et jusqu'à l'insecte. Un écho nous suit, inquiétant, qui double le rythme de nos pas… On regrette le ramier, la mésange ; on désire le bond

1. Plante aux fleurs blanches, très utilisée en parfumerie.
2. Ensemble d'arbres.

roux d'un écureuil ou le lumineux petit derrière des lapins... Ici la forêt, ennemie de l'homme, l'écrase.

Tout près de ma joue, collé au tronc de l'orme où je m'adosse, dort un beau papillon crépusculaire dont je sais le nom : lychénée... Clos, allongé en forme de feuille, il attend son heure. Ce soir, au soleil couché, demain, à l'aube trempée, il ouvrira ses lourdes ailes bigarrées de fauve, de gris et de noir. Il s'épanouira comme une danseuse tournoyante, montrant deux autres ailes plus courtes, éclatantes, d'un rouge de cerise mûre, barrées de velours noir ; – dessous voyants, juponnage de fête et de nuit qu'un manteau neutre, durant le jour, dissimule...

PARTIE DE PÊCHE

Pour Léon Hamel[1].

VENDREDI. – Marthe dit : « Mes enfants, on va pêcher demain à la Pointe ! Café au lait pour tout le monde à huit heures. L'auto plaquera ceux qui ne seront pas prêts ! » Et j'ai baissé la tête et j'ai dit : « Chouette ! » avec une joie soumise qui n'exclut pas l'ironie. Marthe, créature combative, inflige les félicités d'un ton dur et d'un geste coupant. Péremptoire, elle complète le programme des fêtes : « On déjeunera là-bas, dans le sable. On emmène vous et puis le Silencieux qui va rafler tout le poisson, et puis Maggie pour qu'elle étrenne son beau costume de bain ! »

Là-dessus, elle a tourné les talons. Je vois de loin, sur la terrasse qui domine la mer, son chignon roux, qui interroge l'horizon d'un air de menace et de défi.

---

1. Ami de Colette avec lequel elle a entretenu une correspondance pendant plusieurs années.

Je crois comprendre, au hochement de son petit front guerrier, qu'elle murmure : « Qu'il pleuve demain, et nous verrons ! » Elle rentre, et, délivré du poids de son regard, le soleil peut se coucher tranquillement au-delà de la baie de Somme, désert humide et plat où la mer, en se retirant a laissé des lacs oblongs, des flaques rondes, des canaux vermeils où baignent les rayons horizontaux... La dune est mauve, avec une rare chevelure d'herbe bleuâtre, des oasis de liserons délicats dont le vent déchire, dès leur éclosion, la jupe-parapluie veinée de rose...

Les chardons de sable, en tôle azurée, se mêlent à l'arrête-bœuf[1] fleuri de carmin, l'arrête-bœuf, qui pique d'une épine si courte qu'on ne se méfie pas de lui. Flore pauvre et dure, qui ne se fane guère et brave le vent et la vague salée, flore qui sied à notre petite hôtesse batailleuse, ce beau chardon roux au regard d'écolier sans vergogne...

Pourtant, çà et là, verdit la criste-marine[2], grasse, juteuse, acidulée, chair vive et tendre de ces dunes pâles comme la neige... Quand cette poison de Marthe, mon amie, a exaspéré tout le monde, quand on est tout près – à cause de sa face de jeune furie, de sa voix de potache – d'oublier qu'elle est une femme, alors Marthe rit brusquement, rattache une

1. Plante épineuse.
2. Plante vivace poussant sur des sites rocailleux, sableux.

mèche rousse envolée, en montrant des bras clairs, luisants, dans lesquels on voudrait mordre et qui craqueraient, frais, acidulés et juteux sous la dent comme la criste-marine…

La baie de Somme, humide encore, mire[1] sombrement un ciel égyptien, framboise, turquoise et cendre verte. La mer est partie si loin qu'elle ne reviendra peut-être plus jamais ?… Si, elle reviendra, traîtresse et furtive comme je la connais ici. On ne pense pas à elle ; on lit sur le sable, on joue, on dort, face au ciel, – jusqu'au moment où une langue froide, insinuée entre vos orteils, vous arrache un cri nerveux : la mer est là, toute plate, elle a couvert ses vingt kilomètres de plage avec une vitesse silencieuse de serpent. Avant qu'on l'ait prévue, elle a mouillé le livre, noirci la jupe blanche, noyé le jeu de croquet et le tennis. Cinq minutes encore, et la voilà qui bat le mur de la terrasse, d'un flac-flac doux et rapide, d'un mouvement soumis et content de chienne qui remue la queue…

Un oiseau noir jaillit du couchant, flèche lancée par le soleil qui meurt. Il passe au-dessus de ma tête avec un crissement de soie tendue et se change, contre l'est obscur, en goéland de neige…

1. Reflète.

SAMEDI MATIN, *8 heures.* – Brouillard bleu et or, vent frais, tout va bien. Marthe pérore en bas et les peuples tremblent prosternés. Je me hâte ; arriverai-je à temps pour l'empêcher de poivrer à l'excès la salade de pommes de terre ?

8 h 1/2. – Départ ! l'auto ronronne, pavoisée de haveneaux[1] flottants. Du fond d'un imperméable verdâtre, de dessous une paire de lunettes bombées, la voix de Marthe vitupère le zèle maladroit des domestiques, « ces empotés qui ont collé les abricots contre le rôti de porc frais ! ». Pourtant, elle condescend à me tendre une patte gantée, et je devine qu'elle me sourit avec une grâce scaphandrière... Maggie, mal éveillée, prend lentement conscience du monde extérieur et sourit en anglais. Nous savons tous qu'elle cache, sous son long paletot, un costume de bain pour music-hall (tableau de la pêche aux crevettes). Le Silencieux, qui ne dit rien, fume avec volubilité.

8 h *3/4*. – Sur la route plate, qui se tortille inutilement et cache, à chaque tournant, un paysan et sa charrette, Marthe, au volant, freine un peu brusquement et rogne dans son scaphandre...

8 h 50. – Tournant brusque, paysan et charrette... Embardée sur la gauche. Marthe crie : « Cocu ! »

1. Filets de pêche.

9 heures. – Tournant brusque : au milieu de la route, petit garçon et sa brouette à crottin. Embardée à droite. Marthe frôle le gamin et lui crie : « Cocu ! » Déjà ! pauvre gosse…

9 h 20. – La mer, à gauche, entre des dunes arrondies. Quand je dis la mer… elle est encore plus loin qu'hier soir. Mes compagnons m'assurent qu'elle est montée, pendant mon sommeil, jusqu'à cette frange de petites coquilles roses, mais je n'en crois rien. Les belles petites coquilles veinées de lignes sanguines, incurvées en pétales de roses ! « Ce n'est pas des *khokhilles*, m'explique Maggie, c'est les ongles des *sirèhnes.* »

9 h 30. – Les cabanes ! Trois ou quatre cercueils noirs, en planches goudronnées, tachent la dune, la dune d'un sable si pur ici, si délicatement mamelonné par le vent, – qu'on songe à la neige, à la Norvège, à des pays où l'hiver vierge ne finit point…

Dans un immobile roulis
Le sable fin creuse une alcôve
Où, malgré les cris de la mauve[1],
On peut se blottir, et, pour lits,
La dune a de charmants replis…

1. Plante à fleurs roses ou violet pâle.

murmure le Silencieux, poète modeste. Marthe, excitée, se penche sur son volant et… enlise deux roues de l'auto. Plus vive qu'un petit bull, elle saute à terre, constate le dommage et déclare avec calme : « C'est aussi bien comme ça, d'ailleurs. Je n'aurais pas pu tourner plus loin. »

Nous avons atteint le bout du monde. La dune, toute nue, abrite entre ses genoux ronds les cabanes noires, et devant nous fuit le désert, qui déçoit et réconforte, le désert sous un soleil blanc, dédoré par la brume des jours trop chauds…

10 heures. – « Tribu papoue conjurant l'Esprit des Eaux amères. » C'est la légende que j'écrirai au verso de l'instantané que vient de prendre Maggie. Les « indigènes », à têtes de phoques mouillés, dans l'eau jusqu'au ventre, la battent avec de longues perches, en hurlant rythmiquement. Ils rabattent le poisson dans le filet tendu en travers d'un grand lac allongé, un grand bout de mer qu'abandonne ici la marée négligente. Le carrelet y grouille, et la crevette grise, et le flet et la limande… Marthe s'y rue et fouit les rives de sable mouvant, avec une activité de bon ratier. Je l'imite, à pas précautionneux d'abord, car toute ma peau se hérisse, à sentir passer entre mes chevilles quelque chose de plat, vif et glissant…

— À vous ! à vous, bon Dieu ! vous ne la voyez donc pas ?

— Quoi ?

— La limande, la limande, là !…

Là !… Oui, une assiette plate nacrée, qui miroite et file entre deux eaux… Héroïque, je fouille le fond de l'eau, à quatre pattes, à plat ventre, traînée sur les genoux… Un bref jappement : c'est Marthe qui crie de triomphe et lève au bout de son bras ruisselant l'assiette plate qui se tord et fouette… Je crèverai de jalousie, si je reviens bredouille ! Où est le Silencieux ? oh ! le lâche, il pêche au haveneau ! Et Maggie ? ça va bien, elle nage, soucieuse uniquement de sa plastique et de son maillot de soie framboise… C'est contre Marthe seule que je lutte, Marthe et son calot[1] de cheveux rouges collés, Marthe ficelée dans du gros jersey bleu, petit mathurin[2] à croupe ronde… Les bêtes, les bêtes, je les sens, elles me narguent ! Un gros lançon[3] de nacre jaillit du sable mou, dessine en l'air, de sa queue de serpent, un monogramme étincelant et replonge… Je n'ai pas pu lire ce qu'il a écrit, mais je suis sûre que ça voulait dire « zut !… ».

10 heures. – La tribu papoue a fini ses conjurations. L'Esprit des Eaux amères, sensible aux hurlements rituels, a comblé de poissons plats leurs filets. Sur le sable, captives encore sous les mailles goudronnées, agonisent les belles plies au ventre

1. Partie supérieure du chignon.
2. Religieux.
3. Long et mince poisson vivant dans le sable.

émouvant, l'insipide flet, les carrelets éclaboussés d'un sang indélébile… Mais je ne veux que la proie traquée par mes seules mains écorchées, entre mes genoux écaillés par le sable et les coquilles tranchantes… Le carrelet, je le connais à présent, c'est un gros serin qui pique du nez droit entre mes chevilles jointes et s'y bloque, – la limande n'est pas plus maligne… Nous pêchons côte à côte, Marthe et moi, et le même jappement nous échappe, quand la prise est belle…

11 h 1/2. – Le soleil cuit nos nuques et nos épaules, qui émergent de l'eau tiède et corrosive… La vague, sous nos yeux fatigués, danse en moires glauques, en bagues dorées, en colliers rompus… Aïe, mes reins !… Je cherche mes compagnons muets ; le Silencieux arrive, juste comme Marthe, à bout de forces, gémit : « J'ai faim !… » Le Silencieux fume, et son gros cigare ne lui laisse que la place d'un sourire d'orgueil. Il tend vers nous son haveneau débordant de nacres vivantes…

Maggie vient à son tour, ravie d'elle-même : elle a pris sept crevettes et un enfant de sole…

— À la soupe, les enfants ! crie Marthe. Les indigènes charrieront le gibier jusqu'à l'auto.

— Oh ! on va emporter tout ? il y en a au moins cinquante livres !

— D'abord, ça fond beaucoup à la cuisson. On en mangera ce soir en friture, demain matin au gratin, demain soir au court-bouillon… Et puis on en mangera à la cuisine, et on en donnera peut-être aux voisins…

1 heure. – Assis sous la tente, nous déjeunons lentement, dégrisés… Là-bas, au bout du désert aveuglant et sans ombre, quelque chose bout mystérieusement, ronronne et se rapproche, – la mer !… Le champagne ne nous galvanise pas, la migraine plane sur nos têtes laborieuses…

Nous nous contemplons sans aménité. Marthe a pincé un coup de soleil sur son petit nez de bull. Le Silencieux bâille et mâche son cinquième cigare. Maggie nous choque un peu, trop blanche et trop nue, dans son maillot framboise… « Ce n'est pas de la chair pour plein jour, me chuchote Marthe, et puis, elle a trop l'air de savoir qu'elle est presque nue… »

— Qu'est-ce qui sent comme ça ? s'écrie-t-elle tout haut. Ça empeste le musc, et je ne sais quoi encore…

— Mais c'est le poisson ! Les filets pleins pendent là…

— Mes mains aussi empestent. C'est le filet qui sent cette pourriture musquée… Si on donnait un peu de poisson à ces braves indigènes ?…

2 heures. – Retour morne. Nous flairons nos mains à la dérobée. Tout sent le poisson cru : le cigare du Silencieux, le maillot de Maggie, la chevelure humide de Marthe... Le vent d'ouest, mou et brûlant, sent le poisson... La fumée de l'auto, et la dune glacée d'ombre bleue, et toute cette journée sentent le poisson...

3 heures. – Arrivée. La villa sent le poisson. Farouche, le cœur décroché, Marthe s'enferme dans sa chambre. La cuisinière frappe à sa porte :

— Madame veut-elle me dire si elle veut les limandes frites ou gratinées ce soir ?

Une porte s'ouvre furieusement et la voix de Marthe vocifère :

— Vous allez me faire le plaisir de faire disparaître de la maison toute cette cochonnerie de marée ! Et pendant une semaine je vous défends de servir autre chose que des œufs à la coque et du poulet rôti !

MUSIC-HALLS

Pour Serge Basset[1].

On répète en costumes, à l'X..., une pantomime que les communiqués prévoient « sensationnelle ». Le long des couloirs qui fleurent le plâtre et l'ammoniaque, au plus profond de l'orchestre, abîme indistinct, circulent et se hâtent d'inquiétantes larves... Rien ne marche. Pas fini, le décor trop sombre qui boit la lumière et ne la rend pas ; mal réglés, les jeux de halo du projecteur, – et cette fenêtre rustique enguirlandée de vigne rousse, qui s'ouvre de bonne grâce, mais refuse de se clore !...

Le mime W..., surmené, fait sa dame-aux-camélias[2], la main sur l'estomac pour contenir une toux rauque ; il tousse à effrayer, il tousse à en mourir, avec des saccades de mâchoire d'un dramatique !...

---

1. Écrivain et journaliste français (1865-1917).
2. Personnage du roman éponyme d'Alexandre Dumas fils, publié en 1848 : atteinte de tuberculose, l'héroïne tousse beaucoup, ce qui la fait souffrir terriblement.

Le petit amoureux s'est, dans son trouble, grimé en poivrot, nez rouge et oreilles blafardes, ce pour quoi il s'entend nommer par l'organe expirant du mime W... « fourneau, cordonnier », et même « vaseline... ». Rien ne marche, rien ne marchera !

Le patron est là, sur le plateau, le gros commanditaire aussi, celui qui ne se déplace que pour les « numéros » coûteux. Le compositeur – un grand type mou qui a l'air de n'avoir d'os nulle part –, laissant toute espérance, a dégoté, derrière un portant, le chaudron des répétitions, le piano exténué aux sonorités liquides de mustel[1], et se nettoie les oreilles, comme il dit, avec un peu de Debussy[2]... *Mes longs cheveux descendent jusqu'au bas de la tour...* Quant aux musiciens de l'orchestre, ils s'occupent, à coup sûr, d'améliorer en France la race chevaline ; de la contrebasse à la petite flûte, le *Jockey* circule...

— Et Mme Loquette ? s'écrie le patron nerveux, on ne la voit pas souvent !

— Son costume n'est pas prêt, exhale le mime W... dans un souffle.

Le patron sursaute et aboie, au premier plan, la mâchoire tendue au-dessus de l'orchestre.

— Quoi ? qu'est-ce que vous dites ? Son costume pas prêt ? un costume à transformation, quand on

1. Harmonium, désigné ici par le nom d'un compositeur et joueur d'harmonium.

2. Compositeur français (1862-1918).

passe ce soir ! C'est des coups à se faire emboîter[1], ça, mon petit !…

Geste d'impuissance du mime W…, geste peut-être d'adieu à la vie, il est si enrhumé !… Soudain, l'agonisant bondit comme un pelotari[2] et retrouve une voix de bedeau[3] pour beugler :

— N… de D… ! touchez pas à ça ! C'est mon lingue[4] à jus de groseilles !

Avec des mains d'infirmière, il manie et essaie son poignard truqué, accessoire de précision qui saigne des gouttes sirupeuses et rouges…

— Ah ! voilà Mme Loquette ! enfin !

On se précipite, avec des exclamations de soulagement, vers la principale interprète. Le gros commanditaire assure son monocle. Mme Loquette, qui a froid, frissonne des coudes, et serre les épaules sous son costume peut-être monténégrin, sans doute croate, à coup sûr moldo-valaque, avec quelque chose de dalmate dans l'allure générale… Elle a faim, elle vient de passer quatre heures debout chez Landolff, elle bâille d'agacement…

— Voyons ce fameux costume !

C'est une déception. « Trop simple ! » murmure le patron. « Un peu sombre ! » laisse tomber

1. Se faire siffler.
2. Joueur de pelote.
3. Employé laïque chargé du service matériel dans une église.
4. Couteau.

le gros commanditaire. L'auteur de la musique, oubliant *Pelléas*[1], s'approche onduleux et désossé, et dit pâteusement : « C'est drôle, je ne le voyais pas comme ça… Moi, j'aurais aimé quelque chose de vert, avec de l'or, et puis avec un tas de machins qui pendent, des… fourbis, des… des zédipoifs, quoi ! »

Mais le mime W…, enchanté, déclare que ce rouge-rose fait épatamment valoir les feuille-morte et les gris de sa défroque de contrebandier. Mme Loquette, les yeux ailleurs, ne répond rien et souhaite seulement, de toutes les forces de son âme, un sandwich au jambon, ou deux – ou trois –, avec de la moutarde…

Silence soucieux.

— Enfin, soupire le patron, voyons le dessous… Allez-y, W…, prenez votre scène au moment où vous lui arrachez sa robe…

Le bronchité, le pneumonique se transforme, d'un geste de son visage, en brute montagnarde, et se rue, poignard levé, sur Mme Loquette, l'affamée Loquette devenue brusquement une petite femelle traquée, haletante, les griffes prêtes… Ils luttent un court instant, la robe se déchire du col aux chevilles, Mme Loquette apparaît demi-nue, le cou renversé offert au couteau…

1. *Pelléas et Mélisande*, opéra de Debussy sur un livret du poète Maurice Maeterlinck, créé pour la première fois le 30 avril 1902 à l'Opéra-Comique à Paris.

— Hep !… arrêtez-vous, mes enfants ! l'effet est excellent ! Pourtant, attendez…

Les hommes se rapprochent de la principale interprète. Silence studieux. Elle laisse, plus indifférente qu'une pouliche à vendre, errer leurs regards sur ses épaules découvertes, sur la jambe visible hors de la tunique fendue…

Le patron cherche, clappe des lèvres, ronchonne :

— Évidemment, évidemment… Ce n'est pas… Ce n'est pas assez… pas assez nu, là !

La pouliche indifférente tressaille comme piquée par un taon.

— Pas assez nu ! qu'est-ce qu'il vous faut ?

— Eh ! il me faut… je ne sais pas, moi. L'effet est bon, mais pas assez éclatant, pas assez charnu, pas assez nu, je maintiens le mot ! Tenez, cette mousseline sur la gorge… C'est déplacé, c'est ridicule, c'est engonçant… Il me faudrait…

Inspiré, le patron recule de trois pas, étend le bras, et, d'une voix d'aéronaute quittant la terre :

— Lâchez un sein ! crie-t-il.

Même cadre. On répète la Revue. Une revue comme toutes les revues. C'est l'internement, de quatre à sept heures, de tout un pensionnat pauvre et voyant, bavard, empanaché, – grands chapeaux agressifs, bottines dont le chevreau égratigné bleuit, jaquettes minces qu'on rehausse d'un tour de cou en fourrure…

Peu d'hommes. Les plus chics reluisent d'une élégance boutiquière, les moins fortunés tiennent le milieu entre le lad[1] et le lutteur. Quelques-uns s'en tiennent encore au genre démodé du rapin[2] d'opérette, – beaucoup de cheveux et peu de linge, mais quels foulards !

Tous ont, en passant de la rue glaciale au promenoir, le même soupir de détente et d'arrivée, à cause de la bonne chaleur malsaine que soufflent les calorifères… Sur le plateau, le chaudron des répétitions fonctionne déjà, renforcé, pour les danses, d'un violon vinaigré. Treize danseuses anglaises se démènent, avec une froide frénésie. Elles dansent, dans cette demi-nuit des répétitions, comme elles danseront le soir de la générale, ni plus mal, ni mieux. Elles jettent, vers l'orchestre vide, le sourire enfantin, l'œil aguicheur et candide dont elles caresseront, à la première, les avant-scènes… Une conscience militaire anime leurs corps grêles et durs, jusqu'à l'instant de redevenir, le portant franchi, des enfants maigres et gaies, nourries de sandwiches et de pastilles de menthe…

Au promenoir, une camaraderie de prisonnières groupe les petites marcheuses à trois louis par mois,

1. Employé chargé de garder et de soigner les chevaux de course.
2. Peintre apprenti.

celles qui changeront six ou huit fois de costume au cours de la Revue. Autour d'un guéridon de bar, elles bavardent comme on mange, avec fièvre, avec gloutonnerie ; – plusieurs tirent l'aiguille, et raccommodent des nippes[1] de gosse…

L'une d'elles séduit par sa minceur androgyne. Elle a coiffé ses cheveux courts d'un feutre masculin, d'une élégance très Rat-Mort. Les jambes croisées sous sa jupe courte, elle fume et promène autour d'elle le regard insolent et sérieux d'une Mlle de Maupin[2], par Aubrey Beardsley[3]… L'instant d'après, sa cigarette finie, elle tricote, les épaules basses, une paire de chaussons d'enfant… Pauvre petite Maupin de Montmartre, qui arbore un vice seyant comme on adopte le chapeau du jour. « Qu'est-ce que tu veux, on n'a pas de frais de toilette, avec deux galures et deux costumes tailleur je fais ma saison : – et puis il y a des hommes qui aiment ça… »

Une boulotte camuse aux yeux luisants, costaude, courtaude, coud d'une main preste et professionnelle, en bavardant âprement. « *Ils* vont encore nous coller une générale à minuit et demi, comme c'est

1. Habits.
2. Personnage du roman éponyme de Théophile Gautier (1835), inspiré de la vie de l'actrice Madeleine de Maupin.
3. Graveur et illustrateur britannique (1872-1898), composant des dessins stylisés en noir et blanc, en partie inspirés de l'art japonais.

commode… Moi que j'habite au Lion de Belfort[1], parce que mon mari est ouvrier serrurier… Alors, vous comprenez, la générale finit sur les trois heures et demie, peut-être quatre heures, et je suis sûre de rentrer sur mes pattes, juste à temps pour faire la soupe à mon mari qui s'en va à cinq heures et demie, et puis, après, les deux gosses qu'il faut qu'ils aillent à l'école… » Celle-ci n'a rien d'une révoltée, d'ailleurs ; chaque métier a ses embêtements, n'est-ce pas ?

Dans une baignoire d'avant-scène, un groupe coquet, emplumé, fourré, angora, s'isole et tient salon. Il y a la future commère et la diseuse engagée pour trois couplets, et la petite amie d'un des auteurs, et celle du gros commanditaire… Elles gagnent, toutes, entre trois cents et deux mille francs par mois, mais on a des renards de deux cents louis, et des sautoirs de perles… On est pincées, posées, méfiantes. On ne joue pas à l'artiste, oh ! Dieu non. On ne parle pas métier. On dit : « Moi, j'ai eu bien des ennuis avec mon auto… Moi, je n'irai pas à Monte-Carlo cet hiver, j'ai horreur du jeu ! Et puis, après la revue, je serai si contente de me reposer un peu chez moi, de ne pas sortir le soir ! *Mon ami* adore la vie de famille…

1. Statue se situant place Denfert-Rochereau à Paris, donc assez loin de Montmartre.

nous avons une petite fille de quatre ans qui est un amour… »

Ici, comme à côté, l'enfant se porte beaucoup, légitime ou non. J'entends : « L'institutrice de Bébé… Mon petit Jacques est déjà un homme, ma chère ! » L'une d'elles renchérit et avoue modestement quatre garçons. Ce sont des cris, des exclamations d'étonnement et d'envie… La jeune pondeuse, fraîche comme une pomme, se rengorge avec une moue d'enfant gâtée.

En face d'elle, la plus jolie de toutes médite, les doigts taquinant son lourd collier de perles irisées, et fixe dans le vide un regard bleu-mauve, d'une nuance inédite et sûrement très coûteuse. Elle murmure enfin : « Ça me fait songer que je n'ai pas eu d'enfant depuis deux ans… Il m'en faut un pour dans… dans quatorze mois. » Et comme on rit autour d'elle, elle s'explique, paisible : « Oui, dans quatorze mois. Ça me fera beaucoup de bien, il n'y a rien qui “dépure” le sang comme un accouchement. C'est un renouvellement complet, on a un teint, après !… J'ai des amies qui passent leur vie à se purger, à se droguer, à se coller des choses sur la figure… Moi, au lieu de ça, je me fais faire un enfant, c'est bien plus sain ! » (Rigoureusement *sic* !)

En quittant le promenoir, je frôle du pied quelque chose qui traîne sur le tapis sale… Un peu plus, j'écrasais une main, une petite patte enfantine, la paume en l'air… Les petites Anglaises se reposent là, par terre, en tas. Quelques-unes, assises, s'adossent au mur, les autres sont jetées en travers de leurs genoux ou pelotonnées en chien de fusil, et dorment. Je distingue un bras mince, nu jusqu'au coude, une chevelure lumineuse en coques rousses au-dessus d'une délicate oreille anémique… Sommeil misérable et confiant, repos navrant et gracieux de jeunes bêtes surmenées… On songe à une portée de chatons orphelins, qui se serrent pour se tenir chaud…

PRINTEMPS DE LA RIVIERA

Pour Renée Vivien[1].

Cyclamen et bouton d'or, ou la Redoute[2] *des pieds.* – Que personne ne prenne en mauvaise part ce sous-titre ! Je ne voudrais faire aux Niçois nulle peine, même légère… Mais, que voulez-vous ? Je n'entends parler, à cette redoute du Casino municipal, que de pieds, de pieds, toujours de pieds… « Oh ! mes pieds !… Dieu, que mes pieds me font mal !… Je ne sens plus mes pieds, je ne tiens plus sur mes pieds… »

Du haut de la loge, je vois tourbillonner, luire, balancer, piétiner, un cauchemar mauve et jaune, cyclamen et bouton-d'or… Oh ! le fâcheux et fade duo, entre ce mauve trop rose et ce jaune sans vigueur ! D'ici, les deux nuances se mêlent, se boivent, estompées de poussière. Cela a l'air

1. Poétesse britannique écrivant en langue française (1877-1909), dont Colette fut assez proche.

2. Endroit où l'on donne des fêtes.

(pardonnez-moi), cela a l'air un peu vomi. Mon œil cherche en vain un vigoureux violet velouté, un orangé solide et joyeux, un vieil or verdi ou mordoré… Hélas, hélas, je nage, d'un regard éperdu et déjà chaviré, sur une houle mauve et jaune, cyclamen, bouton-d'or, cyclamen et bouton-d'or… Je boirais bien une citronnade sans sucre, ou un peu de vieux cognac…

À détailler cet ensemble nauséeux, les costumes, du moins, sont propres ; beaucoup atteignent à l'élégance, quelques-uns ont cherché une somptuosité superflue. Sous ma souquenille[1] anonyme de Pierrot citron, j'erre héroïquement, bousculée, écrasée – oh ! mes pieds ! – et je reconnais, à la longue, des silhouettes, un port de tête, le blond d'une chevelure, un jeune museau canaille heureux d'engueuler, sous le loup, en toute sécurité… Un petit clown mauve bondit à mes côtés, et m'entraîne, muet… Ses yeux luisent sous le masque noir, trop mobiles pour que j'y puisse lire, mais ses jambes en durs fuseaux fins, ses chevilles précieuses dénoncent Ève Lav…ère. Un autre clown, plus sage, nous arrête, nous menace du doigt et sourit sans parler ; mais il montre sa bouche aimable, aux dents nettes, et quand il se détourne, cette nuque large, cette blanche et riche encolure têtue se nomme : Suz. De.val. Beau clown

1. Longue blouse flottante portée souvent par les clowns.

tranquille, toi aussi, tu soupires en t'éloignant : « Oh ! mes pieds ! » Émilienne d'Al… a généreusement retiré son loup, excédée de chaleur et fière de son pimpant costume, de « pêcheur napolitain », assure-t-elle : étroite culotte que serre une ceinture roumaine à franges, boléro espagnol et petit manteau vénitien pendu à l'épaule… « Oh ! mes pieds ! » soupire Mlle d'Al… en s'effondrant sur une chaise… « Mes enfants, je ne me tiens plus, je crois que je vais ôter mes souliers ! »

Long, long, long dans son domino[1] jaune, Henri B…st…n suit les couloirs, le nez flaireur, les mains quêteuses, terriblement quêteuses… Un domino jaune tout frissonnant de mousseline de soie mauve, deux yeux d'un bleu dangereux, et cette bouche éclatante… J'ai vu sourire cette bouche-là dans le ballet de l'Opéra, n'est-ce pas, Mlle Ric…i ?

Un froc violet, sous lequel houlent des épaules quasi masculines ; – le capuchon cache le front, les manches couvrent le bout des doigts ; – mais rien ne peut déguiser ce regard tour à tour négligent et cruel, cette bouche fine et serrée de César vieillissant, tout ce visage insexué d'Esprit du mal ; c'est la princesse P…

Tout tourne, tout tourne ; le mal de mer me guette, si je persiste à regarder les remous mauves

1. Robe flottante à capuchon portée dans les bals masqués.

et jaunes… Ils déferlent, en bas, contre les commissaires du bal, tristes îlots noirs, sombres récifs qui chancellent mais résistent ; – je vous admire, champions de l'ordre et de la morale, brise-lames, digues ! (Si je m'appelais Willy tout court, je dirais même digues… digue-don. Mais on ne peut pas tout avoir !)

Allons danser !… Et j'enlace, en Pierrot empressé, un gracieux domino mauve, svelte, souple, blond, qui piétine, insoucieux, sa traîne de satin et de mousseline molle, et nous tournons, nous tournons, portés, pressés, poussés, jusqu'à l'un des îlots noirs debout parmi la tempête… Ô surprise ! l'îlot s'émeut, nous arrête d'un bras courtois mais inflexible, et sa bonne voix de sergot[1] bourru nous dit : « Séparez-vous, s'il vous plaît, mesdames ! C'est défendu ici que les dames elles valsent entre elles, rapport aux convenances (*sic*) ! »

Ô Nice, ô carnaval de Nice ! toi que mon ami Jean Lorrain[2] fardait des vices les plus tentants, comme on t'a calomnié !

Vers quatre heures du matin nous échouons au restaurant du Cercle, dont je ne dirai rien, – sinon que le fait d'y consommer bouillon, saumon trop gras, tournedos vague, poulet sec et jambon y coûte

1. Sergent (argot).
2. Écrivain français (1855-1906), qui n'hésitait pas à revendiquer son homosexualité.

vingt-cinq louis pour huit personnes, sans dessert, et pourboires non compris.

Monte-Carlo. – Endroit singulier, que je connais mal et qui m'effare. Malaise. Froid dans le dos, chaud à la tête. Manie ambulatoire, car je ne sais où me reposer, où me fatiguer. De Beausoleil à la mer, la ville descend vers le Casino ; irrésistiblement on roule sur la pente, jusqu'au Casino, – après quoi il n'y a que les rochers, et l'eau…

Vers la fin du jour, dans les salles de jeu, toute cette humanité angoissée, qui peine, sue, souffre, convoite et se désespère, sent presque l'étable… Je m'ennuie un peu, moi qui ne joue guère. « Tu ne sais pas jouer, m'affirme, autoritaire, cette veinarde de Jeanne de B..lne, regarde, tu vas voir comment je fais… » Elle jette un louis sur le 26, – qui sort sans se faire prier. Ô merveille ! je me tais et j'admire, mais la comtesse R… hausse les épaules et se borne, têtue, à son petit système des inverses : le 13 après le 31, le 32 après le 23… Mais que joue-t-elle après le 35 ?… je n'ose pas m'informer, moi qui ne sais pas jouer… J'aime mieux regarder. Il y a tant de belles dames ! Elles jouent, presque toutes, et passionnément. Dès qu'elles jouent, le mystérieux poison empourpre leurs joues, injecte leurs yeux, et la forme de leur nez change…

Frêle, délicieuse, soutenue, presque portée par le jeune H… et le non moins jeune G…, passe

Mme L… de P…y. Elle a le beau sourire d'une jeune mère heureuse qui s'appuie sur ses deux grands fils… Moins frêle, mais non moins belle, passe aussi Mme C… Ot..o qui ne joue pas aujourd'hui, et dont le front se nimbe d'une mélancolie singulière… « Hélas, répond-elle à ses admirateurs inquiets, c'est que je vais, demain, entrer dans ma vingt-neuvième année… » On regarde beaucoup le couple de La R…, surtout la femme, cette joueuse enragée et riche, Mme de La R…, dont les petites mains sèches sèment et récoltent des poignées d'or et de précieux papiers sales… Ses mains gantées, son corsage, son chapeau, sa figure décolorée, tout est blanc. Elle ressemble à un oiseau pâle au bec busqué, et ses pâles yeux charment l'or…

Sortons d'ici. La lune se lève et ma fièvre se calmera au vent traître du crépuscule, tout le long de la route dangereuse et charmante qui borde, jusqu'à Nice, la mer… Déjà, sous la lune pleine, luit sur l'eau un long reflet, un fuseau d'argent, nacré comme le ventre des poissons. Nous dépasserons Beaulieu, et Villefranche où l'escadre dort immobile et illuminée, à l'abri dans son anse étroite. Et je sourirai d'apaisement, quand les roues de la voiture froisseront, à l'arrivée, les orangers du parc de la villa Cessole…

Printemps de Nice. – Beau Midi, tu me plais, mais je ne t'aime pas. Tu me séduis parce que tu brilles, parce que ton soleil irrésistible chauffe mes épaules d'une caresse rude, me rend plus active qu'un lézard qui court en rond sur une pierre chaude, et joue sur la mer qui s'anime et pâlit à son gré… Mais je ne t'aime pas. Tu fleuris, Midi trompeur, Midi empressé, et ta jonquille, ta violette, ton amandier rosé n'attendent pas le vrai printemps, – mais qu'ai-je à faire de fleurs sans feuilles, sans leurs feuilles tendres, enroulées en cornet et pointues comme de petites oreilles de faune ?… L'herbe, sur tes pentes, verdit, mais pique et ne saigne pas, quand je l'écrase, ce sang pâle et sucré dont le parfum grise…

Tes verdures éternelles, palmiers et cactus, aloès et rosiers hivernants, blessent la main, déchirent la robe… Enfin, Midi menteur, tu fleuris et n'embaumes pas. Vainement, sous le banal parfum de tes fleurs, mon âme forestière quémande ici l'odeur même de la terre, la souveraine odeur du sol vivant, fertile, humide… Le geste amoureux qui me penche, narines ouvertes, vers un pré arrosé de pluie tiède, n'a point ici sa récompense ; et tu n'es que poudre blanche et que rocs fleuris.

Il y a moins de printemps parmi ces roses, sous ces orangers lumineux d'oranges mûres, que dans un seul jour de dégel, là-bas, en mon pays aux collines voilées !… Joli Midi menteur, je donnerais toutes tes roses, toute ta lumière, tous tes fruits, – pour un tiède et frais après-midi de février où, dans le pays que j'aime, la neige bleuâtre fond lentement à l'ombre des haies et découvre, brin à brin, le jeune blé raide, d'un vert émouvant… Sur l'épine encore noire, un merle verni glougloute mélodieusement, égoutte des notes limpides et rondes, – et le parfum de la terre délivrée, l'arôme sûr qui monte du tapis de feuilles mortes macérées quatre mois, triturées par le gel et la pluie, emplissent mon cœur de l'amer et incomparable bonheur printanier…

ANNEXES

RÊVERIE DE NOUVEL AN

16 janvier 1909.

Toutes trois nous rentrons poudrées, moi, la petite bull et la bergère flamande…

Il a neigé dans les plis de nos robes, j'ai des épaulettes blanches, un sucre impalpable fond au creux du mufle camard de Poucette, et la bergère flamande scintille toute, de son museau pointu à sa queue en massue.

Nous étions sorties pour contempler la neige, la vraie neige et le vrai froid, raretés parisiennes, occasions, presque introuvables, de fin d'année… Dans mon quartier désert, nous avons couru comme trois folles, et les fortifications hospitalières, les fortifs décriées ont vu, de l'avenue des Ternes au boulevard Malesherbes, notre joie haletante de chiens lâchés. Du haut du talus, nous nous sommes penchées sur le fossé que comblait un crépuscule violâtre fouetté de tourbillons blancs ; nous avons contemplé Levallois noir piqué de feux roses, derrière un voile chenillé de mille et mille mouches blanches, vivantes, froides comme des fleurs effeuillées, fondantes sur les lèvres, sur les yeux, retenues un moment aux cils, au duvet des joues… Nous avons gratté de nos dix pattes une neige intacte, friable, qui fuyait sous notre poids avec un crissement caressant de taffetas. Loin de tous les yeux, nous avons galopé, aboyé, happé la neige au vol, goûté sa suavité de sorbet vanillé et poussiéreux…

Assises maintenant devant la grille ardente, nous nous taisons toutes trois. Le souvenir de la nuit, de la neige, du vent déchaîné derrière la porte, fond dans nos veines lentement et nous allons glisser à ce soudain sommeil qui récompense les marches longues…

La bergère flamande, qui fume comme un bain de pieds, a retrouvé sa dignité de louve apprivoisée, son sérieux faux et courtois. D'une oreille, elle écoute le chuchotement de la neige au long des volets clos, de l'autre elle guette le tintement des cuillères dans l'office. Son nez effilé palpite, et ses yeux couleur de cuivre, ouverts droit sur le feu, bougent incessamment, de droite à gauche, de gauche à droite, comme si elle lisait… J'étudie, un peu défiante, cette nouvelle venue, cette chienne féminine et compliquée qui garde bien, rit rarement, se conduit en personne de sens et reçoit les ordres, les réprimandes sans mot dire, avec un regard impénétrable… Elle sait mentir, voler ; mais elle crie, surprise, comme une jeune fille effarouchée et se trouve presque mal d'émotion. Où prit-elle, cette petite louve au rein bas, cette fille des champs wallons, sa haine des gens mal mis et sa réserve aristocratique ? Je lui offre sa place à mon feu et dans ma vie, et peut-être m'aimera-t-elle, elle qui sait déjà me défendre…

Ma petite bull au cœur enfantin dort, foudroyée de sommeil, la fièvre au museau et aux pattes. La chatte grise n'ignore pas qu'il neige, et depuis le déjeuner je n'ai pas vu le bout de son nez, enfoui dans le poil de son ventre. Encore une fois me voici, comme au début de l'autre année, assise en face de mon feu, de ma solitude, en face de moi-même…

Une année de plus… À quoi bon les compter ? Ce jour de l'an parisien ne me rappelle rien des premier janvier de ma jeunesse ; et qui pourrait me rendre la solennité puérile des jours de l'an d'autrefois ? La forme des années a changé pour moi, durant que, moi, je changeais. L'année n'est plus cette route ondulée, ce ruban déroulé qui de janvier montait vers le printemps, montait, montait vers l'été pour s'y épanouir en calme plaine, en pré brûlant coupé d'ombres bleues, taché de géraniums éblouissants, puis descendait vers un automne odorant, brumeux, fleurant le marécage, le fruit mûr et le gibier, puis s'enfonçait vers un hiver sec, sonore, miroitant d'étangs gelés, de neige rose sous le soleil… Puis le ruban ondulé dévalait, vertigineux, jusqu'à rompre net devant une date merveilleuse, isolée, suspendue entre les deux années comme une fleur de givre : le jour de l'an…

Une enfant très aimée, entre des parents pas riches, et qui vivait à la campagne parmi des arbres et des livres, et qui n'a pas connu ni souhaité les jouets coûteux : voilà ce que je revois, en me penchant ce soir sur mon passé… Une enfant superstitieusement attachée aux fêtes des saisons, aux dates marquées par un cadeau, une fleur, un traditionnel gâteau… Une enfant qui d'instinct ennoblissait de paganisme les fêtes chrétiennes, amoureuse seulement du rameau de buis, de l'œuf rouge de Pâques, des roses effeuillées à la Fête-Dieu et des reposoirs – syringas[1], aconits, camomilles –, du surgeon de noisetier sommé d'une petite croix, bénit à la messe de l'Ascension et planté sur la lisière du champ qu'il abrite de la grêle… Une fillette éprise du gâteau à cinq cornes, cuit et mangé le jour des Rameaux ; de la crêpe, en carnaval ; de l'odeur étouffante de l'église, pendant le mois de Marie…

Vieux curé sans malice qui me donnâtes la communion, vous pensiez que cette enfant silencieuse, les yeux ouverts sur l'autel, attendait le miracle, le

1. Sortes de lilas.

mouvement insaisissable de l'écharpe bleue qui ceignait la Vierge ? N'est-ce pas ? J'étais si sage !... Il est bien vrai que je rêvais miracles, mais... pas les mêmes que vous. Engourdie par l'encens des fleurs chaudes, enchantée du parfum mortuaire, de la pourriture musquée des roses, j'habitais, cher homme sans malice, un paradis que vous n'imaginiez point, peuplé de mes dieux, de mes animaux parlants, de mes nymphes et de mes chèvre-pieds... Et je vous écoutais parler de votre enfer, en songeant à l'orgueil de l'homme qui, pour ses crimes d'un moment, inventa la géhenne[1] éternelle... Ah ! qu'il y a longtemps !...

Ma solitude, cette neige de décembre, ce seuil d'une autre année, ne me rendront pas le frisson d'autrefois, alors que dans la nuit longue je guettais le frémissement lointain, mêlé aux battements de mon cœur, du tambour municipal, donnant l'aubade au village endormi... Ce tambour dans la nuit glacée, vers six heures, je le redoutais, je l'appelais du fond de mon lit d'enfant, avec une angoisse nerveuse proche des pleurs, les mâchoires serrées, le ventre contracté... Ce tambour seul, et non les douze coups de minuit, sonnait pour moi l'ouverture éclatante de la nouvelle année, l'avènement mystérieux après quoi haletait le monde entier,

1. Torture.

suspendu au premier *rrran* du vieux tapin[1] de mon village.

Il passait, invisible dans le matin fermé, jetant aux murs son alerte et funèbre petite aubade, et derrière lui une vie recommençait, neuve et bondissante vers douze mois nouveaux… Délivrée, je sautais de mon lit à la chandelle, je courais vers les souhaits, les baisers, les bonbons, les livres à tranche d'or… J'ouvrais la porte aux boulangers portant les cent livres de pain et jusqu'à midi, grave, pénétrée d'une importance commerciale, je tendais à tous les pauvres, les vrais et les faux, le chanteau[2] de pain et le décime[3] qu'ils recevaient sans humilité et sans gratitude…

Matins d'hiver, lampe rouge dans la nuit, air immobile et âpre d'avant le lever du jour, jardin deviné dans l'aube obscure, rapetissé, étouffé de neige, sapins accablés qui laissiez, d'heure en heure, glisser en avalanches le fardeau de vos bras noirs, coups d'éventail des passereaux effarés, et leurs jeux inquiets dans une poudre de cristal plus ténue, plus pailletée que la brume irisée d'un jet d'eau… Ô tous les hivers de mon enfance, une journée d'hiver vient de vous rendre à moi ! C'est mon visage d'autrefois que je cherche, dans ce miroir ovale saisi d'une main

1. Personne qui joue du tambour.
2. Morceau.
3. Pièce de monnaie.

distraite, et non mon visage de femme, de femme jeune que sa jeunesse va, bientôt, quitter...

Enchantée encore de mon rêve, je m'étonne d'avoir changé, d'avoir vieilli pendant que je rêvais... D'un pinceau ému je pourrais repeindre, sur ce visage-ci, celui d'une fraîche enfant roussie de soleil, rosie de froid, des joues élastiques achevées en un menton mince, des sourcils mobiles prompts à se plisser, une bouche dont les coins rusés démentent la courte lèvre ingénue... Hélas, ce n'est qu'un instant. Le velours adorable du pastel ressuscité s'effrite et s'envole... L'eau sombre du petit miroir retient seulement mon image qui est bien pareille, toute pareille à moi, marquée de légers coups d'ongle, finement gravée aux paupières, aux coins des lèvres, entre les sourcils têtus... Une image qui ne sourit ni ne s'attriste, et qui murmure, pour moi seule : « Il faut vieillir. Ne pleure pas, ne joins pas des doigts suppliants, ne te révolte pas : il faut vieillir. Répète-toi cette parole, non comme un cri de désespoir, mais comme le rappel d'un départ nécessaire... Regarde-toi, regarde tes paupières, tes lèvres, soulève sur tes tempes les boucles de tes cheveux : déjà tu commences à t'éloigner de ta vie, ne l'oublie pas, il faut vieillir !

« Éloigne-toi lentement, lentement, sans larmes ; n'oublie rien ! Emporte ta santé, ta gaieté, ta coquetterie, le peu de bonté et de justice qui t'a rendu la vie moins amère ; n'oublie pas ! Va-t'en parée, va-t'en douce, et ne t'arrête pas le long de la route irrésistible, tu l'essaierais en vain, – puisqu'il faut vieillir ! Suis le chemin, et ne t'y couche que pour mourir. Et quand tu t'étendras en travers du vertigineux ruban ondulé, si tu n'as pas laissé derrière toi, un à un, tes cheveux en boucles, ni tes dents une à une, ni tes membres un à un usés, si la poudre éternelle n'a pas, avant ta dernière heure, sevré tes yeux de la lumière merveilleuse, si tu as, jusqu'au bout, gardé dans ta main la main amie qui te guide, couche-toi en souriant, dors heureuse, dors privilégiée… »

CHANSON DE LA DANSEUSE

15 avril 1909.

Ô toi qui me nommes danseuse, sache, aujourd'hui, que je n'ai pas appris à danser. Tu m'as rencontrée petite et joueuse, dansant sur la route et chassant devant moi mon ombre bleue. Je virais comme une abeille, et le pollen d'une poussière blonde poudrait mes pieds et mes cheveux couleur de chemin…

Tu m'as vue revenir de la fontaine, berçant l'amphore au creux de ma hanche tandis que l'eau, au rythme de mon pas, sautait sur ma tunique en larmes rondes, en serpents d'argent, en courtes fusées frisées qui montaient, glacées, jusqu'à ma joue… Je marchais lente, sérieuse, mais tu nommais mon pas une danse. Tu ne regardais pas mon visage, mais tu suivais le mouvement de mes genoux, le balancement de ma taille, tu lisais sur le sable la forme de mes talons nus, l'empreinte de mes doigts écartés, que tu comparais à celle de cinq perles inégales…

Tu m'as dit : « Cueille ces fleurs, poursuis ce papillon… », car tu nommais ma course une danse, et chaque révérence de mon corps penché sur les œillets de pourpre, et le geste, à chaque fleur recommencé, de rejeter sur mon épaule une écharpe glissante…

Dans ta maison, seule entre toi et la flamme haute d'une lampe, tu m'as dit : « Danse ! » et je n'ai pas dansé…

Mais nue dans tes bras, liée à ton lit par le ruban de feu du plaisir, tu m'as pourtant nommée danseuse, à voir bondir sous ma peau, de ma gorge renversée à mes pieds recourbés, la volupté inévitable…

Lasse, j'ai renoué mes cheveux, et tu les regardais, dociles, s'enrouler à mon front comme un serpent que charme la flûte…

J'ai quitté ta maison durant que tu murmurais : « La plus belle de tes danses, ce n'est pas quand tu accours, haletante, pleine d'un désir irrité et tourmentant déjà, sur le chemin, l'agrafe de ta robe… C'est quand tu t'éloignes de moi, calmée et les genoux fléchissants, et qu'en t'éloignant tu me regardes, le menton sur l'épaule… Ton corps se souvient de moi, oscille et hésite, tes hanches me regrettent et tes seins me remercient… Tu me regardes, la tête tournée, tandis que tes pieds divinateurs tâtent et choisissent leur route…

« Tu t'en vas, toujours plus petite et fardée par le soleil couchant, jusqu'à n'être plus, en haut de la pente, toute mince dans ta robe orangée, qu'une flamme droite, qui danse imperceptiblement… »

Si tu ne me quittes pas, je m'en irai, dansant, vers ma tombe blanche.

D'une danse involontaire et chaque jour ralentie, je saluerai la lumière qui me fit belle et qui me vit aimée.

Une dernière danse tragique me mettra aux prises avec la mort, mais je ne lutterai que pour succomber avec grâce.

Que les dieux m'accordent une chute harmonieuse, les bras joints au-dessus de mon front, une jambe pliée et l'autre étendue, comme prête à franchir, d'un bond léger, le seuil noir du royaume des ombres…

Tu me nommes danseuse, et pourtant je ne sais pas danser…

MAQUILLAGES

8 avril 1933.

« À ton âge, si j'avais mis de la poudre et du rouge aux lèvres, et de la gomme aux cils, que m'aurait dit ma mère ? Tu crois que c'est joli, ce bariolage, ce… ce masque de carnaval, ces… ces exagérations qui te vieillissent ? »

Ma fille ne répond rien. Ainsi j'attendais, à son âge, que ma mère eût fini son sermon. Dans son mutisme seul, je peux deviner une certaine irrévérence, car un œil de jeune fille, lustré, vif, rétréci entre des cils courbes comme les épines du rosier, est aisément indéchiffrable. Il suffirait, d'ailleurs, qu'elle en appelât à ma loyauté, qu'elle me questionnât d'une manière directe : « Franchement, tu trouves ça laid ? Tu me trouves laide ? »

Et je rendrais les armes. Mais elle se tait finement et laisse tomber « dans le froid » mon couplet sur le respect qu'on doit à la beauté adolescente. J'ajoute même, pendant que j'y suis, quelque chose sur « les convenances », et, pour terminer, j'invoque les merveilles de la nature, la corolle, la pulpe, exemples éternels, – imagine-t-on la rose fardée, la cerise peinte ?…

Mais le temps est loin où d'aigrelettes jeunes filles, en province, trempaient en cachette leurs doigts dans la jarre à farine, écrasaient sur leurs lèvres des pétales de géranium, et recueillaient, sous une assiette qu'avait léchée la flamme d'une bougie, un noir de fumée aussi noir que leur petite âme ténébreuse…

Qu'elles sont adroites, nos filles d'aujourd'hui ! La joue ombrée, plus brune que rose, un fard insaisissable comblant, bleuâtre ou gris, ou vert sourd, l'orbite ; les cils en épingles et la bouche éclatante, elles n'ont peur de rien. Elles sont beaucoup mieux maquillées que leurs aînées. Car souvent la femme de trente à quarante ans hésite : « Aurai-je trente ans, ou quarante ? Ou vingt-cinq ? Appellerai-je à mon secours les couleurs de la fleur, celles du fruit ? » C'est l'âge des essais, des tâtonnements, des erreurs, et du désarroi qui jette les femmes d'un « institut » à une « académie », du massage à la piqûre, de l'acide à l'onctueux, et de l'inquiétude au désespoir.

Dieu merci, elles reprennent courage, plus tard. Depuis que je soigne et maquille mes contemporaines, je n'ai pas encore rencontré une femme de cinquante ans qui fût découragée, ni une sexagénaire neurasthénique. C'est parmi ces championnes qu'il fait bon tenter – et réaliser – des miracles de maquillage. Où sont les rouges d'antan et leur âpreté de groseille, les blancs ingrats, les bleus-enfant-de-Marie[1] ? Nous détenons des gammes à enivrer un peintre. L'art d'accommoder les visages, l'industrie qui fabrique les fards, remuent presque autant de millions que la cinématographie. Plus l'époque est dure à la femme, plus la femme, fièrement, s'obstine à cacher qu'elle en pâtit. Des métiers écrasants arrachent à son bref repos, avant le jour, celle qu'on nommait « frêle créature ». Héroïquement dissimulée sous son fard mandarine, l'œil agrandi, une petite bouche rouge peinte sur sa bouche pâle, la femme récupère, grâce à son mensonge quotidien, une quotidienne dose d'endurance, et la fierté de n'avouer jamais…

Je n'ai jamais donné autant d'estime à la femme, autant d'admiration que depuis que je la vois de tout près, depuis que je tiens, renversé sous le rayon bleu métallique, son visage sans secrets, riche d'expressions, varié sous ses rides agiles, ou nouveau et rafraîchi d'avoir quitté un moment sa couleur étrangère[2]. Ô lutteuses ! C'est de lutter que vous restez jeunes. Je fais de mon mieux, mais comme vous

1. Personnes excessivement puritaines.
2. Colette ouvrit en 1932 un institut de beauté, qui fit rapidement faillite.

m'aidez ! Lorsque certaines d'entre vous me chuchotent leur âge véritable, je reste éblouie. L'une s'élance vers mon petit laboratoire comme à une barricade. Elle est mordante, populacière, superbe :

— Au boulot ! Au boulot ! s'écrie-t-elle. J'ai une vente difficile. S'agit d'avoir trente ans, aujourd'hui et toute la journée !

De son valeureux optimisme, il arrive que je passe, le temps d'écarter un rideau, à l'une de ces furtives jeunes filles qui ont, du lévrier, le ventre creux, l'œil réticent et velouté, et qui parlent peu, mais parcourent, d'un doigt expert, le clavier des fards :

— Celui-là… Et celui-là… Et puis le truc à z'yeux… Et la poudre foncée… Ah ! Et puis…

C'est moi qui les arrête :

— Et qu'ajouterez-vous quand vous aurez mon âge ?

L'une d'elles leva sur mon visage un long regard désabusé :

— Rien… Si vous croyez que ça m'amuse… Mon rêve, c'est d'être maquillée une fois pour toutes, pour la vie ; je me maquille très fort, de manière à avoir la même figure dans vingt ans. Comme ça, j'espère qu'on ne me verra pas changer.

Un de mes grands plaisirs, c'est la découverte. On ne croirait jamais que tant de visages féminins de Paris restent, jusqu'à l'âge mûr, tels que Dieu les créa. Mais vient l'heure dangereuse, et une sorte de panique, l'envie non seulement de durer, mais de naître ; vient l'amer, le tardif printemps des cœurs, et sa force qui déplace les montagnes…

— Est-ce que vous croyez que… Oh ! il n'est pas question pour moi de me changer en jeune femme, bien sûr… Mais, tout de même, je voudrais essayer…

J'écoute, mais surtout je regarde. Une grande paupière brune, un œil qui s'ignore, une joue romaine, un peu large, mais ferme encore, tout ce beau terrain à prospecter, à éclairer… Enviez-moi, j'ai de belles récompenses après le maquillage : le soupir d'espoir, l'étonnement, l'arrogance qui point, et ce coup d'œil impatient vers la rue, vers l'« effet que ça fera », vers le risque…

Pendant que j'écris, ma fille est toujours là. Elle lit, et sa main va d'une corbeille de fruits à une boîte de bonbons. C'est une enfant d'à présent. L'or de ses cheveux, en suis-je tout à fait responsable ? Elle a eu un teint de pêche claire, avant de devenir, en dépit de l'hiver, un brugnon très foncé, sous une poudre aussi rousse que le pollen des fleurs du sapin… Elle sent mon regard, y répond malicieusement, et lève vers la lumière une grappe de raisin, noir sous son brouillard bleu de pruine[1] impalpable :

— Lui aussi, dit-elle, il est poudré…

1. Fine couche poudreuse recouvrant le grain de raisin.

AMOURS

26 août 1933.

Le rouge-gorge triompha. Puis, il alla chanter sa victoire à petits cris secs, invisible au plus épais du marronnier. Il n'avait pas reculé devant la chatte. Il s'était tenu suspendu dans l'air, un peu au-dessus d'elle, en vibrant comme une abeille, cependant qu'il lui jetait, par éclats brefs, des discours intelligibles à qui connaît la manière outrecuidante du rouge-gorge, et sa bravoure : « Insensée ! Tremble ! Je suis le rouge-gorge ! Oui, le rouge-gorge lui-même ! Un pas de plus, un geste vers le nid où couve ma compagne, et, de ce bec, je te crève les yeux ! »

Prête à intervenir, je veillais, mais la chatte sait que les rouges-gorges sont sacrés, elle sait aussi qu'à tolérer une attaque d'oiseau, un chat risque le ridicule : elle sait tant de choses… Elle battit de la queue comme un lion, frémit du dos, mais céda la place au frénétique petit oiseau, et nous reprîmes toutes deux notre promenade du crépuscule. Promenade lente, agréable, fructueuse ; la chatte découvre, et je m'instruis. Pour dire vrai, elle semble découvrir. Elle fixe un point dans le vide, tombe en arrêt devant l'invisible, sursaute à cause du bruit que je ne perçois pas. Alors, c'est mon tour, et je tâche d'inventer ce qui la tient attentive.

À fréquenter le chat, on ne risque que de s'enrichir. Serait-ce par calcul que, depuis un demi-siècle, je recherche sa compagnie ? Je n'eus jamais à le chercher loin : il naît sous mes pas. Chat perdu, chat de ferme traqueur et traqué, maigri d'insomnie, chat de librairie embaumé d'encre, chats des crémeries et des boucheries, bien nourris, mais transis, les plantes sur le carrelage ; chats poussifs de la petite bourgeoisie, enflés de mou ; heureux chats despotes qui régnez sur Claude Farrère[1], sur Paul Morand[2], et sur moi… Tous vous me rencontrez sans surprise, non sans bonheur. Qu'entre cent chats elle témoigne, un jour, en ma faveur, cette chatte errante et affamée qui se heurtait, en criant, à la foule que dégorge, le soir, le métro d'Auteuil. Elle me démêla, me reconnut : « Enfin, toi !… Comme tu as tardé, je n'en puis plus… Où est ta maison ? Va, je te suis… » Elle me suivit, si sûre de moi que le cœur m'en battait. Ma maison lui fit peur d'abord, parce que je n'y

1. Écrivain et académicien français (1876-1957).
2. Écrivain, diplomate et académicien français (1888-1976).

étais pas seule. Mais elle s'habitua, et y resta quatre ans, jusqu'à sa mort accidentelle.

Loin de moi de vous oublier, chiens chaleureux, meurtris de peu, pansés de rien. Comment me passerais-je de vous ? Je vous suis si nécessaire… Vous me faites sentir le prix que je vaux. Un être existe donc encore, pour qui je remplace tout ? Cela est prodigieux, réconfortant, un peu trop facile. Mais, cachons-le cet être aux yeux éloquents, cachons-le, dès qu'il subit ses amours saisonnières et qu'un lien douloureux rive la femelle au mâle… Vite, un paravent, une bâche, un parasol de plage, et, par surcroît, allons-nous-en. Et ne revenons pas de huit jours, au bout desquels « Il » ne « La » reconnaîtra même pas : « l'ami de l'homme » est rarement l'ami du chien.

J'en sais plus sur l'attachement qu'il me porte et sur l'exaltation qu'il y puise, que sur la vie amoureuse du chien. C'est que je préfère, entre dix races qui ont mon estime, celles à qui les chances de maternité sont interdites. Il arrive que la terrière brabançonne, la bouledogue française – types camards à crâne volumineux, qui périssent souvent en mettant bas –, renoncent d'instinct aux voluptueux bénéfices semestriels. Deux de mes chiennes bouledogues mordaient les mâles, et ne les acceptaient pour partenaires de jeu qu'en période d'innocence. Une caniche, trop subtile, refusait tous les partis et consolait sa stérilité volontaire en feignant de nourrir un chiot en caoutchouc rouge… Oui, dans ma vie, il y a eu beaucoup de chiens, – mais il y a eu le chat. À l'espèce chat, je suis redevable d'une certaine sorte, honorable, de dissimulation, d'un grand empire sur moi-même, d'une aversion caractérisée pour les sons brutaux, et du besoin de me taire longuement.

Cette chatte, qui vient de poser en « gros premier plan » dans le roman qui porte son nom[1], la chatte du rouge-gorge, je ne la célèbre qu'avec réserve, qu'avec trouble. Car, si elle m'inspire, je l'obsède. Sans le vouloir, je l'ai attirée hors du monde félin. Elle y retourne au moment des amours, mais le beau matou parisien, l'étalon qui « va en ville », pourvu de son coussin, de son plat de sciure, de ses menus et… de sa facture, que fait de lui ma chatte ? Le même emploi que du sauvage essorillé[2] qui passe, aux champs, par le trou de la haie. Un emploi rapide, furieux et plein de mépris. Le hasard unit à des inconnus cette indifférente. De grands cris me parviennent, de guerre et d'amour, cris déchirants comme celui du grand-duc qui annonce l'aube. J'y reconnais la voix de ma chatte, ses insultes, ses feulements, qui mettent toutes choses au point et humilient le vainqueur de rencontre… À la campagne, elle récupère une partie de sa coquetterie. Elle redevient légère, gaie, infidèle à

1. Colette publia le roman *La Chatte* en 1933.
2. Dont les oreilles ont été coupées.

plusieurs mâles auxquels elle se donne et se reprend sans scrupule. Je me réjouis de voir qu'elle peut encore, par moments, n'être qu'« une chatte » et non plus « la chatte », ce vif et poétique esprit, absorbé dans le fidèle amour qu'elle m'a voué.

Entre les murs d'un étroit jardin d'Île-de-France, elle s'ébat, elle s'abandonne. Elle se refuse aussi. L'intelligence a soustrait son corps aux communes frénésies. Elle est de glace lorsque ses pareilles brûlent. Mais elle appelait rêveusement l'amour il y a trois semaines sous des nids déjà vides, parmi les chatons nés deux mois plus tôt, et mêlait ses plaintes aux cris des mésangeaux gris. L'amour ne se le fit pas dire deux fois. Vint le vieux conquérant rayé, aux canines démesurées, sec, chauve par places, mais doué d'expérience, d'une décision sans seconde, et respecté même de ses rivaux. Le jeune rayé le suivait de près, tout resplendissant de confiance et de sottise, large du nez, bas du front et beau comme un tigre. Sur la tuile faîtière[1] du mur parut enfin le chat de ferme, coiffé en bandeaux de deux taches grises sur fond blanc sale, avec un air mal éveillé et incrédule : « Rêvé-je ? il m'a semblé qu'on me mandait d'urgence… »

Tous trois entrèrent en lice, et je peux dire qu'ils en virent de dures. La chatte eut d'abord cent mains pour les gifler, cent petites mains bleues, véloces, qui

1. Tuile couvrant le haut du mur.

s'accrochaient aux toisons rases et à la peau qu'elles couvraient. Puis elle se roula en forme de huit. Puis elle s'assit entre les trois matous et parut les oublier longuement. Puis elle sortit de son rêve hautain pour se percher sur un pilier au chapiteau effrité, d'où sa vertu défiait tous les assaillants. Quand elle daigna descendre, elle dévisagea les trois esclaves avec un étonnement enfantin, souffrit que l'un deux, du museau, baisât son museau ravissant et bleu. Le baiser se prolongeant, elle le rompit par un cri impérieux, une sorte d'aboiement de chat, intraduisible, mais auquel les trois mâles répondirent par un saut de recul. Sur quoi, la chatte entreprit une toilette minutieuse, et les trois ajournés se lamentèrent d'attendre. Même, ils firent mine de se battre, pour passer le temps, autour d'une chatte froide et sourde.

Enfin, renonçant aux mensonges et aux jeux, elle se fit cordiale, s'étira longuement, et, d'un pas de déesse, rejoignit le commun des mortels.

Je ne restai pas là pour savoir la suite. Encore que la grâce féline sorte indemne de tous les risques, pourquoi la soumettre à la suprême épreuve ? J'abandonnai la chatte à ses démons et retournai l'attendre au lieu qu'elle ne quitte ni de jour ni de nuit quand j'y travaille lentement et avec peine, la table où assidue, muette à miracle, mais résonnante d'un sourd murmure de félicité, gît, veille ou repose sous ma lampe la chatte, mon modèle, la chatte, mon amie.

UN RÊVE

2 décembre 1933.

Je rêve. Fond noir enfumé de nues d'un bleu très sombre, sur lequel passent des ornements géométriques auxquels manque toujours un fragment, soit du cercle parfait, soit de leurs trois angles, de leurs spirales rehaussées de feu. Fleurs flottantes sans tiges ou sans feuilles. Jardins inachevés ; partout règne l'imperfection du songe, son atmosphère de supplique, d'attente et d'incrédulité.

Point de personnages. – Silence, puis un aboiement triste, étouffé.

MOI, *en sursaut* : Qui aboie ?

UNE CHIENNE : Moi.

MOI : Qui, toi ? Une chienne ?

ELLE : Non. La chienne.

MOI : Bien sûr, mais quelle chienne ?

ELLE, *avec un gémissement réprimé* : Il y en a donc une autre ? Quand je n'étais pas encore l'ombre que me voici, tu ne m'appelais que « la chienne ». Je suis ta chienne morte.

MOI : Oui... Mais... Quelle chienne morte ? Pardonne-moi...

ELLE : Je te pardonne, si tu devines : je suis celle qui a mérité de revenir.

MOI, *sans réfléchir* : Ah ! je sais ! Tu es Nell, qui tremblait mortellement aux plus subtils signes de départ et de séparation, qui se couchait sur le linge blanc dans le compartiment de la malle et faisait une prière pour devenir blanche, afin que je l'emmenasse sans la voir... Ah ! Nell !... Nous avons bien mérité qu'une nuit enfin te rappelle du lieu où tu gisais...

Un silence. Les nues bleu sombre cheminent sur le fond noir.

ELLE, *d'une voix plus faible* : Je ne suis pas Nell.

MOI, *pleine de remords* : Oh ! je t'ai blessée ?

ELLE : Pas beaucoup. Bien moins qu'autrefois, quand d'une parole, d'un regard, tu me consternais... Et puis, tu ne m'as peut-être pas bien entendue : je suis la chienne, te dis-je...

MOI, *éclairée soudain* : Oui ! Mais oui ! la chienne ! Où avais-je la tête ? Celle de qui je disais, en entrant : « La chienne est là ? » Comme si tu n'avais pas d'autre nom, comme si tu ne t'appelais pas Lola... La chienne qui voyageait avec moi toujours, qui savait de naissance comment se comporter en wagon, à l'hôtel, dans une sordide loge de music-hall… Ton museau fin tourné vers la porte, tu m'attendais… Tu maigrissais de m'attendre… Donne-le, ton museau fin que je ne peux pas voir ! Donne que je le touche, je reconnaîtrais ton pelage entre cent autres… *(Un long silence. Quelques-unes des fleurs sans tige ou sans feuilles s'éteignent.)* Où es-tu ? Reste ! Lola…

ELLE, *d'une voix à peine distincte* : Hélas !… Je ne suis pas Lola !

MOI, *baissant aussi la voix* : Tu pleures ?

ELLE, *de même* : Non. Dans le lieu sans couleur où je n'ai pas cessé de t'attendre, c'en est fini pour moi des larmes, tu sais, ces larmes pareilles aux pleurs humains, et qui tremblaient sur mes yeux couleur d'or…

MOI, *l'interrompant* : D'or ? Attends ! D'or, cerclés d'or plus sombre, et pailletés…

ELLE, *avec douceur* : Non, arrête-toi, tu vas encore me nommer d'un nom que je n'ai jamais entendu. Et peut-être qu'au loin des ombres de chiennes couchées tressailliraient de jalousie, se lèveraient, gratteraient le bas d'une porte qui ne s'ouvre pas cette nuit pour elles. Ne me cherche plus. Tu ne sauras jamais pourquoi j'ai mérité de revenir. Ne tâtonne pas, de ta main endormie, dans l'air noir et bleu qui me baigne, tu ne rencontreras pas ma robe…

MOI, *anxieuse* : Ta robe… couleur de froment ?

ELLE : Chut ! Je n'ai plus de robe. Je ne suis qu'une ligne, un trait sinueux de phosphore, une palpitation, une plainte perdue, une quêteuse que la mort n'a pas mise en repos, le reliquat gémissant, enfin, de la chienne entre les chiennes, de la chienne…

MOI, *criant* : Reste ! Je sais ! Tu es…

Mais mon cri m'éveille, dissout le bleu et le noir insondables, les jardins inachevés, crée l'aurore et éparpille, oubliées, les syllabes du nom que porta sur la terre, parmi les ingrats, la chienne qui mérita de revenir, la chienne…

JE FAIS LE POINT : *LES VRILLES DE LA VIGNE*

1. Les personnages

1. Dans quels textes Toby-Chien et Kiki-la-Doucette apparaissent-ils ? Dans quels autres textes Colette met-elle en scène des animaux ?

2. Dans quels textes Valentine apparaît-elle ? Quelle relation la narratrice entretient-elle avec elle ?

3. Parmi les nombreux personnages convoqués dans les textes, quels sont ceux qui sont des proches de la narratrice ? Quels sont ceux avec lesquels elle est moins intime ? Quels sont ceux qu'elle connaît à peine ?

2. Quelques thèmes

1. Quels sont les textes qui décrivent des paysages ? Quels sont les différents paysages décrits ?

2. Dans quels textes la société mondaine, ses codes et ses contraintes sont-ils évoqués ?

3. La narratrice

1. Dans quels textes la narratrice évoque-t-elle son enfance ? Quel est, souvent, l'élément qui déclenche ces souvenirs ?

2. Dans quels textes la narratrice fait-elle le point sur sa vie, sur ses désirs, sur elle-même ? Quelles formes prennent ces méditations ?

4. Diversité et unité des textes

1. Établissez un classement des textes qui composent *Les Vrilles de la vigne* selon leur forme dominante : description poétique, dialogue théâtral, chronique, méditation intime.

2. Quelles caractéristiques fondent cependant l'unité de ces textes ?

DOSSIER THÉMATIQUE
EN LIEN AVEC LE PARCOURS :
LA CÉLÉBRATION DU MONDE

INTRODUCTION

Le parcours : la célébration du monde

La célébration du monde est une thématique traditionnelle en poésie, d'Ovide dans ses *Métamorphoses* (Ier siècle apr. J.-C.) à Francis Ponge dans *Le Parti pris des choses* (1942). L'éloge de la nature est souvent privilégié, à travers l'évocation de sa puissance et de ses beautés, ainsi parfois que celle des sentiments de plénitude et d'harmonie qu'elle provoque chez l'artiste qui la chante. Nombre de poètes romantiques, tels Lamartine dans ses *Méditations poétiques* (1820) ou Victor Hugo dans *Feuilles d'automne* (1831), rendent hommage à la nature, dont ils font aussi leur confidente.

Cette célébration du monde peut en effet prendre une dimension plus intime, notamment lorsqu'elle s'exprime dans le cadre d'une œuvre autobiographique. Il s'agit alors de faire part d'une manière d'exister plus personnelle et subjective, propre à l'expérience vécue, de méditer sur les conditions d'un rapport heureux à ce qui nous entoure, aux autres, à soi.

Ainsi, quels qu'en soient le genre et la forme, la célébration du monde porte toujours en elle, de manière suggestive ou plus explicite, une certaine conception du bonheur, dans laquelle le lecteur peut, ou non, se retrouver.

Les œuvres : *Sido* et *Les Vrilles de la vigne*

C'est bien au sein de la nature que Colette, alors enfant, a d'abord ressenti le plaisir d'être au monde, plaisir qu'elle n'a pas perdu en devenant adulte. En hiver comme en été, elle s'en délecte, tous les sens à l'affût. Cette communion avec la nature lui permet aussi de renouer avec son enfance. Si nostalgie il y a, elle n'est qu'éphémère, bien vite transcendée par l'exaltation de ranimer le pays natal, qui, grâce à l'écriture, n'est jamais vraiment perdu.

La nature n'est pas le monde à elle seule, surtout pour Colette qui, très jeune, fréquente la société artistique et mondaine parisienne. Elle doit y trouver sa place, sa sérénité, son bonheur, à un certain prix parfois. Elle n'est pas effrayée par cette quête, car elle sait que la vie est faite tout autant d'accidents que de surprises, de malheurs que de joies, comme en témoigne celle de son père, le Capitaine. Elle accepte tout de la vie parce qu'elle s'en empare, sans prétendre la maîtriser.

Lorsqu'elle s'exclame « Je voudrais dire, dire, dire tout ce que je sais, tout ce que je pense, tout ce que je devine, tout ce qui m'enchante et me blesse et m'étonne » (« Les Vrilles de la vigne », p. 139, l. 62), Colette donne la meilleure définition de la célébration du monde telle qu'elle la déploie dans *Sido* et *Les Vrilles de la vigne*.

I. EXPLICATIONS LINÉAIRES GUIDÉES

1. Chanter Sido

Extrait 1 : *Sido*, chapitre I, de « Je la chante… » (p. 61, l. 615) à «… son gibus vide » (p. 62, l. 658).

Questions sur le texte

1. **Grammaire** : Identifiez et justifiez les principaux temps des verbes employés dans le texte.

2. Comment le plaisir de Sido à contempler le merle est-il décrit ? Relevez et analysez au moins deux expressions.

3. Que suggère cet extrait sur les relations qu'entretient Sido avec ses semblables ?

4. Comment la narratrice rend-elle compte de la liberté de Sido ?

5. Quel regard la narratrice porte-t-elle ici sur Sido ?

Pistes d'analyse

Comment Colette célèbre-t-elle ici sa mère ?

Conformément au projet qui fonde *Sido*, Colette rend ici hommage à sa mère, comme l'affirment les verbes

« chanter » et « célébrer », au présent d'énonciation*, sur lesquels s'ouvre l'extrait. La scène racontée, au passé, lui permet d'évoquer plusieurs facettes de sa mère.

Repère

Présent d'énonciation : cet emploi du présent renvoie au moment où l'énoncé est produit. Dans un texte autobiographique, il est utilisé pour commenter le passé raconté.

Le regard attentif et passionné de Sido sur la nature

Alors qu'elle a suspendu « un épouvantail à effrayer les merles » (p. 61, l. 620), Sido observe avec fascination le festin que s'offre un oiseau dans son cerisier. L'adverbe « passionnément » (l. 625) suggère d'emblée l'intérêt qu'elle prend au spectacle. Elle décrit le merle avec minutie, impressionnée par sa dextérité. Elle invite sa fille à partager son admiration, par l'injonction répétée au silence (« Chut ! »), la multiplication de verbes du champ lexical* de la vue (« regarde », « tu vois », « remarque ») et la succession de questions rhétoriques* dans sa deuxième réplique, comme « Et tu vois comme il se sert de sa patte ? » (l. 632-633). Elle ne se soucie en rien des cerises dévorées malgré les avertissements de sa fille, concédant sans regret qu'elles sont perdues. Pour Sido, aucune intervention humaine ne doit troubler l'équilibre ni l'harmonie de la nature.

La nature : un espace d'évasion et de liberté pour Sido

Cette indifférence est aussi jubilation, comme le suggèrent l'adjectif « riante » (l. 643) ou l'adverbe « allégrement » (l. 645). Sido se délecte du spectacle de la nature, s'extrayant des contraintes du monde humain, avec lequel elle entretient une relation ambivalente. Colette évoque en effet ici la difficulté de sa mère à se mêler au « commun des mortels » (l. 619). L'adverbe « péniblement » (l. 617-618) décrit l'effort que peuvent lui demander les relations avec les autres. Effort qu'elle ne concède pas toujours, cédant parfois à l'expression de son « universel mépris » (l. 644). Pourtant, ce qui pourrait apparaître comme un reproche ouvre sur un éloge, celui de la quête de liberté de Sido, décrite par une double métaphore*, celle de la lumière – « éclairs » (l. 648), « allumait » (l. 651) – et celle de l'envol – « échapper [...] un bond vers le haut » (l. 649). Plus loin, les termes « retomba » (l. 652) et « lestée » (l. 653) filent cette seconde métaphore* pour décrire le retour de Sido au réel, à « l'ordinaire de sa vie » (l. 655), ce qu'elle ne vit pas pour autant comme une chute douloureuse, puisqu'elle y retrouve ceux qu'elle aime, « enfants » (l. 653) et « mari » (l. 654).

Colette donne avant tout de sa mère l'image d'une femme qui n'obéit qu'à elle-même, qui revendique son indépendance, ce que formule clairement l'expression « une loi écrite par elle seule, pour elle seule » (l. 650). Elle suggère également l'athéisme de Sido, en précisant qu'« elle bannissait [du ciel] les religions humaines » (l. 626-627). La seule force supérieure qu'elle peut reconnaître est la nature.

Un portrait lucide et tendre de Sido par sa fille

L'hommage n'exclut pas la lucidité, Colette ne dissimulant pas la distance qu'a pu lui témoigner sa mère. Elle évoque le « mépris » dont pouvait se teinter son regard, y compris à son égard, avec l'expression assez violente « qui me foulait avec tout le reste » (l. 644-645). Elle semble cependant lui pardonner et choisit de passer outre ce « dédain dansant » (l. 644), ce que lui permet sans doute la maturité acquise avec les années. Elle ne veut dire de sa mère que le meilleur, quitte à se tromper. Aucun « pacte de vérité* » n'a été conclu avec le lecteur, au contraire elle revendique même auprès de lui son droit à l'erreur, à travers la métaphore* de l'errance, « Si je me trompe, laissez-moi errer » (l. 651). Colette choisit de rendre avant tout hommage à la liberté et à l'indépendance de sa mère, excusant l'indifférence qui en résulte parfois.

Repères

Champ lexical : ensemble de termes se rapportant à un même thème, une même idée, un même sentiment.

Question rhétorique : figure de style qui consiste à poser une question dont la réponse est sous-entendue ; il s'agit donc d'une fausse question.

Métaphore : figure de style qui établit un lien entre deux éléments sans outil de comparaison ; parfois même le comparé est sous-entendu.

Pacte de vérité : dans un récit autobiographique, l'auteur s'engage, explicitement ou implicitement, à rendre compte avec sincérité de sa vie et de lui-même, sans déformer la vérité. Philippe Lejeune a créé l'expression « pacte autobiographique » pour désigner ce contrat entre auteur et lecteur (*Le Pacte autobiographique*, 1975).

PROLONGEMENTS

Explication linéaire en autonomie

Rédigez l'introduction de l'explication linéaire de cet extrait. Vous pouvez vous aider de la biographie de Colette et de la présentation de l'œuvre.

Travail sur l'œuvre

Recherchez d'autres passages dans l'œuvre qui racontent Sido dans son jardin et analysez la manière dont Colette évoque le lien si fort de sa mère avec la nature.

2. Le Capitaine

Extrait 2 : *Sido*, chapitre II, de « Les genêts jaunes… » (p. 89, l. 351) à « Il n'avait gardé qu'elle » (p. 91, l. 385).

Questions sur le texte

1. Quelle est l'atmosphère décrite dans le premier paragraphe ? En quoi est-elle à l'image du portrait qui va suivre ?

2. **Grammaire :** dans le troisième paragraphe, repérez et analysez les expressions de la négation qui rendent compte de la méconnaissance qu'a Sido de son époux.

3. Relevez et analysez les appellatifs* qui désignent le Capitaine. Que révèlent-ils sur son parcours ? Sur son caractère ?

4. Quelles expressions témoignent de la force de l'amour du Capitaine pour Sido ?

5. Comment perçoit-on la tendresse et l'admiration de Colette pour son père ?

Repère

Appellatifs : ensemble des mots qui peuvent être employés pour désigner une personne.

Pistes d'analyse

Quel portrait Colette dresse-t-elle ici de son père ?

Un homme difficile à saisir

Dans la partie qui porte son nom, Colette cherche à dessiner, par touches, les traits du Capitaine, son père. Dans cet extrait, la famille est de retour d'une partie de campagne, dans une ambiance tout à la fois joyeuse et mélancolique. La description du ciel qui prend les couleurs de la nuit contraste avec l'évocation presque comique de la « queue de paon » (l. 351-352) que forment les genêts dans la voiture. La narratrice cherche à traduire l'ambivalence de l'atmosphère, à l'image de celle de l'humeur des passagers, entre légèreté et gravité. Cette dualité semble fonder le rapport au monde du Capitaine tel que l'a connu sa fille : un plaisir de vivre teinté d'une nostalgie qu'il tente de dissimuler sans la nier.

Colette évoque dans ce texte un père que ni elle ni sa mère n'ont connu, comme l'expriment la répétition du verbe « ignorer » et l'emploi de la négation restrictive* dans l'expression « ne l'avait connu qu'étayé de béquilles » (l. 373-374). L'énumération des appellatifs* désignant son père tel qu'il était avant son amputation, et avant de connaître Sido, met en valeur son agilité et sa force, sur laquelle insiste particulièrement la comparaison* « comme un "bois-debout" » (l. 377). Cet homme alerte et libre de ses mouvements, souligné par l'emploi de plusieurs verbes – « marcher » (l. 371-372), « courir » (l. 381) » –, n'est pas le « mutilé » (l. 381) que chérissent Gabrielle et sa mère. Ni l'une ni l'autre n'envisagent la souffrance que cette mutilation peut provoquer chez le Capitaine – avant tout parce que lui-même ne la montre pas.

Un homme courageux et amoureux

Colette insiste sur le caractère joyeux de son « brillant, [son] allègre père » (l. 367-368). Mais ici elle corrige, ou plutôt enrichit, cette image en mettant en perspective sa blessure, tout autant morale que physique. L'opposition entre les termes « preste » (l. 374), « danseur » (l. 376) d'une part et « béquilles » (l. 374), « amputés » (l. 369) d'autre part rend compte des deux époques de sa vie, de la violence qu'il a subie. La répétition de l'adverbe « amèrement » qui rythme l'extrait, l'expression « tristesse profonde des amputés » (l. 368-369), qui forme une antithèse* avec l'adjectif « allègre » (l. 368), révèlent la nostalgie du Capitaine, à laquelle pourtant il se refuse toujours de céder complètement. Il tire sa force, son élan, de l'amour qu'il porte à sa femme, comme le suggère la métaphore* « le plus ailé de lui-même » (l. 382-383). La narratrice insiste sur la puissance de cet amour par la phrase nominale, les points de suspension, ou encore la négation restrictive* employés à la fin de l'extrait.

Un père aimé

Il aura fallu du temps à Colette pour prendre conscience de qui était vraiment son père, après sa disparition. Elle décrit à la manière d'une gestation, avec les expressions « prendre sa vraie forme » (l. 363), et « mûrit » (l. 364), le lent processus qui l'a conduite à le comprendre avec plus de justesse. Cette quête traduit l'attachement de Colette à son père ; elle cherche presque inconsciemment à déceler la vérité de son être, dialoguant avec lui pour reconnaître son erreur (« je ne t'avais pas compris », l. 365). Percevoir la fragilité de cet homme implique d'admirer d'autant plus sa force, son courage d'accepter cette vie amputée, et même de s'en réjouir. Ce qu'elle énonce comme une devise familiale, « l'air heureux était notre suprême et mutuelle politesse » (l. 355-356), semble bien avoir été inspiré par ce père blessé et pourtant joyeux.

Repères

Négation restrictive : la construction « ne… que… » met en perspective l'élément placé après le « que » ; la forme négative a ainsi le même sens que l'adverbe « seulement ».

Comparaison : figure de style qui rapproche deux éléments (un comparé et un comparant) à partir d'un point commun, par le biais d'un outil de comparaison, qui peut être une préposition (comme), un adjectif (semblable, pareil à), un verbe (ressembler à).

Antithèse : figure de style mettant en valeur une opposition entre deux termes, deux notions.

PROLONGEMENTS

Commentaire de texte

En vous aidant des analyses proposées ci-dessus, rédigez une sous-partie de commentaire sur la manière dont Colette évoque l'amour du Capitaine pour Sido.

Écrit d'appropriation

En vous appuyant sur le portrait que Colette fait ici de son père, rédigez la lettre que ce dernier pourrait lui écrire pour expliquer son choix d'être « heureux » malgré sa mutilation.

3. « Le frôlement du bonheur… »

Extrait 3 : *Les Vrilles de la vigne*, « Toby-Chien parle », de « Je haletais autant qu'Elle… » (p. 178, l. 115) à « … j'espérais un peu qu'Elle aboierait… » (p. 180, l. 145-146).

QUESTIONS SUR LE TEXTE

1. Quel rôle Toby-Chien joue-t-il dans cet extrait ? Quel en est l'intérêt ?

2. Relevez et analysez plusieurs procédés qui rendent compte de l'exaltation du personnage nommé « Elle » dans le texte. En quoi cette exaltation est-elle particulièrement théâtrale ?

3. **Grammaire (lexique)** : repérez et analysez les mots de la famille du verbe « aimer ». Comment « Elle » décrit-elle sa manière d'aimer par opposition à celle de « Il » ?

4. Quelles sont les sensations convoquées dans la deuxième partie de la tirade de « Elle » (l. 126 à 139) ?

5. Quelle est la définition du bonheur suggérée dans ce texte ?

Pistes d'analyse

Comment l'amour et le bonheur sont-ils célébrés dans ce texte ?

Dialogue avec une bête

Dans cet extrait, « Elle » est observée et analysée par ses animaux, Toby-Chien et Kiki-La-Doucette, qui portent un regard affectueux sur leur maîtresse. Toby-Chien recueille avec attention et émotion la parole de celle qui se confie à lui. Il lui permet de se livrer pleinement, librement, dans une grande intimité, comme l'indique la posture qu'elle adopte, « sa tête [...] contre la mienne » (l. 117). Si le chien se fait confident de la femme, cette dernière adopte les postures de l'animal, haletant, se tenant « à quatre pattes » (l. 116 et 144), presque prête à aboyer (l. 145-146). Ce texte a été écrit peu de temps après la séparation de Colette et Willy ; la jeune femme choisit d'y faire quelques mises au point sur cette relation, de s'affranchir et de s'affirmer, dans une situation d'énonciation un peu décalée, qui n'est pas sans humour.

Colette s'amuse ici d'elle-même, ce qui contribue à la force de son propos. Son animalité témoigne de son énergie et de sa détermination à s'affirmer libre, sans maître. L'adverbe hyperbolique* « furieusement » (l. 143) pour décrire son hochement de tête, la comparaison* « comme un chien qui va s'élancer » (l. 144-145) pour décrire sa position à la fin de l'extrait traduisent l'extrême tension dans laquelle « Elle » se trouve, une tension combative et libératrice. Sa tirade multiplie les marques de son exaltation : une ponctuation expressive importante, l'anaphore* « Si tu... » (l. 123 et l. 125), les nombreuses répétitions, les ruptures de rythme des phrases. Cette exaltation est à la mesure de l'enjeu du propos : définir ce que sont « l'amour véritable » (l. 121) et « le frôlement du bonheur » (l. 127-128).

Savoir aimer

C'est d'abord contre « Il » qu'« Elle » se positionne, « Il » renvoyant sans ambiguïté à Willy, dont sont évoquées les infidélités dans le passage qui précède. « Il », donc, ne sait pas aimer, ce qui est clairement formulé par l'emploi du verbe « aime » (l. 120) et du nom « amour » (l. 121), formant dérivation*, chacun dans une tournure négative, « n'aime pas », « méconnaît » (l. 120-121). « Elle » au contraire revendique ce don, en employant une première fois le verbe « aimer » de manière absolue, sans complément : « Moi, j'aime ! » (l. 122). Les termes « j'aime » sont repris quatre fois, et s'y ajoute le gérondif « en aimant » (l. 124-125). La répétition de ce même verbe, qui constitue un polyptote*, contribue à mettre en valeur la définition de l'amour ici proposée, un amour qui ne se conçoit qu'avec intensité, comme l'indiquent l'adverbe « tant » (l. 123) ou le verbe « m'emplit » (l. 126). Aimer ouvre à la beauté, à la joie, offre « force » (l. 125) et « défaillance » (l. 126), antithèse* qui rappelle que pour Colette la dualité est toujours source de vie.

Repères

Hyperbolique : qui relève de l'hyperbole. L'hyperbole est une figure qui consiste à amplifier, à exagérer un fait, un sentiment, une idée.

Anaphore : l'anaphore consiste à répéter un mot ou un groupe de mots en début de paragraphe, de phrase ou de segment de phrase.

Dérivation : la dérivation consiste à former des mots de natures grammaticales différentes à partir d'un même radical, notamment par l'ajout de préfixe ou de suffixe.

Polyptote : le polyptote consiste à employer un mot d'une même nature sous différentes formes grammaticales, par exemple un même verbe à différents temps de la conjugaison.

Un bonheur intense et fragile

Cette réflexion sur l'amour ouvre sur une tentative de définition du bonheur à travers des évocations poétiques. Plusieurs sensations sont convoquées, le bonheur pour Colette ne pouvant se concevoir sans la pleine implication du corps. Le toucher est évoqué par les termes « frôlement », « caresse », « frisson », la vue par la description métaphorique du « cher paysage » (l. 132) – avec l'adjectif « argenté » (l. 132) ou le verbe « fleurit » (l. 133) –, l'odorat par la notation sur « l'haleine mûre et musquée » (l. 134-135), l'ouïe par la comparaison le « bondissement [...] d'un cœur plus mobile que celui du chevreuil » (l. 135-137). Toutes ces sensations sont décrites comme presque imperceptibles, ce que formule clairement l'oxymore* « caresse impalpable » (l. 128). L'intensité du bonheur repose bien aussi dans son caractère mystérieux, éphémère, suggéré dans les expressions « frisson mystérieux (l. 130), angoisse légère (l. 131) » ou dans l'évocation « des fins de jour » (l. 135). Cette fugacité ne provoque cependant pas de désespoir, mais une « tristesse voluptueuse » (l. 135), nouvel oxymore* qui synthétise une conception du bonheur où sens et sentiments, joie et mélancolie sont indissociables. Pour clore la boucle, « Elle » en revient à l'amour, évoquant discrètement sa « sûre amie » (l. 139), très certainement Missy à laquelle Colette était alors liée. Évoquer l'exaltation des sens, la force et la fragilité des sentiments est pour Colette une manière de célébrer le monde.

Repère

Oxymore : figure de style qui consiste à associer deux termes dont les sens s'opposent, créant souvent un effet de surprise.

PROLONGEMENTS

Commentaire de texte

Élaborez le plan détaillé du commentaire de ce texte à partir des deux axes suivants :

I. Une femme qui s'affranchit

II. Une certaine conception du bonheur

Analyse d'image

Femme avec un chien, 1915-1925, Marie Laurencin (1885-1956)

1. Comment l'intimité entre la femme et le chien est-elle suggérée ? Observez notamment les postures et les couleurs.

2. Quels éléments du portrait de la femme contribuent à lui donner une certaine assurance ?

3. Recherchez quelques informations sur la biographie de Marie Laurencin. Quels rapprochements peuvent être faits avec celle de Colette ?

4. La forêt de Crécy

Extrait 4 : *Les Vrilles de la vigne*, « En marge d'une plage blanche II », de « À la première haleine… » (p. 252, l. 120) à « … un manteau neutre, durant le jour, dissimule… » (p. 253, l. 155).

Questions sur le texte

1. Comment l'éveil des sens de la narratrice est-il décrit dans les deux premières phrases ?

2. Comment l'évocation des sensations se déploie-t-elle dans la suite de la description ?

3. **Grammaire** : analysez la structure de la phrase « Une vague molle… champignons blancs… » (l. 125 à l. 131). Que cherche à décrire la narratrice dans cette longue phrase ? Que traduit ce souci de précision ?

4. Quels éléments contribuent à donner de la nature une image animée et vivante ?

5. Quelles émotions semble ressentir la narratrice au sein de cette nature ?

Pistes d'analyse

Comment cette description met-elle en valeur la beauté et la puissance de la nature ?

L'éveil des sens

Dès l'orée de la forêt, tous les sens de la narratrice qui y pénètre s'éveillent, de manière presque animale, comme le suggèrent les notations sur les oreilles pointées et les narines ouvertes de la deuxième phrase. Le sens sollicité par « la première haleine » (l. 120) est d'abord l'odorat, auquel s'associent le toucher – l'haleine pouvant se faire caresse –, ainsi que l'ouïe et le goût – par la synesthésie* « boire le parfum » (l. 123). Le rapport à la nature est d'emblée très sensuel et fonde toute la description qui suit.

> **Repère**
>
> **Synesthésie** : en littérature, la synesthésie consiste à désigner une sensation par une autre, par exemple « entendre une couleur », ou ici « boire le parfum ».

Le spectacle de la nature

Les éléments évoqués sont en effet systématiquement associés aux sensations qu'ils suscitent, qui s'entremêlent les unes aux autres. Dans le deuxième paragraphe, le champ lexical* de l'odorat, avec les termes

« musqué » (l. 125), « parfum » (l. 126), « arôme » (l. 129), « enivre » (l. 129), « embaument » (l. 135), est très présent. Ces odeurs sont souvent décrites par des évocations liées au goût, que ce soit la « pourriture framboisée » (l. 129) de la fraise, le parfum « poissé de miel » (l. 130-131) du chèvrefeuille, ou celui de « la truffe fraîche » (l. 136) des champignons. Quelques sons discrets éveillent l'ouïe, comme celui du « tapis craquant de feuilles et de brindilles » (l. 133), ou celui de l'« écho » (l. 140) qui suit le promeneur. Les notations de couleurs, nombreuses tout au long de la description, présentent la nature comme un tableau que le regard se plaît à contempler. La narratrice cherche à rendre compte de toutes les nuances de couleurs et de lumières qu'offrent la forêt et ses éléments. Les champignons ne sont pas seulement blancs, mais « d'un blanc fragile et mat de gant neuf » (l. 134), l'obscurité de la futaie est « verte » et « solennelle » (l. 137-138), les ailes du papillon sont « bigarrées de fauve, de gris et de noir » (l. 150).

Ce souci du détail est frappant dans la longue phrase sur « la fraise sauvage » (l. 125-131). Celle-ci est décrite avec précision, par accumulation : aux adjectifs « sauvage » et « ronde » – forme précisée par une comparaison* – s'ajoute une proposition subordonnée relative* (« qui mûrit... », l. 127) comportant plusieurs verbes qui se juxtaposent pour rendre compte de la maturation du fruit ; puis un nouvel adjectif (« dissoute »,

l. 128) évoque l'évolution de son parfum, précisée dans une seconde proposition subordonnée relative* (« dont l'arôme enivre, mêlé... », l. 129-130). Rien du spectacle de la nature ne doit être perdu, une nature jamais figée parce que vivante.

Repère

Proposition subordonnée relative : elle apporte une précision sur un nom, un groupe nominal ou un pronom de la proposition principale, l'antécédent. Cet antécédent est repris par un pronom relatif ouvrant la proposition, dans laquelle il a une fonction, par exemple « qui » est sujet, « que » complément d'objet.

La puissance de la nature

La nature ici dépeinte est animée, dotée d'une vie qui lui est propre, indépendamment de la présence humaine. La narratrice n'hésite pas à convoquer des verbes et des images personnifiant les éléments, les arbres, les végétaux, qui la composent, pas tant pour la rendre humaine que pour suggérer son autonomie et sa puissance. Ainsi, le vent ne faiblit pas mais « se meurt » (l. 124), les champignons « soulèvent de leurs têtes le tapis » (l. 132-133), l'ombre des chênes est « impérieuse » (l. 138-139), et le papillon est comparé à « une danseuse tournoyante » (l. 151). Le paysage impose au promeneur son obscurité et son silence, le domine, « l'écrase » (l. 144), faisant naître une certaine peur évoquée par l'écho « inquiétant » (l. 141), ou le désir des chants d'oiseaux qui ne retentissent pas au fond des bois. Mais si la forêt est qualifiée d'« ennemie de l'homme » (l. 144), elle n'en suscite pas moins son admiration, et mérite d'être célébrée.

La nature : un lien avec le passé

La précision de la description, la recherche du mot juste traduisent la fascination de la narratrice pour une nature en perpétuelle métamorphose, si difficile à saisir, à fixer. Elle entretient aussi avec elle une grande intimité, suggérée par la posture finale, « au tronc de l'orme où je m'adosse » (l. 145-146). La narratrice aime à se retrouver dans ce lieu solennel et pourtant familier. L'intensité de ce plaisir est formulée dès l'ouverture de l'extrait par la métonymie* « mon cœur se gonfle ». L'expression qui suit (« un ancien moi-même ») fait comprendre que la narratrice retrouve des sensations et des émotions de son passé au sein de cette forêt. S'éveille en elle une certaine nostalgie, qui, comme toujours chez Colette, n'est jamais seulement douloureuse, comme le formule l'oxymore* « triste allégresse » (l. 122). La nature, par sa beauté et sa puissance, par la manière dont elle éveille les sens et ranime les souvenirs, est un espace tout à la fois solennel et familier, impressionnant et intime.

Repère

Métonymie : figure de style qui consiste à désigner un mot par un autre avec lequel il entretient un rapport logique, par exemple le créateur pour la création, la matière pour l'objet.

PROLONGEMENTS

Explication linéaire en autonomie

En groupe de deux à quatre élèves, entraînez-vous à l'explication linéaire complète de ce texte. Vous comparerez et compléterez vos propositions.

Travail sur l'œuvre et le parcours

Recherchez dans *Sido* et *Les Vrilles de la vigne* – notamment dans « Jour gris », « Le dernier feu », « Nonoche », « En marge d'une plage blanche » – d'autres descriptions de paysages. Dégagez des points communs entre ces descriptions, par exemple sur les sensations et les émotions qui y sont évoquées, ou encore sur l'écriture particulièrement poétique qui s'y déploie.

II. ÉTUDES D'ENSEMBLE DES ŒUVRES À TRAVERS LE PARCOURS « LA CÉLÉBRATION DU MONDE »

Lorsque Colette écrit *Les Vrilles de la vigne* et *Sido*, elle ne se fixe pas pour but de célébrer le monde. Elle cherche, dans l'un, à partager son regard sur elle-même et ceux qui l'entourent à l'aube d'une nouvelle époque de sa vie, dans l'autre, à rendre hommage à sa mère, à sa famille, à son pays natal. Cependant, dans chacune de ces œuvres se manifestent une soif de vivre, une curiosité pour la nature comme pour les individus qui prennent bien la dimension d'une célébration du monde, toujours enthousiaste, jamais naïve.

1. La célébration de la nature

Sido l'initiatrice

Si Colette a surtout vécu à Paris – une place à son nom au cœur de la capitale en témoigne –, elle entretient depuis l'enfance un rapport privilégié à la nature. C'est évidemment sa mère qui l'y a initiée, comme elle le rapporte dans *Sido*. Ce récit a pour cœur la fascination du personnage éponyme* pour les trésors de la nature, avec laquelle elle est en communion. La narratrice la décrit au centre de son jardin, regrettant qu'une telle photographie n'existe pas pour illustrer son hommage. Elle raconte la manière dont sa mère cultive ce jardin, dont elle chérit et protège ses fleurs, refusant de les couper pour orner les corbillards ou pour célébrer la Fête-Dieu. C'est là qu'elle est pleinement elle-même, avec « son tranquille, son glorieux visage de jardin, beaucoup plus beau que son soucieux visage de maison » (p. 51). Sido analyse les vents, dialogue avec les végétaux, observe les animaux, attentive à la nature sous toutes ses formes. Elle savoure aussi les « parties de campagne » organisées par le Capitaine (p. 85), lors desquelles elle conte « le renard, le muguet, la baie mûre » (p. 88). Avec exaltation, elle rapporte à sa fille le souvenir de l'averse qui l'a trempée et des grenouilles trouvées dans la capote de la voiture (« J'ai vu cela, moi, oui ! », p. 66). « Regarde », ne cesse de dire Sido à sa fille, qui le dira à son tour à son aimée (« Le dernier feu », p. 153).

Une pleine implication des sens

La nature est en effet un spectacle total. Les descriptions des jardins, des paysages s'apparentent à des tableaux tant les notations de couleurs et de lumières sont nombreuses, afin d'en traduire toutes les nuances. Dans le jardin de Sido dominent le rose et le rouge, dans celui du « Dernier feu » se mêlent le mauve des lilas et celui, plus franc, des violettes, mauve caractérisant aussi la dune au soleil couchant dans « Partie de pêche ».

La contemplation de la nature ne s'arrête pas à la vue, les autres sens sont également sollicités. Lorsque

Colette évoque le pays de son enfance, elle insiste tout particulièrement sur les odeurs qui lui sont liées. Lors de ses promenades de petite fille, ses narines étaient « plus sensibles que tout le reste de [son] corps » (*Sido*, p. 49). L'éloge de son pays, par opposition au « Midi menteur », vante en premier lieu « le parfum de la terre délivrée, l'arôme sûr qui monte du tapis de feuilles mortes » (« Printemps de la Riviera », p. 281). Grâce au toucher, la narratrice, à tout âge, se délecte tout autant de la pluie d'une averse d'été (*Sido*, p. 65) que de la chaleur du sable (« En marge d'une plage blanche II », p. 248) ou de la fraîcheur de la neige (« Rêverie de nouvel an », p. 285). Le goût permet de comparer l'eau des sources (*Sido*, p. 50), de savourer le « suc » des plantes aromatiques (« Nuit blanche », p. 144). L'ouïe est à l'écoute des vents comme du « chant bondissant des frelons » (« Jour gris », p. 150). Cette pleine implication du corps au sein de la nature en fait bien un lieu unique, au sein duquel Colette « frôle » souvent le bonheur.

La nature : un fil conducteur entre les époques de la vie

Dès l'enfance, Colette a ressenti l'« état de grâce indicible » (*Sido*, p. 49) que lui offrait la communion avec la nature. Les violettes de son jardin la replongent dans les printemps de son pays (« Le dernier feu »), la neige de décembre fait renaître « tous les hivers de

[son] enfance » (« Rêverie de nouvel an », p. 290). Si Colette est particulièrement sensible aux saisons, c'est sans doute parce que ces changements incarnent le temps qui passe : la nature, par ses cycles et ses métamorphoses, devient une métaphore* de la vie. C'est au sein de la nature, au détour d'un chemin, d'une vision, d'une odeur, que Colette retrouve les souvenirs aimés de son enfance et qu'elle tire un fil entre son passé et son présent. « Le même goût passionné pour tout ce qui respire à l'air libre et loin de l'homme » l'a toujours animée et fonde en partie son identité, puisqu'elle précise juste après : « c'est moi enfant et moi à présent » (« Le miroir », p. 237). La nature, les sensations et les émotions qu'elle lui procure nourrissent sa vie, sa mémoire, son écriture.

PROLONGEMENTS

Dissertation

Élaborez le plan détaillé du sujet de dissertation suivant :
Quelle place la nature occupe-t-elle dans la célébration du monde que propose Colette dans *Sido* et dans *Les Vrilles de la vigne* ?

Analyse d'image

Le Jardin à Bougival, 1884, Berthe Morisot (1841-1895)

Questions

1. Comment ce tableau représente-t-il la nature ? Observez notamment les formes, le trait du dessin.

2. Quelles sont les couleurs qui dominent ? Comment se répartissent-elles dans le tableau ?

3. En quoi cette peinture relève-t-elle bien de « l'impressionnisme » ?

4. Quels points communs peut-on dégager entre le « jardin à Bougival » représenté sur ce tableau et celui de Sido ?

2. La célébration de la vie

Une inépuisable curiosité

En digne héritière de la « curiosité universelle » qu'elle attribue à sa mère (*Sido*, p. 57, l. 527), Colette considère cette qualité comme vitale puisqu'elle affirme : « si cette curiosité me quitte, qu'on m'ensevelisse, je n'existe plus » (*Sido*, « Le Capitaine », p. 98, l. 574-575). Les sujets de cette curiosité sont infinis, à commencer par les individus, sans aucune hiérarchie. En plus des êtres chers sont évoquées avec la même précision et la même exaltation des figures aussi diverses que Mme B… (*Sido*, « Le Capitaine », p. 98), l'amie Valentine (« Belles-de-jour »), les joueuses du casino de Monte-Carlo (« Printemps de la Riviera », p. 278) ou le mime W… (« Music-halls »). Colette a aussi hérité des passions respectives de sa mère pour la nature, et de son père pour les livres. Son esprit et ses sens sont toujours en éveil, gage d'une vie intense dont témoigne la multiplicité des expériences évoquées dans cette œuvre, amoureuses comme artistiques. Dans plusieurs textes des *Vrilles de la vigne*, Colette rend ainsi compte de la manière dont elle réinvente sa vie après sa rupture avec Willy, que ce soit en partageant un « tendre repos » avec une femme (« Le dernier feu », p. 158) ou en montant sur scène (« Dialogue de bêtes », « La guérison »). Rien donc n'est jamais figé, pour peu que l'on reste attentif au monde et que l'on y puise tout ce qu'il peut offrir.

Une perpétuelle quête de liberté

Pour saisir ces opportunités, il faut cependant oser conquérir sa liberté, au risque parfois de la marginalité. Colette ne cache pas son admiration pour les êtres qui s'affranchissent des codes et des normes, à commencer par les membres de sa famille. Sido n'obéit qu'à une « loi écrite par elle seule, pour elle seule » (*Sido*, p. 62, l. 650). L'expression « les sauvages » pour raconter ses frères exprime ce refus des contraintes qui les caractérise. En dehors de ce cercle, la petite Gabrielle est fascinée par Adrienne, l'amie et la rivale de sa mère, dont elle aime tout particulièrement la maison qui « lui ressembl[e] par le désordre et par une grâce qui se refuse aux sites et aux êtres policés » (*Sido*, p. 69-70, l. 829-831).

Au contraire, la narratrice de « Belles-de-jour » porte sur Valentine, soucieuse d'incarner la perfection exigée par la société, un regard « apitoyé et ironique » (p. 200, l. 18-19). Elle lui accorde cependant son « amicale pitié » (« De quoi est-ce qu'on a l'air ? », p. 221, l. 291), et lui permet de se livrer sans craindre d'être jugée, de s'alléger un moment des carcans qu'elle s'impose. La narratrice s'en est, elle, affranchie, sans ignorer que cette liberté se conquiert « en marge de la société » (p. 218, l. 198). Elle affirme avec assurance « je veux faire ce que je veux » (« Toby-Chien parle », p. 176, l. 45), énumérant toutes les obligations sociales dont elle se décharge. À l'image du rossignol des « Vrilles de la vigne », en fuyant les « fils tors » qui l'emprisonnaient, elle est devenue – redevenue – elle-même.

Une mélancolie joyeuse : la vie avant tout

Cette liberté ne se conquiert pas sans souffrances. Colette évoque les « nuits blanches » qu'elle lui coûte, elle qui n'a « plus le somme heureux » (« Les vrilles de la vigne », p. 140, l. 70). Mais elle ne s'en plaint pas. Au contraire, « elle se délecte d'une tristesse et d'une solitude plus savoureuses que le bonheur », comme le constate Kiki-la-Doucette (« Dialogue de bêtes », p. 191, l. 168-169), avec laquelle elle se résout sans difficulté à être « étrangères à presque tout, indifférentes à presque tous » (« La guérison », p. 223, l. 29-30). Le plaisir d'être au monde ne se limite justement pas aux joies, grandes et petites. Tout ce qui est vécu mérite de l'être, et rien, surtout, n'est à regretter, ce que font comprendre les méditations de Colette avec elle-même et ses doubles, par exemple dans « Le miroir » ou « Rêverie de nouvel an ». Colette tire sa force de cette mélancolie joyeuse, qui rappelle celle de son père. Comme lui, elle considère que la pitié est « la suprême offense », (*Sido*, « Le Capitaine », p. 81, l. 154) ; comme lui, elle siffle quand elle est triste (l. 150). Si le monde doit être célébré, c'est pour toutes les expériences, les rencontres, les émotions que l'on peut y vivre, à condition de pouvoir rester soi-même.

PROLONGEMENTS

Dissertation

Vous rédigerez une dissertation sur le sujet suivant : La célébration du monde dans *Sido* et *Les Vrilles de la vigne* ne repose-t-elle que sur la quête de la joie et du plaisir ?

Travail sur l'œuvre

Identifiez et étudiez les différentes figures féminines évoquées dans *Sido* et *Les Vrilles de la vigne*. Vous analyserez notamment leur place dans la société, leur rapport au monde, aux autres, à elles-mêmes.

III. TEXTES COMPLÉMENTAIRES POUR LE PARCOURS « LA CÉLÉBRATION DU MONDE »

Les cinq textes qui suivent peuvent être étudiés dans le cadre du parcours « La célébration du monde ». À l'exclusion de celui d'Ovide relevant du récit mythologique, ces textes présentent un rapport singulier au monde, cherchent à exprimer une joie d'exister, même temporaire. Tous décrivent un rapport harmonieux à la nature et proposent une certaine conception du bonheur.

Texte 1 : extrait des *Métamorphoses* d'Ovide (Livre I, Les quatre âges du monde), Ier siècle apr. J.-C.

Les Métamorphoses, *œuvre écrite en latin et en vers, s'inspire de la mythologie grecque et latine. Les quinze livres suivent un ordre chronologique, du chaos originel à l'époque contemporaine d'Ovide, et content plus de deux cents histoires de métamorphose, comme celle du jeune Narcisse en fleur ou celle d'Arachné en araignée. Le Livre I porte sur la création du monde. Cet extrait décrit le « premier âge », qui apparaît comme un « âge d'or » dans lequel règnent la paix et l'harmonie.*

D'or est né le premier âge et sans chef,
de lui-même, sans loi, il respectait la foi et le droit.
Ni peines ni peurs, on ne lisait aucune parole menaçante
sur le bronze gravé, la foule suppliante ne craignait pas
le regard de son juge, on était sauf, sans chef.
Il n'avait pas encore, pour voir le monde, été arraché à ses
montagnes, le pin, il ne descendait pas sur les eaux limpides,

les mortels ne connaissaient, à part les leurs, aucun rivage.
Les fosses en pente raide n'entouraient pas encore les villes.
Ni trompette de bronze travaillé, ni corne de bronze courbé,
ni casque, ni glaive. Ils n'avaient pas besoin de soldats,
les peuples dans le calme vivaient de bons loisirs.
Libre, intacte de coups de bêche, blessée
d'aucune charrue, d'elle-même la terre donnait tout.
Heureux des nourritures créées sans contrainte,
on cueillait les petits des arbousiers, les fraises des montagnes,
la cornouille, les mûres accrochées aux durs buissons de ronces
et les glands qui tombaient de l'arbre épanoui de Jupiter.
C'était un printemps éternel, les doux Zéphyrs frappaient
de brises tièdes les fleurs nées sans semence.
Bientôt la terre sans labour portait des fruits,
le champ qu'on ne remuait pas blanchissait sous les barbes des épis ;
déjà des fleuves de lait, des fleuves de nectar déjà coulaient,
et blondes, du chêne vert, tombaient des gouttes de miel.

Traduction de Marie Cosnay, Éditions de L'Ogre, 2017, Le Livre de Poche, 2020, p. 30-31.

Questions

1. Dans la première partie de l'extrait (v. 1 à 12), quelles conditions permettent aux peuples de vivre « dans le calme » ?

2. Dans la seconde partie de l'extrait (v. 13 à 24), comment l'harmonie entre les hommes et la nature est-elle évoquée ?

3. En quoi ce « premier âge » apparaît-il comme un monde idéal ?

Texte 2 : extrait des *Rêveries du promeneur solitaire*, de Jean-Jacques Rousseau (Cinquième promenade), 1782

Jean-Jacques Rousseau (1712-1778) était un écrivain et philosophe genevois de langue française. Il fut l'auteur d'une importante œuvre philosophique et romanesque, avec Julie ou La Nouvelle Héloïse *(1761),* Les Confessions *(publiées à titre posthume entre 1782 et 1789) ou* Du contrat social *(1762). Dans cette promenade, écrite en 1777 et extraite des* Rêveries du promeneur solitaire, *Rousseau évoque le souvenir heureux de son passage sur l'île Saint-Pierre, où il a séjourné du 12 septembre au 25 octobre 1765, y goûtant tout particulièrement le plaisir de l'oisiveté et de la contemplation de la nature.*

Quand le soir approchait je descendais des cimes de l'île et j'allais volontiers m'asseoir au bord du lac sur la grève dans quelque asile caché ; là le bruit des vagues et l'agitation de l'eau fixant mes sens et chassant de mon âme toute autre agitation la plongeaient dans une rêverie délicieuse où la nuit me surprenait souvent sans que je m'en fusse aperçu. Le flux et reflux de cette eau, son bruit continu mais renflé par intervalles frappant sans relâche mon oreille et mes yeux suppléaient aux mouvements internes que la rêverie éteignait en moi et suffisaient pour me faire sentir avec plaisir mon existence, sans prendre la peine de penser. De temps à autre naissait quelque faible et courte réflexion sur l'instabilité des choses de ce monde dont la surface des eaux m'offrait l'image : mais bientôt ces impressions légères s'effaçaient dans l'uniformité du mouvement continu qui me berçait, et qui sans aucun concours actif de mon âme ne laissait pas de m'attacher au point qu'appelé par l'heure et par le signal convenu je ne pouvais m'arracher de là sans effort.

Après le souper, quand la soirée était belle, nous allions encore tous ensemble faire quelque tour de promenade sur la terrasse pour y respirer l'air du lac et la fraîcheur. On se reposait dans le pavillon, on riait, on causait, on chantait quelque vieille chanson qui valait bien le tortillage moderne, et enfin l'on s'allait coucher content de sa journée et n'en désirant qu'une semblable pour le lendemain.

Le Livre de Poche Classiques, 2001, p. 110-111.

Questions

1. Dans le premier paragraphe, quels éléments contribuent au plaisir de la rêverie du narrateur ? Comment ce plaisir est-il suggéré ?

2. Dans le second paragraphe, quels éléments contribuent à rendre les soirées du narrateur agréables ?

3. À la lecture de cet extrait, quelles semblent être les conditions du bonheur pour le narrateur ?

Texte 3 : extrait de *Histoire de ma vie* de George Sand (Troisième partie, chapitre IX : « De l'enfance à la jeunesse, 1810-1819 »), 1854-1855

En 1847, George Sand (1804-1876), romancière prolifique et défenseuse des droits des femmes, entreprend d'écrire Histoire de ma vie. *Elle y raconte les étapes de sa vie, sans souci d'exhaustivité, mais avec le souhait que ses contemporains se retrouvent en elle : « Écoutez ; ma vie, c'est la vôtre. » Dans cet extrait, celle qui se prénomme encore Aurore est âgée d'environ treize ans et vit avec sa grand-mère, sous la surveillance de Rose, une servante. Elle y évoque sa curiosité pour tout ce qui l'entoure, son énergie vitale et, déjà, son goût pour la liberté.*

Ma grand-mère, ayant enfin compris que je n'étais jamais malade que faute d'exercice et de grand air, avait pris le parti de me laisser courir, et, pourvu que je ne revinsse pas avec des déchirures à ma personne ou à mes vêtements, Rose m'abandonnait peu à peu à ma liberté physique. La nature me poussait par un besoin invincible à seconder le travail qu'elle opérait en moi, et ces deux années, celles où je rêvai et pleurai pourtant le plus, furent aussi celles où je courus et où je m'agitai davantage. Mon corps et mon esprit se commandaient alternativement une inquiétude d'activité et une fièvre de contemplations, pour ainsi dire. Je dévorais les livres qu'on me mettait entre les mains, et puis tout à coup je sautais par la fenêtre du rez-de-chaussée, quand elle se trouvait plus près de moi que la porte, et j'allais m'ébattre dans le jardin ou dans la campagne, comme un poulain échappé. J'aimais la solitude de passion, j'aimais la société des autres enfants avec une passion égale ;

j'avais partout des amis et des compagnons. Je savais dans quel champ, dans quel pré, dans quel chemin je trouverais Fanchon, Pierrot, Liline, Rosette ou Sylvain. Nous faisions le *ravage* dans les fossés, sur les arbres, dans les ruisseaux. Nous gardions les troupeaux, c'est-à-dire que nous ne les gardions pas du tout, et que, pendant que les chèvres et les moutons faisaient bonne chère dans les jeunes blés, nous formions des danses échevelées, ou bien nous goûtions sur l'herbe avec nos galettes, notre fromage et notre pain bis. On ne se gênait pas pour traire les chèvres et les brebis, voire les vaches et les juments quand elles n'étaient pas trop récalcitrantes. On faisait cuire des oiseaux ou des pommes de terre sous la cendre. Les poires et les pommes sauvages, les prunelles, les mûres de buisson, les racines, tout nous était régal.

Le Livre de Poche Classiques, 2004, p. 329-330.

Questions

1. À quels types d'activités la petite fille aime-t-elle s'adonner ?

2. En quoi consiste la « liberté physique » (l. 6) qu'elle trouve dans la nature ?

3. Quels points communs peut-on établir entre George Sand enfant et la petite Gabrielle dans *Sido* ?

Texte 4 : extrait de *Regain* de Jean Giono (Deuxième partie, chapitre 3), 1930

Jean Giono (1895-1970) est l'auteur d'une œuvre importante qui trouve souvent son cadre dans sa Provence natale. Regain *est le dernier volet de la « Trilogie de Pan », rédigée entre 1929 et 1930, après* Colline *et* Un de Baumugnes. *Ce récit a pour héros Panturle, qui se retrouve seul dans son village de Haute-Provence. Il fait la rencontre d'Arsule, aux côtés de laquelle sa vie va prendre un sens nouveau. Dans cet extrait, les deux personnages sont allés au grand marché de Banon et décident de rentrer à pied dans leur village. Être ensemble au sein de la nature leur procure une joie intense.*

Ils sont partis par la route de Saint-Martin ; ça fait raccourci.

Il y a eu d'abord un grand peuplier qui s'est mis à leur parler. Puis, ça a été le ruisseau des Sauneries qui les a accompagnés bien poliment en se frottant contre leur route, en sifflotant comme une couleuvre apprivoisée ; puis, il y a eu le vent du soir qui les a rejoints et qui a fait un bout de chemin avec eux, puis il les a laissés pour de la lavande, puis il est revenu, puis il est reparti avec trois grosses abeilles. Comme ça. Et ça les a amusés.

Panturle porte le sac où sont tous les achats. Arsule, à côté de lui, fait le pas d'homme pour marcher à la cadence. Et elle rit.

Il est venu alors la nuit et c'était au moment où, sortis du bois, ils allaient glisser dans le vallon d'Aubignane ; il est venu alors la nuit, la vieille nuit qu'ils connaissent, celle qu'ils aiment, celle qui a des bras tout humides comme une laveuse, celle qui est toute brillante de poussière, celle qui porte la lune.

On entend respirer les herbes à des kilomètres loin.
Ils sont chez eux.
Le silence les pétrit en une même boule de chair.

Questions

1. Comment la nature est-elle ici personnifiée ?

2. Quelle « relation » les personnages entretiennent-ils avec la nature ? Quelles émotions semblent-ils ressentir au sein de cette nature ?

3. Comment la communion des deux personnages est-elle suggérée ?

Texte 5 : extrait de *L'Été* d'Albert Camus (« Retour à Tipasa »), 1954

Dans L'Été, *Albert Camus (1913-1960), auteur, philosophe et dramaturge, couronné par le prix Nobel de littérature en 1957, livre les réflexions, les émotions que lui inspirent des paysages méditerranéens, notamment ceux de son Algérie natale. Dans ce passage, il revient à Tipasa, ville près d'Alger qu'il aime tout particulièrement.*

[…] Et sous la lumière glorieuse de décembre, comme il arrive une ou deux fois seulement dans des vies qui, après cela, peuvent s'estimer comblées, je retrouvai exactement ce que j'étais venu chercher et qui, malgré le temps et le monde, m'était offert, à moi seul vraiment, dans cette nature déserte. Du forum jonché d'olives, on découvrait le village en contrebas. Aucun bruit n'en venait : des fumées légères montaient dans l'air limpide. La mer aussi se taisait, comme suffoquée sous la douche ininterrompue d'une lumière étincelante et froide. Venu du Chenoua, un lointain chant de coq célébrait seul la gloire fragile du jour. Du côté des ruines, aussi loin que la vue pouvait porter, on ne voyait que des pierres grêlées et des absinthes, des arbres et des colonnes parfaites dans la transparence de l'air cristallin. Il semblait que la matinée se fût fixée, le soleil arrêté pour un instant incalculable. Dans cette lumière et ce silence, des années de fureur et de nuit fondaient lentement. J'écoutais en moi un bruit presque oublié, comme si mon cœur, arrêté depuis longtemps, se remettait doucement à battre. Et maintenant éveillé, je reconnaissais un à un les bruits imperceptibles dont était fait le silence : la basse continue des oiseaux, les soupirs légers et brefs de la mer au pied des rochers, la vibration des arbres, le chant aveugle des colonnes, les froissements des absinthes, les lézards furtifs. J'entendais cela, j'écoutais aussi les flots heureux qui montaient en moi. Il me semblait que j'étais enfin revenu au port, pour un instant au moins, et que cet instant désormais n'en finirait plus. Mais peu après le soleil monta visiblement d'un degré dans le ciel. Un merle préluda brièvement et aussitôt, de toutes parts, des chants d'oiseaux explosèrent avec une force, une jubilation, une joyeuse discordance, un ravissement infini. La journée se remit en marche. Elle devait me porter jusqu'au soir.

Questions

1. Quels sont les éléments qui composent le paysage ici décrit ? Comment sont-ils valorisés ?

2. Que recherche le narrateur dans la contemplation de ce paysage ? Que lui apporte-t-elle ?

3. Comment ce texte rend-il compte de la joie d'être au monde du narrateur ?

QUESTIONS TRANSVERSALES

1. Quelle place la nature occupe-t-elle dans ces textes ? Quelle part prend-elle dans la célébration du monde ?

2. Quels autres éléments contribuent au bonheur des personnages (qu'ils soient ou non narrateurs) ?

3. Quels sont les points communs qui peuvent être établis entre ces textes et la célébration du monde proposée dans *Sido* et *Les Vrilles de la vigne* ? En quoi l'œuvre de Colette est-elle cependant singulière ?

ÉPREUVE ORALE

1. L'explication linéaire

L'explication linéaire au baccalauréat dure **10 minutes** ; elle est notée sur 10 points.

Dans une **démarche linéaire**, l'analyse suit le **mouvement du texte** pour en éclairer sa **singularité** et justifier **l'interprétation proposée**. Il faut privilégier une « **lecture curieuse** » qui décrit et interroge ce qui attire l'attention.

Les étapes de l'explication linéaire

1. L'**introduction** présente brièvement l'auteur, l'œuvre à laquelle appartient le texte, l'extrait analysé (situation dans l'œuvre, enjeux principaux).

Après la **lecture du texte** sont annoncés le **projet de lecture,** qui va orienter l'explication, et le **mouvement du texte.**

2. L'**analyse du texte** est orientée par le projet de lecture proposé et suit l'ordre du texte. Des **analyses détaillées** sont proposées, associant toujours une citation précise, la description de cette citation et son interprétation.

3. La **conclusion** propose un **bilan synthétique**, suivi d'une **ouverture**, qui peut être une comparaison

avec un autre extrait de l'œuvre ou un autre texte, choisi par exemple parmi ceux étudiés dans le cadre du parcours associé.

Conseils

- Pendant la préparation, qui dure 30 minutes, il est recommandé **d'annoter et de souligner le texte**, d'établir au brouillon les principaux éléments qui vont être abordés lors de l'explication, sans les rédiger afin de conserver la **spontanéité de la communication orale**.
- L'explication durant 10 minutes, il n'est évidemment pas possible de commenter l'intégralité du texte. Il faut donc **sélectionner des analyses pertinentes** – entre dix et quinze – pour démontrer le projet de lecture

2. La question de grammaire

La question de grammaire, donnée avant le temps de préparation, porte sur **un passage précis**, et assez court, **du texte proposé en explication**. L'analyse est formulée après l'explication ; elle est notée sur 2 points.

La question peut porter sur **les notions grammaticales étudiées en classes de seconde et de première** :

les accords dans le groupe nominal ; les accords entre le sujet et le verbe ; les valeurs et la concordance des temps ; les relations au sein de la phrase complexe ; les propositions subordonnées – relatives, complétives, circonstancielles – ; l'interrogation ; l'expression de la négation ; ou enfin des questions de lexique.

Conseils

- Il faut consacrer au moins **5 minutes du temps de préparation** à la question de grammaire.
- Lors de la réponse, il faut **exposer la démarche d'analyse** qui a été suivie. L'examinateur sera particulièrement attentif à la manière dont est mise en perspective la logique du fonctionnement de la langue. Il ne faut pas hésiter à proposer des hypothèses, des questions.

Entraînement

Analysez la structure syntaxique de la première phrase de l'extrait des *Rêveries du promeneur solitaire* de Jean-Jacques Rousseau (p. 348) : vous identifierez les différentes propositions et décrirez la manière dont elles s'articulent entre elles.

Épreuve orale

3. Présentation de l'œuvre choisie et entretien avec l'examinateur

L'entretien dure **8 minutes** ; il est noté sur 8 points.

L'œuvre présentée aura été choisie parmi les œuvres au programme étudiées en classe et les lectures cursives proposées.

Les étapes de l'entretien

1. Il faut proposer une **brève présentation** de l'œuvre et une **justification du choix** qui a été fait à l'aide d'arguments et d'exemples précis.

2. L'examinateur pose des questions au sujet de cette œuvre et, surtout, de la **lecture personnelle** qui en a été faite.

Voici les **principaux sujets sur lesquels peut porter l'entretien** :

- L'histoire/le sujet de l'œuvre : déroulement, personnages, début, fin, thèmes.
- Les principales caractéristiques de l'œuvre : choix d'écriture, construction.
- La réception de l'œuvre : en général, en particulier.
- La mise en relation de l'œuvre avec d'autres œuvres : littéraires, mais aussi musicales, cinématographiques, picturales.

Conseils

• Il faut toujours privilégier les **impressions et jugements personnels** de lecteur/lectrice.

• Pour préparer cet entretien, vous pouvez réfléchir aux **éléments de l'œuvre** qui vous ont **touché**, **questionné**. Vous pouvez sélectionner des passages particulièrement marquants.

ÉPREUVE ÉCRITE

1. Le commentaire de texte

Un commentaire de texte consiste à **dégager le sens et les enjeux d'un texte**, à en proposer une interprétation, en s'appuyant sur **l'analyse des procédés d'écriture** qui y sont mis en œuvre, dans une démarche organisée.

L'élaboration du commentaire de texte

L'élaboration des hypothèses d'interprétation

La première lecture du texte permet d'identifier ses **caractéristiques principales** et d'émettre des **premières hypothèses d'interprétation**.

Il faut ensuite **vérifier et approfondir** ces hypothèses en observant et en analysant des **passages précis du texte**.

ÉPREUVE ÉCRITE

L'élaboration du plan détaillé

- Un commentaire de texte comporte **deux ou trois axes** – ou grandes parties –, en fonction des **enjeux** du texte. Dans les séries technologiques, ces axes sont indiqués.
- Un axe est composé de **deux ou trois sous-parties** qui étudient et démontrent les différents aspects de cet enjeu.
- Une **sous-partie** s'organise autour de l'étude d'un **aspect précis** du texte, dans le cadre d'analyses associant toujours une citation, la description de cette citation – en identifiant des procédés d'écriture – et son interprétation en fonction de l'aspect étudié.

La rédaction du commentaire de texte

L'introduction

Elle forme un paragraphe et comporte plusieurs étapes :

- Une **ouverture** qui intègre le texte dans un ensemble plus vaste (le genre, le thème, l'auteur, l'époque…).
- La **présentation de l'œuvre** dont est tiré le texte (titre, auteur, date), puis **du texte en particulier** (thème, situation, principales caractéristiques formelles).
- La formulation d'une **problématique** sur le texte.
- L'annonce des **axes** ou grandes parties, en réponse à la problématique.

Le développement

- Chaque axe s'ouvre par l'annonce de l'enjeu qui va y être étudié.
- Chaque **sous-partie** forme **un paragraphe distinct** et s'organise autour de **l'étude d'un aspect précis du texte**, indiqué dans la première phrase. Il faut proposer au moins **trois analyses complètes**.

La conclusion

Elle forme un paragraphe et comporte deux étapes :

- La formulation d'un **bilan** qui répond à la problématique initiale.
- L'**élargissement** de la perspective, à l'aide, par exemple, de la comparaison avec un autre texte.

Conseils

- Lors de l'élaboration du plan, il faut prendre le temps d'éprouver vos **intuitions**, en vérifiant que **plusieurs analyses** peuvent être proposées pour les démontrer.
- Il ne faut se lancer dans la rédaction que quand le **plan est suffisamment détaillé** pour que vous puissiez être attentif à la **clarté de l'expression et de l'orthographe**.

- Il ne faut pas enchaîner des citations : dès qu'une citation est relevée, il faut l'**analyser**.
- Plutôt qu'une relecture à la fin de l'exercice, il est préférable de **se relire au fur et à mesure**, par exemple paragraphe par paragraphe, puis de procéder à une relecture globale.

Entraînement

Commentaire guidé

Vous rédigerez le commentaire de l'extrait de *L'Été* d'Albert Camus (p. 353-354), en vous aidant des pistes suivantes :

– La description précise et animée d'un paysage
– Les sentiments du narrateur face à ce paysage

Commentaire

Vous rédigerez le commentaire de l'extrait d'*Histoire de ma vie* de George Sand (p. 350-351).

2. La dissertation sur œuvre

La dissertation sur œuvre consiste à **répondre à une problématique littéraire** sur l'œuvre étudiée. Il faut dégager les différentes réponses possibles et démontrer chacune d'elles par des **arguments** illustrés d'**exemples**.

L'élaboration de la dissertation

L'analyse du sujet

- Il faut **repérer les mots-clés** du sujet et les **analyser**, en recherchant des synonymes, en les **confrontant**.
- Il faut **confronter** la question posée à l'œuvre, en réfléchissant aux aspects qui sont interrogés (thèmes, choix esthétiques, interprétations).

L'élaboration du plan détaillé

- Une dissertation comporte **deux ou trois grandes parties**, composées chacune de **deux ou trois sous-parties**.

Il existe **différents types de plans** :

1. Le plan **dialectique** : dans la première partie, on développe la thèse suggérée par le sujet ; dans la deuxième partie, on développe la thèse opposée ; éventuellement, dans une troisième partie, on propose un dépassement de l'opposition.

2. Le plan **concessif** : dans la première partie, on développe la thèse suggérée par le sujet ; dans la deuxième partie, on nuance cette thèse (démarche concessive : *certes... mais...*).

3. Le plan **thématique** ou **analytique** : il ne s'agit pas de confronter différentes thèses, mais d'analyser divers aspects d'un même sujet, d'une même thèse.

Épreuve écrite

La formulation du sujet peut aider à déterminer le type de plan : si le sujet est une question fermée (c'est-à-dire à laquelle on peut répondre par « oui » ou par « non »), il invite à un plan dialectique ou concessif ; si le sujet est une question ouverte, introduite par exemple par « comment, quel(les), en quoi », il invite à un plan analytique.

- Les sous-parties proposent des **arguments** pour démontrer la thèse ou l'enjeu qui fonde la grande partie. Ces arguments doivent être illustrés par **un ou plusieurs exemples**. Dans une dissertation sur œuvre, les arguments correspondent à des caractéristiques générales de l'œuvre, les exemples, à des passages précis.

La rédaction de la dissertation

L'introduction

Elle forme un paragraphe et comporte trois étapes :

1. La mise en contexte du sujet en **présentant l'œuvre** et éventuellement la thématique du parcours associé.

2. La **présentation du sujet**, en reprenant les mots-clés, et éventuellement en le décomposant en plusieurs questions.

3. L'annonce des **grandes parties**.

Le développement

- Chaque grande partie s'ouvre par l'annonce de l'idée directrice qui la fonde.
- Chaque **sous-partie** forme **un paragraphe** distinct. Elle développe **un argument** pour démontrer l'idée directrice. Cet argument est illustré par **un ou plusieurs exemples précis** tirés de l'œuvre étudiée. Il faut veiller à articuler clairement l'argument à l'idée directrice, l'exemple à l'argument.

La conclusion

Elle forme un paragraphe et comporte deux étapes :

- Un **bilan de la réflexion** qui reprend brièvement les grandes étapes du raisonnement.
- Un **élargissement** qui propose une nouvelle orientation à la réflexion, par exemple une ouverture sur une autre problématique, une autre œuvre, un autre genre.

Conseils

- Lors de l'élaboration du plan, il faut vérifier que les arguments démontrent bien **l'idée directrice** de la grande partie.
- Il faut proposer des **exemples** suffisamment précis, témoignant d'une connaissance approfondie de l'œuvre.

Épreuve écrite

- Il ne faut se lancer dans la rédaction que quand le plan est suffisamment détaillé pour que vous puissiez être attentif à la **clarté de l'expression et de l'orthographe**.
- Lors de la rédaction, il faut veiller à **guider le lecteur** en indiquant clairement les **étapes de la réflexion** grâce à la disposition des **paragraphes** et à l'emploi de **mots de liaison**.
- Plutôt qu'une relecture à la fin de l'exercice, il est préférable de **se relire au fur et à mesure**, par exemple paragraphe par paragraphe, puis de procéder à une relecture globale.

Entraînement

En quoi les récits de souvenirs et d'expériences personnelles que Colette rapporte dans *Sido* et *Les Vrilles de la vigne* peuvent-ils être lus comme une célébration du monde ?

Vous répondrez à cette question dans un développement organisé en vous appuyant sur *Sido* et *Les Vrilles de la vigne* de Colette, sur les textes étudiés dans le cadre du parcours associé et sur votre culture personnelle.

GLOSSAIRE

Anaphore (p. 329) : l'anaphore consiste à répéter un mot ou un groupe de mots en début de paragraphe, de phrase ou de segment de phrase. Ex. : « Si tu savais [...] Si tu pouvais » (p. 179).

Antithèse (p. 325) : figure de style mettant en valeur une opposition entre deux termes, deux notions. Ex. : « Mon *allègre* père nourrissait la *tristesse* profonde des amputés » (p. 90).

Appellatifs (p. 322) : ensemble des mots qui peuvent être employés pour désigner une personne.

Champ lexical (p. 321) : ensemble de termes se rapportant à un même thème, une même idée, un même sentiment. Ex. : « regarde », « tu vois », « remarque » : champ lexical de la vue (p. 61-62).

Comparaison (p. 325) : figure de style qui rapproche deux éléments (un comparé et un comparant) à partir d'un point commun, par le biais d'un outil de comparaison, qui peut être une préposition (comme), un adjectif (semblable, pareil à), un verbe (ressembler à). Ex. : « Le lieutenant solide comme un *bois-debout* » (p. 90).

Dérivation (p. 329) : la dérivation consiste à former des mots de natures grammaticales différentes à partir d'un même radical, notamment par l'ajout de préfixe ou de suffixe. Ex. : « Inutile s'il n'*aime* pas assez ou s'il méconnaît l'*amour* véritable » (p. 179).

Éponyme, voir **Personnage éponyme**.

Hyperbolique (p. 329) : qui relève de l'hyperbole. L'hyperbole est une figure qui consiste à amplifier, à exagérer un fait, un sentiment, une idée. Ex. : l'adverbe hyperbolique « furieusement », « Sa tête qu'elle hochait furieusement » (p. 179).

Lyrisme (p. 31) : le lyrisme désigne l'expression poétique, et souvent musicale, des sentiments, de la subjectivité de l'auteur.

Métaphore (p. 321) : figure de style qui établit un lien entre deux éléments sans outil de comparaison ; parfois même, le comparé est sous-entendu. Ex. : « Sous le cerisier, elle retomba encore une fois parmi nous, lestée de soucis, d'amour, d'enfants et de mari suspendus » (p. 62).

Métonymie (p. 337) : figure de style qui consiste à désigner un mot par un autre avec lequel il entretient un rapport logique, par exemple le créateur pour la création, la matière pour l'objet. Ex. : « Mon cœur se gonfle » (p. 252).

Négation restrictive (p. 325) : la construction « ne… que… » met en perspective l'élément placé après le « que » ; la forme négative a ainsi le même sens que l'adverbe « seulement ». Ex. : « Il n'avait gardé qu'elle » (p. 91).

Oxymore (p. 331) : figure de style qui consiste à associer deux termes dont les sens s'opposent, créant souvent un effet de surprise. Ex. : « Caresse impalpable » (p. 179).

Pacte de vérité (p. 321) : dans un récit autobiographique, l'auteur s'engage, explicitement ou implicitement, à rendre compte avec sincérité de sa vie et de lui-même, sans déformer la vérité. Philippe Lejeune a créé l'expression « pacte autobiographique » pour désigner ce contrat entre auteur et lecteur (*Le Pacte autobiographique*, 1975).

Personnage éponyme (p. 33) : lorsqu'un personnage donne son titre à l'œuvre, on parle de personnage éponyme, qui signifie « du même nom ».

Polyphonie (p. 31) : présence de plusieurs voix dans un texte.

Polyptote (p. 329) : le polyptote consiste à employer un mot d'une même nature sous différentes formes grammaticales, par exemple un même verbe à différents temps de la conjugaison. Ex. : « Moi, j'*aime* ! J'*aime* tant tout ce que j'*aime* ! Si tu savais comme j'embellis tout ce que j'*aime*, et quel plaisir je me donne en *aimant* ! » (p. 179).

Présent d'énonciation (p. 318) : cet emploi du présent renvoie au moment où l'énoncé est produit. Dans un texte autobiographique, il est utilisé pour commenter le passé raconté. Ex. : « Je la chante, de mon mieux » (p. 61).

Proposition subordonnée relative (p. 335) : elle apporte une précision sur un nom, un groupe nominal ou un pronom de la proposition principale, l'antécédent. Cet antécédent est repris par un pronom relatif ouvrant la proposition, dans laquelle il a une fonction, par exemple « qui » est sujet, « que » complément d'objet. Ex. : « Une vague molle de parfum guide les pas vers la fraise sauvage [...] *qui mûrit ici en secret* » (p. 252).

Question rhétorique (p. 321) : figure de style qui consiste à poser une question dont la réponse est sous-entendue ; il s'agit donc d'une fausse question. Ex. : « Et tu vois comme il se sert de sa patte ? » (p. 61).

Synesthésie (p. 333) : en littérature, la synesthésie consiste à désigner une sensation par une autre, par exemple « entendre une couleur », ou « boire le parfum » (p. 252).

DOCUMENTATION

BIBLIOGRAPHIE

Œuvres pouvant être lues dans le cadre du parcours « La célébration du monde »

Rêveries du promeneur solitaire, Jean-Jacques Rousseau, 1782 :

Dans plusieurs de ses « promenades », notamment les cinquième, septième, huitième et dixième, le philosophe évoque les moments heureux de sa vie, bonheur que lui offrent tout particulièrement la solitude et la nature.

Les Cahiers de Douai, Arthur Rimbaud, 1870-1871 :

Plusieurs des vingt-deux poèmes qui composent ce recueil évoquent l'éveil des sens et des sentiments de l'adolescent qu'était Rimbaud lorsqu'il les a écrits.

Que ma joie demeure, Jean Giono, 1935 :

L'arrivée de Bobi, un vagabond, dans un hameau de Haute-Provence va bouleverser la vie de ses habitants. Il va leur révéler la joie d'être au monde.

L'Été, Albert Camus, 1954 :

Dans *L'Été*, Albert Camus livre les réflexions, les émotions que lui inspirent des paysages méditerranéens, notamment ceux de son Algérie natale, témoignant de la joie et de la force que lui donnent cette terre et les souvenirs qui y sont attachés.

La Première Gorgée de bière et autres plaisirs minuscules, Philippe Delerm, 1997

Ce recueil de textes courts conte avec poésie les petits plaisirs de la vie qui contribuent au bonheur, comme celui d'entendre « le bruit de la dynamo » en faisant du vélo ou celui de déguster un banana split.

Mangez-moi, Agnès Desarthe, 2006

Myriam, une femme un peu perdue, décide d'ouvrir un restaurant, « Chez moi ». Grâce à la cuisine et aux rencontres, elle va reprendre goût à la vie.

Œuvres de Colette

Les *Claudine* : *à l'école*, 1900, *à Paris*, 1901, *en ménage*, 1902, *s'en va*, 1903 :

Ce sont les premiers romans de Colette, inspirés en partie de sa vie et de sa personnalité. Le personnage éponyme, figure libre et fantaisiste, y raconte ses aventures amicales et amoureuses. Les *Claudine* rencontrèrent un large succès populaire.

La Vagabonde, 1910 :

Renée Néré, l'héroïne de ce roman largement autobiographique, se libère de son mari en se lançant dans une carrière de music-hall. Une nouvelle vie, de nouvelles amours l'attendent.

Chéri, 1920 :

Dans le milieu semi-mondain de la Belle Époque, Léa, courtisane « d'âge mûr », et Chéri, un tout jeune homme, ont une relation joyeuse et sensuelle. Mais Chéri va se marier. Comment les deux amants vont-ils vivre cette séparation ?

La Maison de Claudine, 1922 :

Cet ouvrage se compose de courts récits autobiographiques, dont plusieurs, pour la première fois, sont consacrés à la figure de Sido.

Le Blé en herbe, 1923 :

Comme chaque année, Phil, seize ans, et Vinca, quinze ans, se retrouvent pour l'été en Bretagne. Phil fait la connaissance de Mme Dellaray, une femme bien plus âgée que lui, qui l'initie aux plaisirs de l'amour, suscitant la jalousie de Vinca.

La Naissance du jour, 1928 :

Ce récit à la première personne évoque un triangle amoureux : Vial, amoureux de la narratrice, est lui-même aimé de la jeune

Hélène. La part autobiographique, si elle n'est pas revendiquée, est indéniable, notamment du fait de l'insertion de nombreuses lettres de Sido à sa fille – en partie remaniées par elle –, ouvrant sur des méditations intimes et poétiques.

Gigi, 1944 :

Gigi, jeune fille de quinze ans, est élevée à la fois par sa grand-mère, qui veut en faire une femme honorable, et sa tante, qui l'incite plutôt à devenir une femme entretenue. Une relation complice la lie à Gaston Lachaille, de vingt ans son aîné, jusqu'à ce que ce dernier lui avoue son amour.

Sido suivi de *Les Vrilles de la vigne*, préface d'Antoine Compagnon, Le Livre de Poche, 2022

Ouvrages sur Colette

Colette, une certaine France, Michel del Castillo, Folio, 2001

Cette biographie rend hommage à Colette et à son œuvre, n'hésitant pas à égratigner quelques « clichés » à son propos.

Colette et les siennes, Dominique Bona, Le Livre de Poche, 2017

Ce récit évoque l'importance des amitiés féminines de Colette, notamment pendant les années de la Première Guerre mondiale, alors qu'elle est seule à Paris.

Ouvrage sur *Sido* et *Les Vrilles de la vigne*

Étude sur Sido *et* Les Vrilles de la vigne *de Colette*, Martine Charreyre, Ellipses, 2001

Une étude érudite, précise et approfondie de ces deux œuvres.

FILMOGRAPHIE

Film sur la vie de Colette

Colette, réalisé par Wash Westmoreland, avec Keira Knightley, 2018 :

Ce film porte sur les premiers pas de Colette dans la vie artistique et mondaine, alors qu'elle vit à Paris, aux côtés de Willy.

Adaptations cinématographiques de certains romans de Colette

Le Blé en herbe, de Claude Autant-Lara, avec Edwige Feuillère, 1954 :

Une adaptation classique du roman de Colette, avec une actrice mythique.

Gigi, de Vicente Minelli, avec Leslie Caron, 1959 :

Libre adaptation du roman de Colette, ce joyeux film musical fut récompensé par de nombreux oscars.

Chéri, de Stephen Frears, avec Michelle Pfeiffer, 2009 :

Ce film propose une adaptation fidèle du roman, tout en en suggérant la modernité.

SITOGRAPHIE

https://www.amisdecolette.fr/

Site de « La Société des amis de Colette », sur lequel on trouve de nombreuses informations sur sa vie et sur son œuvre, sur l'actualité artistique et littéraire qui se rapporte à elle.

https://www.franceculture.fr/emissions/la-compagnie-des-auteurs/colette

Série de podcasts sur Colette, évoquant sa vie, son œuvre, sa place originale dans la vie littéraire et artistique du xxe siècle.

https://www.franceinter.fr/emissions/un-ete-avec-colette

Une série de courts podcasts diffusés à l'été 2021, dans laquelle Antoine Compagnon revient sur la vie et l'œuvre de Colette.

PAPIER CERTIFIÉ

Le Livre de Poche s'engage pour l'environnement en réduisant l'empreinte carbone de ses livres. Celle de cet exemplaire est de :
150 g éq. CO_2
Rendez-vous sur
www.livredepoche-durable.fr

Composition réalisée par PCA

Achevé d'imprimer en France par
CPI BRODARD & TAUPIN (72200 La Flèche)
en août 2024
N° d'impression : 3058346
Dépôt légal 1re publication : juin 2022
Édition 14 - août 2024
LIBRAIRIE GÉNÉRALE FRANÇAISE
21, rue du Montparnasse – 75298 Paris Cedex 06

83/0854/9